16	3	2	13
5	10	11	8
9	6	7	12
4	15	14	1

Rodolfo Walsh

VARIAÇÕES EM VERMELHO

e outros casos de Daniel Hernández

Tradução e posfácio
Sérgio Molina e Rubia Prates Goldoni

editora 34

EDITORA 34

Editora 34 Ltda.
Rua Hungria, 592 Jardim Europa CEP 01455-000
São Paulo - SP Brasil Tel/Fax (11) 3816-6777 www.editora34.com.br

Esta obra foi editada no âmbito do Programa "Sur" de Apoio à Tradução do Ministério das Relações Exteriores, Comércio Internacional e Culto da República Argentina.

Capa, projeto gráfico e editoração eletrônica:
Bracher & Malta Produção Gráfica

Revisão:
Alberto Martins, Isabel Junqueira

1ª Edição - 2011

CIP - Brasil. Catalogação-na-Fonte
(Sindicato Nacional dos Editores de Livros, RJ, Brasil)

Walsh, Rodolfo, 1927-1977
W595e Variações em vermelho e outros casos de Daniel Hernández / Rodolfo Walsh; tradução e posfácio de Sérgio Molina e Rubia Prates Goldoni. — São Paulo: Ed. 34, 2011.
240 p.

Tradução de: Variaciones en rojo;
Cuento para tahúres y otros relatos policiales

ISBN 978-85-7326-482-1

1. Literatura argentina. I. Molina, Sérgio. II. Goldoni, Rubia Prates. III. Título.

CDD - A863

VARIAÇÕES EM VERMELHO
e outros casos de Daniel Hernández

Advertência do autor

Sei que é um erro — talvez uma injustiça — arrancar Daniel Hernández do sólido mundo da realidade para reduzi-lo a personagem de ficção. Sei que ao fazer isso de certo modo contribuo para prendê-lo a um destino que ele não queria para si e que lhe foi imposto pelo acaso. Mas não pude resistir à tentação de relatar — ainda que desajeitadamente — alguns dos muitos casos em que lhe coube intervir. Quando decidi fazê-lo, por rigor ou preguiça, escolhi a ordem cronológica. E nessa ordem o primeiro lugar corresponde a "A aventura das provas de prelo". Confesso, porém, que estive a ponto de excluir essa história, a tal ponto é banal, em certo sentido, o conjunto de circunstâncias que teve de esclarecer Daniel Hernández, revisor de provas da editora Corsario, continuador e homônimo daquele outro Daniel que escrituras antigas — parcialmente apócrifas — registram como o primeiro detetive da história ou da literatura. Nas "provas de prelo", é verdade, não há "drama", está ausente aquele elemento fantástico ou patético que enriquece outras de suas aventuras, como "Variações em vermelho", "A mão na parede" ou "A cova dos leões". Essa carência inevitavelmente se refletiu na narração. E, no entanto, não consegui suprimi-la. Em primeiro lugar, porque todas as demais pressupõem sua existência: se Raimundo Morel não tivesse morrido, Daniel não teria se interessado pela solução de problemas criminais nem teria levado sua velha amizade com o delegado Jiménez ao nível de uma ativa — e por vezes incômoda — colaboração. Em segundo lugar, porque o caso encerra outro interesse: trata-se do mais estritamente policial de todos os que se ofereceram a Daniel Hernández. Parece ser condição iniludível da narrativa policial que, quanto mais "ortodoxa" ela for em sua formulação e solução, mais na sombra permanecerá aquilo que, para simplificar, chamaremos aqui de "interesse humano". Daniel Hernández não pôde remediar essa pobreza de circunstâncias, e o narrador — obviamente — tampouco pôde furtar-se a essa mínima fatalidade. Qualquer que seja a minha imperícia no relato dos fatos, contudo, permanece intacta a fascinante cadeia de raciocínios de que D. H. se valeu para esclarecê-los.

De resto, parece-me de certo modo simbólico que o primeiro enigma elucidado por D. H. estivesse tão estreitamente ligado ao seu ofício. Acho que nunca se tentou o elogio do revisor de provas, e talvez seja desnecessário. Mas sem dúvida todas as faculdades de que D. H. se valeu na investigação de casos criminais eram faculdades desenvolvidas ao máximo no exercício diário de sua profissão: a observação, a minuciosidade, a fantasia (tão necessária, *v.g.*, para interpretar certas traduções ou obras originais), e sobretudo essa estranha capacidade de colocar-se simultaneamente em diversos planos que o revisor tarimbado exerce quando vai atentando, em sua leitura, para a limpeza tipográfica, o sentido, a boa sintaxe e a fidelidade da versão.

As duas outras novelas que integram este volume têm características diferentes. A segunda tenta a solução de um problema clássico da literatura policial; único gênero que já conta com duas — ou talvez três — situações ou problemas específicos passíveis de soluções distintas.

Pareceu-me conveniente intercalar no texto algumas ilustrações e diagramas. Um crítico norte-americano, Stephen Leacock, condenou genericamente esses diagramas, com mais argúcia do que acerto. Eu considero que há dois tipos de leitores de literatura policial: leitores ativos e leitores passivos. Os primeiros tentam achar a solução antes que o autor a revele; os segundos se contentam em acompanhar o relato desinteressadamente. Aqueles poderão ter algum interesse por essas figuras; estes, ignorá-las sem maiores problemas.

Tampouco abdiquei de outra convenção que se enraíza na própria essência da literatura policial: o desafio ao leitor. Nas três novelas deste livro há um ponto em que o leitor dispõe de todos os elementos necessários, se não para resolver o problema em todos seus detalhes, pelo menos para descobrir a ideia central, seja do crime, seja do procedimento que serve para esclarecê-lo. Em "As provas de prelo" esse momento se dá na página 41. Em "Variações em vermelho", na página 113. Em "Assassinato à distância", na página 163.[1]

[1] Este texto, originalmente intitulado "*Noticia*" e sem menção ao autor, abre as edições argentinas de *Variaciones en rojo* (Hachette, 1953; Ediciones de la Flor, 1985), que incluem as três primeiras novelas reunidas neste volume.

As notas de rodapé assinaladas como (N. da E.) e aquelas que não trazem nenhuma rubrica reproduzem as que constam nas edições originais. Foram apenas acrescidas das notas dos tradutores (N. dos T.).

A aventura das provas de prelo

para Horacio A. Maniglia

"Assim foi Daniel introduzido à presença do rei. E disse o rei a Daniel: '[...] Ouvi, porém, dizer que tu és capaz de dar interpretações e de desfazer os nós. Se, pois, fores capaz de ler esta inscrição e de me propor a sua interpretação, serás revestido de púrpura e trarás um colar de ouro ao pescoço, e ocuparás o terceiro lugar no governo do meu reino'."

Bíblia, Livro de Daniel, 5, 13-16

I

Na avenida de Mayo, entre uma agência lotérica e uma butique, erguem-se os três andares da antiga livraria e editora Corsario. No térreo, grandes vitrines exibem a um público apressado e indiferente a amostra multicolorida dos "lançamentos". Aí confluem, em heterogênea mistura, o último *thriller* e o mais recente prêmio Nobel, os maciços volumes de uma patologia cirúrgica e as sugestivas capas das revistas de moda.

Dentro, em suave penumbra, estende-se uma interminável perspectiva de estantes, repletas de livros, que nesta hora de escassa afluência de público é percorrida pausadamente, mãos nas costas, por taciturnos empregados, que por vezes pegam um espanadorzinho numa mesa e sacodem o pó de dois ou três livros, para voltar a deixá-lo na mesa seguinte. Ainda não são cinco horas da tarde. Dentro de poucos instantes o local fervilhará de gente entrando e saindo. Aparecerá o poeta que acaba de "publicar", para perguntar se seu livro "está indo bem". Os vendedores o conhecem, conhecem o gesto ambíguo que não quer desalentar, mas tampouco infundir excessivas esperanças. Aparecerá o autor desconhecido que escreveu um romance genial e a todo custo quer que esta editora — e nenhuma outra — seja a primeira a publicá-lo. Se ele insistir, se se mostrar irredutível, um dos vendedores o mandará para o terceiro andar, onde funciona o setor editorial. O manuscrito permanecerá por duas ou três semanas numa gaveta, até que por fim um funcionário lerá as primeiras vinte páginas, por simples desencargo de consciência, e o devolverá com um bilhete educado, explicando que "no momento não cabem novos projetos em nosso cronograma editorial". Aparecerá a ex-secretária de Mussolini, do rei Faruk ou de Mahatma Gandhi, querendo publicar suas memórias porque as considera de supremo interesse para resolver a situação mundial. E também — por que não? — aparecerão alguns honestos clientes, que só desejam comprar um livro.

No segundo andar, num grande salão aquecido por estufas a querosene, ficam os setores de contabilidade e comercial, onde funcionários de guarda-pó cinza e funcionárias de guarda-pó branco fazem incessantes e misteriosas anotações em grandes livros-caixa e acionam as teclas vermelhas e brancas das máquinas de calcular.

Um andar mais acima funciona o setor editorial, onde revisores silenciosos e absortos corrigem os originais e as provas das obras do selo. Sobre as mesas e escrivaninhas amontoam-se gravuras, amostras de tela e couro das encadernações, projetos de capas e ilustrações. As estantes nas paredes contêm uma vasta coleção de dicionários: etimológicos, enciclopédicos e de ideias afins, de línguas estrangeiras, de modismos, de sinônimos...

Nesse terceiro andar, há poucos minutos estavam conversando Daniel Hernández e Raimundo Morel.

A presença física de Raimundo Morel sempre proporcionava dois desculpáveis consolos a Hernández: Raimundo era quase tão míope quanto ele, e um pouco mais feio — o que não é pouca coisa. Sua feiura, porém, não era daquelas inconscientes, que o portador leva pelo mundo sem pensar em suas possíveis consequências sobre o próximo, mas parecia construída quase de propósito e assumida com plena responsabilidade, e até com certa dignidade. Ela provinha apenas da desarmonia dos traços individuais, mas sem afetar uma espécie de serenidade do conjunto. Era uma feiura que parecia sugerir excelências do espírito, dessas que se chamam ou deveriam chamar-se feiuras inteligentes, porque uma força interior foi moldando-as paulatinamente desde sua origem, até torná-las suportáveis e até imperceptíveis. A testa larga demais, o nariz grande e meio torto, o queixo quase inexistente, os óculos, a calvície avançada, certo encurvamento das costas e certa vacilação no andar davam a Morel o inconfundível ar do professor envelhecido no tedioso exercício da cátedra.

E, no entanto, Morel não era velho. Mal chegara aos trinta e cinco. Tanto sua obra incessantemente renovada quanto sua inteligência sempre lúcida e vivaz eram prova dessa juventude. Suas condições econômicas o dispensavam da amarga necessidade de trabalhar, e esse fato dava a todos os seus escritos uma objetividade e um desprendimento das transitórias circunstâncias que talvez fossem seu maior mérito.

De suas viagens de estudos, iniciadas em plena juventude, nenhuma fora tão frutífera quanto a que fizera aos Estados Unidos com o propósito de estudar a literatura desse país. Formado em Harvard, sua apreciação crítica de autores tão díspares como Whitman, Emily Dickinson e Stephen Crane chamara profundamente a atenção. Eram esses antecedentes que o autorizavam a encarar a tradução para o castelhano daquele que é talvez o único clássico norte-americano completamente ignorado nessa língua, que por seu turno fora brilhante e perene aluno de Harvard: Oliver Wendell Holmes.

Sobre a pilha de provas de prelo descansava, em sua plácida sobrecapa azul-clara, o volume da *Everyman Library* em que Holmes faz divagar com ofuscante engenhosidade o poeta sentado à mesa do café. Ao entrar, Raimundo Morel o contemplara com gratidão.

Daniel, notando sua presença, sorriu.

— As provas demoraram muito para chegar da gráfica — disse. — Mas finalmente, como pode ver, aqui estão elas.

Fez uma pausa e acrescentou:

— Como sempre, mandaram o terceiro volume antes do primeiro e do segundo.[1]

Morel desdobrou as grandes folhas e com um gesto mecânico procurou a numeração das últimas, calculando o tempo que levaria para revisá-las.

Depois falaram de Holmes, de sua múltipla personalidade de ensaísta, poeta e homem de ciência. Morel manifestou certa preocupação quanto a alguns detalhes de sua versão: ainda não decidira se convinha traduzir diretamente os poemas intercalados no texto, ou se era melhor incluir a versão original e traduzi-la em nota de rodapé. Preocupava-o também o forte localismo de certas referências. Essas características, na opinião de Daniel, eram o motivo pelo qual ninguém ainda se arriscara a traduzir Holmes.

---

[1] *The Poet at the Breakfast Table* é o terceiro elo da série iniciada por Oliver W. Holmes em 1858 com *The Autocrat at the Breakfast Table*, e que prosseguiria no ano seguinte com *The Professor at the Breakfast Table*. A editora Corsario publicou os três volumes em 1946, na versão castelhana de Raimundo Morel. Essa versão, precedida de um minucioso estudo preliminar, foi a obra póstuma de Morel.

O último sol da tarde entrava pela janela do escritório, dourando as mesas e as estantes. Os funcionários começavam a pôr as capas nas máquinas de escrever lançando olhares furtivos para o relógio na parede.

Quando este marcou quinze para as sete, hora do fim do expediente, apanharam seus chapéus nos cabides e saíram apressadamente.

Daniel e Raimundo ainda permaneceram no escritório por mais alguns minutos. Depois desceram as escadas sem pressa. Quando chegaram ao térreo, o vasto salão de vendas estava deserto, exceto pela presença do vigia, um homem simiesco que os aguardava junto à entrada com visível impaciência. Raimundo teve que abaixar-se muito para passar pela minúscula porta aberta na cortina metálica; Daniel, quase nada. Era mais ou menos da sua altura.

Caminharam pela avenida de Mayo e ao chegar à esquina da rua Piedras se separaram. Morel continuou pela avenida, tropeçando no rio de transeuntes, e Daniel virou a esquina em direção a sua casa. Ao atravessar a rua, consultou seu relógio de pulso.

Eram sete horas.

II

Cinco horas depois, Raimundo Morel estava morto.

Foi a mulher dele, Alberta, que encontrou o cadáver. Os dois moravam sozinhos num apartamento da rua Alsina, perto da avenida. Ela tinha ido ao cinema com uma amiga. Mais tarde declararia ter saído antes de o filme terminar, deixando a amiga no cinema. Explicou que fora assaltada por uma brusca dor de cabeça, que a impedia de apreciar o espetáculo. Pegou um táxi e voltou para casa.

O apartamento ficava no quinto andar. No elevador, Alberta consultou seu relógio. Eram onze e meia.

Quando entrou no apartamento, o *hall* estava às escuras, mas pela porta da sala que seu marido utilizava para trabalhar filtrava-se uma réstia de luz. Isso não lhe causou estranheza. Raimundo costumava ficar acordado até altas horas da noite. Ainda assim, chamou-o em voz alta para anunciar sua presença, enquanto tirava a roupa um tanto úmida (tinha começado a chover antes de pegar o táxi) e vestia um roupão.

Só quando acabou de se trocar percebeu que Raimundo não respondera. Lembrou-se de que tinham tido uma pequena discussão antes de ela sair, e pensou que talvez continuasse zangado. Dirigiu-se ao banheiro, onde tomou um calmante, de que já não parecia precisar (sua dor de cabeça tinha diminuído sensivelmente), e escovou os dentes.

Então o inusitado silêncio da casa voltou a chamar sua atenção. A porta do estúdio continuava fechada, e não se ouvia o teclar da máquina de escrever nem o ruído de uma cadeira ou o rumor das páginas de um livro. Pensou que Raimundo devia ter pegado no sono.

Dirigiu-se ao escritório e abriu a porta silenciosamente. Raimundo estava sentado diante de sua escrivaninha. Tinha a cabeça apoiada no braço direito, e de fato parecia dormir. Sua imobilidade era absoluta. Alberta se aproximou e tentou acordá-lo. Com ambas as mãos conseguiu levantar um pouco sua cabeça, e então viu a negra ferida que obliterava o olho direito.

Quase oculta pelo braço direito estava a arma homicida, uma pistola de baixo calibre. Uma das gavetas da escrivaninha permanecia aberta. Sobre um jornal havia uma minúscula lata de óleo, um vidrinho de benzina, uma pequena vareta de cerdas, um pedaço de camurça e um carregador com vários projéteis. À esquerda da escrivaninha um livro de sobrecapa azul-clara descansava sobre uma pilha de provas de prelo. À direita, numa bandeja, uma garrafa de uísque, um sifão de água e um copo vazio.

Tudo estava em perfeita ordem e não havia sinais de luta na casa.

Foi isso que Alberta declarou à chegada do delegado Jiménez.

O delegado era um homem moreno e medianamente corpulento. Quando falava com alguma pressa, um ouvido adestrado podia distinguir em sua pronúncia um remoto sotaque provinciano, que em geral disfarçava bastante bem. Impecavelmente vestido de preto, poderia ser tomado por um alto funcionário de um banco ou um corretor de imóveis. Contudo, o delegado Jiménez formara-se na escola de peritos e investigadores que introduziram na polícia científica mais de uma brilhante inovação. Talvez por isso havia quem reprovasse nele a excessiva primazia que dava ao trabalho de laboratório em prejuízo da rotina habitual dos inquéritos. Para ele — diziam com ironia velhos homens — todos os casos deviam ser resolvidos sob a lâmpada de Wood, com o fotocomparador ou nos tubos de ensaio. Mas essa reprovação não era de todo justificada. Jiménez, de fato, conferia suprema importância ao indício material, e todos os testemunhos e declarações deviam estar sujeitos a seu rigoroso controle. Mas não carecia da habilidade necessária para, sem esforço aparente, tocar em seus interrogatórios os pontos essenciais que desejava esclarecer. Costumava rir abertamente de alguns de seus colegas, mais partidários do "som e a fúria", quando algum juiz se negava a admitir o valor probatório de certas confissões não de todo espontâneas.

O delegado examinou brevemente o estúdio de Morel. Olhou pela janela que dava à rua e comprovou que por ali não havia nenhuma via de acesso ao escritório. As sacadas dos outros apartamentos estavam a uma distância suficiente para garantir essa impossibilidade.

A garrafa de uísque tinha sido aberta naquela mesma noite: o selo jazia retorcido sobre a bandeja. Dela faltavam três medidas e meia. No fundo do copo havia um resto de bebida.

O fotógrafo colocara sobre o chão um quadrado de papel branco de um metro de largura, cuja imagem, incluída nas fotografias da cena do fato, serviria no decorrer do procedimento judicial para automaticamente estabelecer, caso fosse necessário, as dimensões do aposento e dos objetos.

Um dos homens que acompanhavam o delegado introduziu no cano da pistola o corpo de uma caneta esferográfica, e com essa precaução a levantou para levá-la ao laboratório de datiloscopia. O delegado viu que era uma Browning 6.35. Do carregador depositado sobre o jornal faltava uma bala. A cápsula correspondente, com os sinais do percussor e do ejetor, foi encontrada num canto do aposento. A marca do percussor era muito profunda, o que indicava que a arma era nova ou tinha sido pouco usada.

O médico-legista finalizou o exame preliminar do cadáver e confabulou com o delegado. Era um homem calvo, de barriga proeminente, que falava com certo atropelamento.

Disse que a morte fora produzida por uma bala de baixo calibre que atravessara o frontal acima do olho direito. A perfuração do plano ósseo, levemente estrelada, indicava que o projétil tinha entrado com uma leve inclinação. A hemorragia fora muito escassa. O projétil não abrira orifício de saída, e certamente se alojara no cérebro. A tatuagem da pólvora era quase invisível, mas existia, e dado o pequeno calibre da arma, indicava que o disparo fora feito de perto, de uma distância inferior a vinte centímetros. A posição relativa do orifício e da tatuagem causada pela pólvora e pelos produtos de combustão confirmava a suposição de que a trajetória do projétil fora levemente oblíqua, e dirigida de baixo para cima. A seu ver, o ângulo de tiro não era inferior a 85 graus.

— Não há deflagrações de pólvora nas mãos do cadáver — prosseguiu o médico. — Mas isso não indica, na minha opinião, que a própria vítima não tenha podido disparar a arma, seja por acidente, seja deliberadamente. O senhor sabe, as armas modernas... Talvez o exame de nitrato possa acrescentar mais alguma coisa. Pessoalmente...

O delegado ouvia pacientemente as conclusões do médico, e tentava passar ao largo de sua hipótese. Sabia por experiência própria que é desvantajoso ser influenciado por apreciações alheias. E o doutor Meléndez raras vezes se contentava com um enunciado de fatos diretamente comprováveis. Finalizada sua exposição, o delegado agradeceu-lhe e o dispensou com o maior tato possível.

A bandeja com o copo e a garrafa, assim como o jornal com sua curiosa carga, já haviam sido levados para o laboratório com todas as precauções de praxe.

Sobre a escrivaninha só restava um livro de capa azul-clara em cima de uma pilha de folhas impressas de um único lado, um pouco mais largas que a página de um livro normal, com altura de aproximadamente o dobro de uma página comum. O delegado nunca tinha visto uma prova de prelo, mas logo deduziu que se tratava disso. Na primeira folha, viu o selo da editora Corsario. Lembrou-se então de Daniel Hernández, que conhecia fazia muito tempo, e se congratulou por haver relação entre Hernández e aquele indício material, o único que ele não estava em condições de avaliar com pleno conhecimento de causa. Se fosse necessário, poderia consultá-lo.

Na primeira folha, algumas letras, às vezes alguma palavra ou até uma linha inteira estavam rasuradas, ou com barras oblíquas ou com traços horizontais. Nas largas margens apareciam as emendas correspondentes: a letra trocada, a palavra ou a linha substituídas ou emendadas.

Observou também a presença de certos sinais para ele

estranhos e mais ou menos repetidos. Os dois mais frequentes guardavam certa semelhança com a letra *fi* do alfabeto grego e com o símbolo musical de "sustenido". Deduziu que deviam ser sinais tipográficos de valor convencional.[2]

A ideia de um homem que "entrevista" a si mesmo é, ~~sem dúvida,~~ bastante estranha, E noentanto é isso que todos fazemos todos os dias. Com frequência falo comigo para descobrir meus próprios pensamentos, assim como ~~um~~ um garoto viram os bolsos do avesso para ver o ~~qeu~~ tem neles. Desse modo a pessoa pode trazerà luz toda sorte de pertences pessoais esquecidis em seu inventário.

—Mas o Sr. não sabe de antemão quaes serão seuspensamentos? — disse o "Deputado Federal".

—Claro que não, bendita seja sua honesta alma legislativa! Suponho que eu ~~tenho~~ na cabeça tantos volumes encadernados de ideias dos mais variados tipos quantos o Sr. tem na Biblioteca do Congresso. Devo apanhá-los repetidas vezes, e abri-los numa centena de lugares, e às vezes cortar as páginas aqui e ali para descobrir o que ~~eu~~ penso disso ou daquilo. E muitas pessoas quese gabam de transmitir-me sua sabedoria não fazem mais do que ajudar-me a loccalizar a estante, o livro e a página em que encontrarei minha própria opinião sobre o assunto em questão.

---

[2] O sinal semelhante à letra *fi* chama-se *deleatur*; indica a supressão de uma palavra, letra etc. O sinal # indica "inserir um espaço". (N. da E.)

Todas as emendas tinham sido feitas com caneta-tinteiro. Os traços horizontais eram extremamente irregulares e às vezes deixavam intactas algumas letras da palavra que deviam eliminar.

Mas o que mais chamou sua atenção foi a grafia vacilante e por vezes quase ilegível das correções. Parecia a letra de um homem não habituado a escrever, ou que escrevesse num estado alterado. A pressão exercida era irregular. Alguns traços pareciam estendidos além da conta, e outros quase atrofiados. Os pingos dos is estavam invariavelmente mal colocados, às vezes muito à frente, às vezes muito atrás. A linha-base era muito sinuosa.

O delegado lembrou-se do copo e da garrafa e deu de ombros.

III

Alberta demonstrara uma admirável presença de espírito. Foi ela mesma que chamou a polícia. Quando o grupo chegou, sofreu uma pequena crise nervosa, mas logo se recuperou com ajuda de um sedativo ministrado pelo doutor Meléndez. E quando o delegado Jiménez — concluído seu exame do local dos fatos — lhe perguntou se estava em condições de depor ou se preferia fazê-lo mais tarde, respondeu que preferia tratar disso imediatamente.

O delegado tirou uma caderneta preta do bolso e foi anotando as respostas à medida que Alberta as formulava.

— A que horas a senhora encontrou o cadáver?

— Entre quinze para meia-noite e meia-noite.

— Não sabe a hora exata?

— Não. Cheguei em casa às onze e meia, mas não entrei logo no escritório do meu marido.

— A senhora trancou a porta do apartamento quando entrou?

— Tranquei, sim.

— Não ouviu nenhum ruído antes de encontrar seu marido morto?

— Não.

— Um tiro, por exemplo?

— Não. Não ouvi nada.

— Então, quando a senhora chegou, ele já estava morto?

— Imagino que sim.

— Ao chegar, encontrou a porta do apartamento trancada à chave?

— Sim.

— Viu alguém no *hall* de entrada, ou no elevador?

— Não, não havia ninguém.

— O elevador estava no térreo?

— Estava, sim.

— A porta do prédio também estava trancada?

— Sim, depois das nove da noite sempre fica trancada.

— O que a senhora fez quando entrou no escritório do seu marido?

— De início, pensei que ele estivesse dormindo. Mas quando me aproximei vi que estava morto. Chamei a polícia. Depois telefonei para meu cunhado, Agustín, e para um amigo do Raimundo. Devem estar para chegar.

— A senhora tocou em algum objeto do escritório?

— Não.

— Nem na arma?

— Não.

— Não teria saído do lugar quando a senhora tentou levantar a cabeça dele?

— É possível.

— A que horas a senhora tinha saído?

— Às nove. Fui ao cinema com uma amiga.

— Seu marido ficou em casa?

— Ficou. Eu queria que me acompanhasse, mas ele disse que estava muito ocupado. Tinha que revisar um livro, ou algo parecido. Isso acontecia com frequência. Às vezes discutíamos, mas nada grave, entende? Eu só me aborrecia porque ele nunca tinha tempo para sair comigo, mas compreendo que devia fazer seu trabalho... E agora que ele está morto...

Alberta interrompeu sua fala para dar vazão a uma breve crise de choro, e o delegado aguardou olhando-a com simpatia.

Ela enxugou as lágrimas e sorriu palidamente, como que se desculpando.

— Ele permaneceu a tarde inteira em casa?

— Não. Saiu antes das cinco e voltou por volta de sete e meia. Trouxe um pacote embaixo do braço. Disse que eram umas provas da editora.

— Seriam essas que agora estão sobre a mesa dele?

— Pode ser. Não perguntei.

— Seu marido costumava beber?

— Às vezes, para agradar as visitas. Mas nunca exagerava.

— A senhora acha que essa pequena discussão que comentou poderia ter abalado seu marido a ponto de levá-lo a beber um pouco além do habitual?

Alberta pareceu refletir.

— Não sei — disse levando uma das mãos aos olhos. — Não sei. Prefiro não lembrar que as últimas palavras que trocamos...

Interrompeu-se, fazendo um visível esforço para se controlar, e o delegado mudou rapidamente de assunto.

— Entendo — disse. — Passemos a outro ponto. A senhora já tinha visto essa arma?

— Sim.

— Pertencia a seu marido?

— Sim. Ele a trouxe dos Estados Unidos, faz cinco anos. Foi presente de um oficial norte-americano que estudou com ele, que por sua vez a trouxe da Europa.

— Seu marido era aficionado às armas de fogo?

— Não. Só a conservava como lembrança, guardada numa gaveta da escrivaninha.

— O estojo e os demais apetrechos de limpeza ficavam junto com a pistola?

— Sim.

— A senhora acha que seu marido pensava utilizá-la para alguma finalidade?

— Não.

— Sabe se ele tinha algum inimigo?

— Não. Duvido que tivesse. Era o homem mais inofensivo do mundo.

— Notou se nos últimos dias ele estava tenso ou preocupado?

— Não.

— Alguma vez o viu limpando essa pistola automática?

— Uma ou duas vezes. Mas não acho que o fizesse pensando em usá-la ou por medo de alguma coisa. Muitas vezes seu trabalho o esgotava e sempre lamentava não ter um *hobby*, alguma habilidade manual capaz de distraí-lo. Acho que hoje deve ter se sentido particularmente exausto, e por falta de outra coisa que fazer resolveu dedicar-se à limpeza dessa pistola. Às vezes jogava xadrez sozinho, ou paciência. Imagino que esses passatempos simples eram uma espécie de compensação.

— A senhora sabe se na casa existem mais balas desse calibre, além das que estavam no carregador?

Alberta encolheu os ombros, como lamentando não poder responder.

— Não sei — disse. — Nunca vi.

O delegado pareceu refletir.

— Senhora — disse bruscamente, como se tivesse chegado a uma conclusão —, não quero importuná-la demais, mas gostaria de ver algum escrito de próprio punho do seu marido. Uma carta, uma anotação qualquer...

Alberta voltou a sorrir penosamente. Seus olhos estavam vermelhos.

— Isso é fácil — murmurou. — Raimundo escrevia sem parar. Era o trabalho dele. As gavetas de sua mesa estão cheias de papéis. Pode levar qualquer um.

O delegado agradeceu e voltou a entrar no estúdio de Morel. Abriu a gaveta central da escrivaninha e tirou a primeira folha de uma pilha de manuscritos, encabeçada pelo seguinte título, em letra perfeitamente regular, quase escolar: "Vida e obra de Oliver Wendell Holmes".

Nesse instante o policial de guarda mandava entrar um homem magro e pálido, que parecia profundamente abatido. A julgar por seus cabelos desgrenhados e a desordem de sua roupa, a notícia o arrancara bruscamente do sono. Encaminhou-se diretamente para Alberta, deu-lhe um beijo no rosto e uns tapinhas nas costas, sem dizer uma palavra. Ela apoiou brevemente a cabeça em seu peito, e quando se virou para o delegado, tinha os olhos marejados.

O recém-chegado dirigiu-se à porta do estúdio e estacou. Seu olhar parecia hipnotizado pela pequena mancha de sangue que permanecia sobre a escrivaninha. O delegado se interpôs com rapidez.

— O senhor é o irmão do falecido? — disse quase atropeladamente. — Ainda bem que chegou. A senhora Morel vai precisar da sua companhia. Ela ficou sozinha até agora. Lamento o que aconteceu — acrescentou em voz baixa.

Agustín Morel tinha os olhos arregalados de horror. Queria falar, mas suas palavras não passavam da garganta.

— Quem o matou? — balbuciou por fim.

O delegado encolheu os ombros.

— Ainda não sabemos — disse. — Nem sequer sabemos se alguém o matou.

Agustín olhou para ele sem entender.

— Pode ter sido acidente — disse o delegado. — Ou suicídio. Sabe se seu irmão tinha algum motivo para se suicidar?

A expressão de Agustín dizia às claras que ainda não tinha pensado nessa possibilidade. Sacudiu a cabeça vigorosamente.

— Não — respondeu. — Difícil acreditar nisso. Raimundo sempre foi feliz, mais ainda nos últimos tempos. Seus livros começavam a ser publicados, seu nome ia se tornando conhecido... Ele vivia totalmente dedicado ao seu trabalho.

O delegado o observou, como que considerando o valor que podiam ter as declarações daquele homenzinho transtornado pelo espanto e pela dor.

— O senhor reconheceria a letra dele se a visse? — perguntou inesperadamente.

— A letra dele? — repetiu Agustín. — Sim, claro, mas não vejo que relação...

— Não faz mal — disse o delegado delicadamente. — Talvez não exista uma relação muito clara, mas ainda assim gostaria de saber se pode reconhecer a escrita dele.

— Posso, sim — respondeu Agustín sem hesitação —, o Raimundo costumava passar pequenas temporadas na minha casa. Eu tenho um sítio em Moreno. Ele nunca deixava de anunciar sua visita. Acho que ainda devo ter aqui comigo sua última carta, e além disso conheço sua letra de cor.

Fez menção de vasculhar os bolsos, mas o delegado o conteve com um gesto.

— Não precisa — disse, e acrescentou mostrando-lhe a primeira folha das provas: — é dele a letra dessas correções?

Agustín observou-a com atenção, e à medida que o fazia se desenhava em seu rosto uma expressão de perplexidade.

— Não — respondeu, e acrescentou com certa hesitação: — não parece ser dele. Alguns traços são parecidos, mas o Raimundo não escrevia assim. Parece a letra de um colegial...

O delegado não disse nada.

— Mesmo assim — prosseguiu Agustín —, tem alguma coisa... Não sei o que é, mas me lembra a letra do Raimundo. Acho que poderia ser a letra dele se estivesse com muita pressa, ou nervoso, ou...

Interrompeu-se, como se de repente tivesse percebido as implicações do que ia dizer.

Antes que o delegado pudesse intervir, entrou um novo personagem. Era um homem atlético, loiro, vestido de cinza. Cumprimentou Agustín com um movimento de cabeça, apertou a mão de Alberta e murmurou algumas frases de condolência.

— Agradeço que tenha me chamado — disse —, e fico ao seu dispor. Felizmente pude pegar um ônibus, porque o primeiro trem saía depois das quatro. Eu moro em La Plata — explicou, voltando-se para o delegado —, meu nome é Anselmo Benavídez, sou amigo da família. Se eu puder ajudar em algo, estou às suas ordens.

— Obrigado — respondeu o delegado —, mas agora não há mais nada a fazer aqui. A senhora Morel talvez queira se recolher para descansar. E os senhores — acrescentou em voz baixa, conduzindo Agustín e Benavídez para a porta — tomarão as providências necessárias. É bem possível que a viúva precise de um médico. Deve ter sido um duro golpe para ela. Voltaremos a nos falar à noite.

Dois homens acabavam de lacrar a porta do estúdio. Com as provas de prelo e as páginas manuscritas de Morel embaixo do braço, o delegado Jiménez deixou o apartamento. Eram cinco horas da manhã.

IV

Os jornais da manhã informaram Daniel Hernández da morte de Morel. Quase todos publicavam a notícia com destaque, e alguns traziam uma nota biográfica. Não davam maiores detalhes sobre as circunstâncias de sua morte, mas tacitamente pareciam descartar a possibilidade de um fato delituoso. Morel não tinha inimigos, e não foram achados sinais de roubo. Uma equipe sob as ordens do delegado Jiménez — acrescentavam — estava realizando as diligências necessárias para esclarecer o fato.

Daniel conseguiu falar com o delegado, e este o pôs brevemente a par do ocorrido. Combinaram de se encontrar à noite.

Daniel não apreciava muito o clima dos velórios, mas além da amizade que o ligava a Morel, sentia-se profundamente intrigado pelas circunstâncias de sua morte. Parecia-lhe uma incongruência que Raimundo tivesse morrido com um tiro. O brilhante aluno de Harvard e as armas de fogo pareciam elementos de dois mundos distantes.

Fez esse comentário com o delegado, quando se encontrou com ele em meio à multidão que vinha dar os pêsames, mas Jiménez achou graça no seu estranhamento.

— O que acontece — disse — é que nunca conhecemos realmente as pessoas que pensamos conhecer melhor. Nossas relações com os outros costumam ser muito unilaterais. A área de contato entre dois seres humanos é sempre mais reduzida do que se imagina. É como a interseção de duas circunferências que resulta numa pequena zona de interesses comuns, deixando todo o resto ignorado. Você conhecia o Morel, mas nunca falavam de nada que não tivesse relação com os livros. E por isso acha estranho que um homem que parecia levar uma vida puramente intelectual se suicide brutalmente, dando um tiro na cabeça, como um reles comerciante falido, ou se mate por acidente ao limpar uma pistola automática, como um reles ladrão planejando um assalto.

— Então — disse Daniel —, o senhor acha que se trata de um suicídio ou de um acidente?

— Isso mesmo — respondeu o delegado. — E até a hipótese de um suicídio me parece pouco plausível.

— Não poderia se tratar de um assassinato? — perguntou Daniel.

— Difícil. A porta do apartamento estava trancada à chave, e a arma pertencia à vítima.

— Não é impossível que alguém tenha conseguido uma cópia da chave — arguiu Daniel. — E o detalhe da arma não me parece conclusivo.

O delegado olhou-o com um brilho de ironia nos olhos escuros.

— Claro que não é — disse. — Ainda não encerramos as investigações. O que você diz não é impossível, mas até agora não há nenhum indício nesse sentido.

— Interrogaram a esposa?

— Sim. Tem um excelente álibi. Foi ao cinema com uma amiga. Já foi confirmado. E também localizamos o chofer do táxi que a trouxe para casa. Voltou às onze e meia da noite. E temos razões para supor que, às onze e quinze, Raimundo estava morto. Um amigo telefonou para ele a essa hora, mas ninguém atendeu. E os vizinhos de um dos apartamentos acreditam ter ouvido o disparo por volta dessa hora. Quando escutaram o barulho, não o identificaram como um tiro, mas depois se lembraram de ter ouvido um estalo seco, não muito forte, como de um petardo. A arma era de baixo calibre. A propósito — acrescentou o delegado —, a que horas você o viu pela última vez?

— Às sete.

— Perfeito — disse o delegado. — Isso também coincide com as declarações de Alberta. Ela disse que o marido voltou perto das sete e meia, e que continuava lá quando ela saiu, às nove.

Do canto onde se refugiaram para conversar com calma, fazia já algum tempo que o delegado observava um homem baixo e encurvado, com cara de índio e expressão distraída, que perambulava com as mãos nas costas por entre os grupos que murmuravam as circunstâncias da morte de Morel e repetiam os lugares-comuns de praxe. A expressão de ironia de Jiménez se acentuou.

— Sabe que temos entre nós uma espécie de investigador privado? — disse apontando com um gesto para o homem das mãos nas costas, que continuava perambulando, pelo visto muito absorto em seus pensamentos. — Parece um tanto grotesco, não é? Mas bem que eu gostaria de poder contar com tipos assim.

— Um investigador privado? — perguntou Daniel com um sorriso. — Então eles existem de verdade?

— Claro que existem — respondeu o delegado. — Os grandes hotéis, as joalherias, os bancos têm seus homens de confiança. Posso lhe garantir que é uma profissão enfadonha e pouco emocionante. Alvarado é agente de uma companhia de seguros. Costumam chamá-lo em casos assim. Oficialmente, está aqui para dar os pêsames em nome da companhia, mas seu verdadeiro interesse é escutar as conversas. Num negócio como esse, uma palavra ouvida oportunamente pode significar a economia de muitos milhares de pesos.

— Morel tinha seguro de vida? — perguntou Daniel surpreso.

— Tinha, sim, não sabia? Era um seguro contra acidentes. Trezentos mil pesos, a serem pagos à esposa. Entende agora por que esse Alvarado circula com tanto empenho entre os amigos e conhecidos de Morel? Se ele descobrir que o morto tinha feito dívidas, por exemplo, ou que sofria de uma doença incurável, ou que tinha qualquer outro motivo para tirar a própria vida voluntariamente, a companhia receberia essa notícia com extremo interesse. E nós também — completou rindo. — Só por isso não pomos esses tipos para correr. Às vezes podem nos fornecer dados muito valiosos.

Nesse instante o agente da companhia de seguros estacou a certa distância deles e cumprimentou o delegado com um sorriso que conferia a seu rosto desagradável uma profunda vivacidade. Depois se dirigiu quase na ponta dos pés para a roda onde Alberta, Agustín, Benavídez e o doutor Quintana, advogado da família, falavam em voz baixa, e se misturou à conversa, quase sem ninguém perceber.

— Vejo você amanhã, na delegacia — disse Jiménez preparando-se para se retirar. — Imagino que na editora vão precisar daquelas provas de prelo. Além disso, queria saber sua impressão sobre alguns detalhes que vão nos ajudar a formar uma conclusão definitiva.

Ao vê-lo sair, Daniel teve certeza de que o delegado já tinha chegado a essa conclusão.

V

O delegado estava com o melhor humor do mundo. Habituado a teorizar com Daniel sobre questões criminalísticas e em seus encontros casuais no clube, ou quando aquele ia jantar em sua casa, apreciava a oportunidade que se oferecia de analisar um caso autêntico no terreno dos fatos, e de poder fazê-lo sem violar o sigilo oficial. Daniel, com efeito, estava em seu escritório na qualidade de testemunha. Era uma das últimas pessoas que tinham visto Morel com vida, entregara-lhe um dos indícios mais importantes encontrados no cenário dos acontecimentos e certamente estaria em condições de identificar sua escrita, confirmando ou desmentindo depoimentos anteriores.

— Nossa opinião está formada — disse. — Tenho em meu poder os laudos periciais e os resultados da necropsia, e tudo aponta numa única direção. Acho que a companhia do Alvarado vai ter mesmo que pagar esses trezentos mil pesos.

— Foi um acidente, então?

— Foi, sim. É quase certo. Acho que já estamos em condições de reconstruir as circunstâncias em que ocorreu. — Fez uma pausa, como que ordenando mentalmente os fatos em que apoiaria sua demonstração, e depois prosseguiu: — Raimundo Morel tinha uma arma, uma pistola automática de calibre 6.35. Segundo sua esposa, ele a trouxe dos Estados Unidos. Ninguém desmentiu essa informação. E mais, o irmão de Raimundo lembra-se de ter visto a pistola no escritório daquele.

"Este é um ponto muito importante. Se a arma era da vítima, isso reduz as possibilidades de que alguém tenha entrado no apartamento com a deliberada intenção de assassiná-lo, ao menos usando essa arma. Raimundo guardava a pistola automática numa gaveta de sua escrivaninha. Só quem o conhecia muito intimamente podia saber disso. Sua esposa, por exemplo, mas ela tem um bom álibi. Ou seu irmão, mas também nos apresentou um álibi convincente. Por outro lado, é difícil admitir que, estando sentado diante de sua mesa, Raimundo deixasse alguém tirar a arma de uma das gavetas.

"Quanto à arma propriamente dita, nós ainda não conseguimos identificá-la. De início pensei que fosse uma Browning, mas, embora tenha algumas características semelhantes, não é dessa marca. Na realidade, ela não tem marca, número de série, nem mesmo referência ao país de origem. Não consta no atlas Metzger, que traz mais de 250 fotografias e descrições de pistolas automáticas. Mas nada de estranhar. Depois da guerra, surgiram armas das mais variadas procedências, e sabe-se que em alguns países foram fabricadas imitações dos tipos mais comuns de pistolas e revólveres. Seja como for, isso não nos impediu de comprovar com absoluta certeza que o projétil causador da morte de Morel foi disparado da pistola automática que encontramos na mesa dele."

— Não poderia ter sido disparado de outra arma do mesmo calibre? — arriscou Daniel timidamente. — Ou até de outro calibre? Eu li em algum lugar que em certas condições é possível, por exemplo, disparar balas de pistola usando um revólver.

O delegado sorriu com a superioridade que o conhecimento do ofício lhe dava.

— É verdade, mas não neste caso. Como você sabe, as estrias internas do cano de uma pistola ou de um revólver deixam marcas no projétil. Graças a essas marcas é possível identificar a arma que o disparou, e essa identificação tem um valor probatório equivalente ao das impressões digitais, ou seja, absoluto. Nos testes de laboratório dispara-se um projétil com a arma suspeita contra um material maleável, para não deformar a bala. Em seguida, os dois projéteis são comparados no microscópio balístico, que é um microscópio comparador com duas objetivas e uma ocular, ou no fotocomparador, que além disso fotografa as estrias do projétil colocado num suporte giratório.[3] Cotejando as imagens obtidas no microscópio balístico ou no fotocomparador, verifica-se se há identidade entre os dois projéteis. Para isso leva-se em conta o número de estrias, que pode ser quatro, cinco ou seis, a direção da rotação, horária ou anti-horária, a largura e o "passo" da estria helicoidal, quer dizer, o intervalo observado entre os extremos de uma espira dentro de uma geratriz... — O delegado riu ao ver a expressão de espanto de Daniel, e acrescentou: — No caso em questão, a identidade é absoluta. Poderia ainda mencionar que as marcas do percussor, extrator e ejetor da cápsula também são característi-

---

[3] O fotocomparador de Belaunde é uma invenção argentina.

cas da mesma arma, assim como alguns sinais deixados pelo plano inclinado da câmara e pela parte superior do canhão. Mas todos esses detalhes técnicos são muito maçantes, e acho que, no fim das contas, é melhor você aceitar a minha palavra: o projétil foi disparado com a pistola automática que Morel guardava na gaveta de sua escrivaninha, ao alcance da mão.

"A arma apresenta outra característica muito interessante, que é a que me leva a acreditar na hipótese do acidente. Grande número de pistolas automáticas têm dispositivos de segurança, cujo fim é impedir disparos acidentais. Alguns modelos têm até três: em uns só é possível realizar um disparo pressionando a parte posterior da culatra ao mesmo tempo que se puxa o gatilho; outros têm uma trava na parte posterior esquerda da arma que, colocada em certa posição, imobiliza o mecanismo e impede o disparo; em outros o mecanismo é automaticamente imobilizado quando se retira o carregador. Numa pistola de fabricação francesa, o canhão gira em torno de um eixo dianteiro e se levanta automaticamente quando o carregador é retirado, para que, se o percussor funcionar acidentalmente, ele golpeie o vazio.

"Disso tudo você já pode inferir qual é o acidente mais comum no manejo das pistolas automáticas: a pessoa quer limpar a arma, retira o carregador e não percebe que restou uma bala na câmara. Um movimento qualquer, e sai um disparo que atinge alguém por perto, ou a própria pessoa que manipula a arma..."

O delegado fez uma pausa, para dar maior ênfase ao que ia dizer.

— E a pistola automática de Morel — acrescentou por fim —, uma arma de origem desconhecida e fabricação deficiente, *não tinha nenhum dispositivo de segurança.*

Daniel balançou a cabeça em gesto de dúvida, mas o delegado se adiantou a suas objeções.

— Esse detalhe por si só não é definitivo — disse —, mas há muitos outros. Primeiro, devemos lembrar que o carregador da pistola tinha sido retirado e que nele faltava um projétil, que evidentemente tinha ficado na câmara. Isso, junto com os implementos que encontramos em cima da mesa, sobre um jornal, indica que Morel tinha o propósito de limpar a pistola. Chegou a embeber com benzina a pequena vareta de cerdas. A latinha de óleo estava destampada. Parece que é um gesto instintivo, ao limpar um revólver ou uma pistola, levantá-lo com o polegar no gatilho e os quatro dedos restantes na parte posterior da culatra e aproximar o canhão do olho, para ver se está sujo. Naturalmente, isso é feito com a certeza de que a arma está descarregada. No caso de uma pistola desse tipo, não se vê nada, mas isso não impede a sobrevivência do gesto. Tente imaginar o movimento. Morel acredita que a pistola está descarregada. Ele mesmo retirou o carregador para limpá-la. Aproxima o cano do olho direito com o polegar no gatilho. O gatilho em si é um tanto "leve", como pudemos comprovar no tensiômetro. Um ruído exterior, um sobressalto qualquer, uma contração nervosa da mão, e o acidente já aconteceu. *Principalmente se a vítima se encontra em certas condições que predispõem ao acidente.*

Daniel olhou para o delegado sem entender.

— Logo voltaremos a esse ponto — disse o delegado. — Mas resta ainda outro detalhe a analisar no cenário do fato. Em geral, nos casos de suicídio, a arma é encontrada na mão do suicida. Ao disparar, este a empunha na posição usual. A mão sofre uma contração devida ao chamado espasmo cadavérico, que é um fenômeno de origem vital, portanto diferente da rigidez cadavérica que toma conta do corpo já morto. O espasmo cadavérico é a persistência depois da morte de uma contração muscular *voluntária*, realizada ainda em vida e prolongada no cadáver após morte repentina. No caso de Morel, a arma estava embaixo do seu braço. Isso porque ele não a empunhava na posição usual, favorável ao espasmo cadavérico, e tampouco se produziu a contração muscular voluntária que precede o suicídio, porque ele não tinha a intenção de se matar. Seus dedos apenas a seguravam naquela posição instável que já mencionei. Depois do disparo, ela se desprendeu da mão e ficou presa embaixo do braço. Esse pequeno detalhe, aliado à circunstância de que Morel não deixou nenhum bilhete anunciando sua decisão de tirar a própria vida, bem como a aparente falta de motivos para tanto, inclinam-me a supor que também não se trata de suicídio.

"Mas ainda há mais. Existem certas condições que predispõem a um acidente. Um estado de extremo nervosismo, por exemplo, ou de relativa embriaguez."

Daniel endireitou-se surpreso.

— O senhor quer dizer que Morel estava *embriagado* quando o acidente aconteceu?

— Calma, não se escandalize — disse Jiménez com gesto conciliador. — Eu não estou pedindo que aceite uma hipótese infundada. Infelizmente, temos fatos. E mais de um: três, na verdade. O primeiro é que em cima de sua mesa encontramos uma garrafa de uísque aparentemente aberta naquela mesma noite. Ao lado da garrafa havia um copo com restos de bebida. Da garrafa faltava certa quantidade que provavelmente não bastaria para embriagar um homem habituado a beber, mas Morel não era um homem habituado a beber. A viúva disse que ele o fazia muito raramente. O segundo fato foi comprovado pela necropsia: constatou-se certa quantidade de álcool no cadáver. Quanto ao terceiro, acho que você mesmo poderá nos dar seu parecer.

Abriu uma gaveta de sua mesa, tirou um envelope e dele extraiu as provas de prelo que Morel estava revisando antes de morrer. Separou a primeira folha e a estendeu a Daniel.

Este a observou com extrema atenção e em seguida olhou para o delegado com perplexidade.

— Essa não é a letra do Raimundo — disse.

— A perícia grafoscópica — sentenciou o delegado — é a mais difícil, e a de resultados menos seguros. Você baseia sua opinião em certas evidentes diferenças externas, e se engana. O perito analisa detalhes menos superficiais, e portanto mais reveladores. Você dá uma olhada por alto e já emite seu julgamento. O perito mede e compara. Utiliza mais de um método. Recorre primeiro à grafoscopia, que é o mais simples e mais antigo: a comparação das formas em ampliações fotográficas de dois ou três diâmetros. Analisa o formato geral do traçado e o formato de cada letra isoladamente. Quando isso não basta, apela à grafometria, que analisa não mais as formas, mas as características quantitativas, altura média das letras minúsculas em geral e em particular, altura média das maiúsculas, espaçamento das letras e das palavras; no caso de uma letra específica, por exemplo, o *t*, mede-se a altura do corte, a largura da barra, o nível de elevação, o ângulo de inclinação etc.

"No nosso caso, a primeira coisa que me chamou a atenção foi a vacilação e deformidade das correções. O próprio irmão de Morel teve dificuldade em reconhecer sua escrita.

"Existia portanto a possibilidade de que as correções das provas tivessem sido feitas por outra pessoa. Isso poderia reforçar a hipótese de um assassinato, pois seria o primeiro indício da presença de um terceiro no apartamento de Morel, ainda que de pronto não pudéssemos entender por que esse hipotético visitante se dedicaria a revisar as provas. Por isso providenciei uma amostra da verdadeira escrita de Morel e solicitei uma perícia grafoscópica. O laudo saiu antes do que eu esperava, e suas conclusões são muito significativas.

"Não quero insistir em detalhes técnicos, mas analisando os pequenos traços característicos das letras, os pontos de ataque, o arremate dos ovais, a inclinação axial etc., o perito chegou à conclusão de que a pessoa que corrigiu essa prova é a mesma que escreveu o manuscrito que também enviei para análise. Sua explicação para as diferenças observáveis é que as anotações das provas foram feitas sob efeito de um forte estado emocional, de uma droga ou de qualquer outro excitante, ou pelo menos em circunstâncias diferentes das normais, que não cabe a ele determinar, naturalmente, pois sua missão se restringe a estabelecer se há ou não há identidade entre as escritas. Os peritos grafotécnicos costumam ser muito cautelosos em seus laudos; todo juízo implica uma alta probabilidade de erro. Levando isso em conta, suas conclusões são singularmente categóricas.

"Acho que agora podemos completar o panorama esboçado anteriormente. Sabemos que Morel tinha uma pistola automática de calibre 6.35, sem dispositivo de segurança. Sabemos, ou temos direito de supor, que ele esteve sozinho em seu apartamento a partir das nove. Pouco antes, tivera uma pequena discussão com a esposa. Isso talvez o tenha abatido e levado a beber. Depois pode ter pensado que isso nada remediaria, e decidiu pôr-se a trabalhar. Começou a revisar as provas que você tinha lhe entregado poucas horas antes. Mas como não estava habituado a beber, a bebida logo começou a surtir efeito. Talvez não estivesse embriagado, mas sua mão já não tinha a firmeza habitual. Depois de revisar algumas páginas, resolveu abandonar o trabalho e dedicar-se a alguma coisa que não lhe exigisse nenhum esforço mental. Talvez ao abrir uma gaveta da escrivaninha para guardar as provas tenha visto o estojo da pistola. Tirou-a, retirou o carregador com o propósito de limpá-la, sem perceber que restava uma bala dentro dela, e algum movimento brusco de sua mão causou o acidente."

Daniel se levantou, disposto a se retirar. Rugas de preocupação atravessavam sua testa.

— Muito razoável — murmurou. — Razoável demais. Talvez por isso não me convença por completo.

O delegado encolheu os ombros.

— Sinto muito, mas essas são as minhas conclusões. — Devolveu as provas de prelo ao envelope e o entregou a Daniel. — Imagino que na editora vão precisar disso — e acrescentou com certo sarcasmo: — Quem sabe você não descobre nessas provas alguma coisa que nos escapou.

VI

Aurelio Rodríguez, velho funcionário da editora Corsario, foi o inesperado e efêmero Watson daquela singular aventura das provas de prelo. Mas sua elevação a essa alta dignidade dependeu de uma circunstância puramente acidental: sua mesa era a mais próxima da mesa de Daniel.

Este, ao voltar de sua entrevista com o delegado, depositou à sua frente as provas da obra de Holmes e começou a folheá-las distraidamente.

Foi então que Rodríguez ouviu o estrepitoso rangido de uma cadeira, e erguendo os olhos viu que Daniel se levantara de um salto. Apontava um dedo para uma das provas e movia os lábios pronunciando palavras inaudíveis. Seus olhos pareciam desorbitados.

Rodríguez se aproximou, tomado pela curiosidade, e observou as primeiras linhas das provas que Hernández apontava com gesto imperioso. Depois leu as emendas e encolheu os ombros.

— Que foi? — perguntou. — Não vejo nada de errado. Tem algumas emendas, mas parecem corretas.

— Holmes — murmurou Daniel com expressão distante. — Oliver Wendell Holmes. Sherlock Holmes. Curiosa coincidência... Você se lembra do estranho caso do cachorro morto?

— Não convém engraxar os eixos com óleo de vitríolo — disse o Deputado ~~Fedral~~.

— Não, porque sefizermos ~~isso~~ a roda do progresso não demorará a engripar. Não é possível manter durante muito tempo um nível uniforme, se para consegui-lo tudo foi incendiado. Além disso, se todas as cidades do mundo fossem reduzidas a cinzasem poucos anos a venda de potassa produziria uma nova classe de milionários. Por outro lado, de que ~~que~~ vale enfrentar o homem que tem um relógiol de prata contra o que tem um relógio de ouro, e o que não tem relógio algum contra ambos?

— Não é possível contradizer a ntureza humana — disse o Deputado ~~fdral~~.

— É verdade. Eis-nos aqui viajando juntos através do deserto, como os filhos de Isarel. Alguns recolhem mais maná e apanham mais codornas qu outros, e deveriam ajudar mais seus vizinhos famintos; isto sem falar

Rodríguez fitou-o como se começasse a pensar que seu colega tinha enlouquecido.

— Esqueceu os clássicos? — insistiu Daniel. — O estranho caso do cachorro morto era que ele *não* tinha latido de noite. E o estranho caso dessas três ou quatro emendas é que elas estão bem feitas, estão bem escritas, com uma letra perfeita, com a verdadeira letra de Raimundo Morel. Entendeu agora?

Rodríguez balançou a cabeça, desalentado.

— Olhe, Hernández, eu...

— Vou lhe explicar em termos mais simples. Ou melhor, vou deixar que você mesmo explique, respondendo às minhas perguntas. Você acredita na embriaguez intermitente?

Rodríguez encolheu os ombros.

— Perfeito. Acha que a bebida aguça a visão e estimula as faculdades mentais?

Rodríguez devia ter certa experiência a respeito, porque desta vez respondeu com uma categórica negativa.

— Obrigado — respondeu Daniel com expressão sibilina —, você já está em condições de impressionar o delegado Jiménez.

Rodríguez voltou para sua mesa e durante meia hora escutou com crescente espanto as intermitentes exclamações de Daniel Hernández à medida que folheava aquelas provas de prelo. Depois o viu pegar apressadamente o casaco e o chapéu e descer as escadas aos saltos.

Duas horas depois voltou trazendo um grande pacote de onde tirou um mapa ferroviário e alguns folhetos com horários de trens.

Chamou Rodríguez e, entregando-lhe uma folha ainda não emendada que tirou da pilha de provas, pediu-lhe que a revisasse minuciosamente. Rodríguez dedicou-se à tarefa, mais intrigado do que nunca, enquanto Daniel, relógio em punho, aguardava os resultados.

Quando Rodríguez lhe devolveu a longa folha revisada, Daniel murmurou:

— Seis minutos. Noventa e oito linhas. Morel revisou vinte e duas provas. Ótimo. Você acaba de resolver o caso.

Depois se entregou com renovado fervor à tarefa de consultar os horários de trens, o mapa e as provas de prelo, ao mesmo tempo que rabiscava complicadas anotações em folhas em branco.

Por fim pediu uma régua e papel vegetal, e com a ajuda desses implementos dedicou-se a decalcar certos detalhes do mapa ferroviário e a traçar um minucioso gráfico. Às seis e meia da tarde, fez um pacote com tudo, pôs o chapéu e saiu sem se despedir de ninguém.

O metrô o deixou na estação Once, onde só precisou caminhar alguns metros para pegar um trem da linha suburbana que o levou até Moreno. Lá desembarcou, atravessou a via e pegou o primeiro trem de volta.

No dia seguinte, não foi à editora. Por volta das sete da noite, alguém o viu atravessar rapidamente o grande *hall* central da estação Constitución e subir num trem parado numa das plataformas.

O primeiro a ter notícias dele foi o delegado Jiménez. À uma da manhã, foi acordado em sua casa pela estridente campainha do telefone e ouviu a voz excitada de Daniel.

— Delegado, o senhor pode reunir todos os envolvidos na morte de Raimundo Morel, amanhã bem cedo? Acho que fiz uma descoberta muito importante.

— Você também? — replicou o delegado de péssimo humor. — Parece que todo mundo resolveu investigar por conta própria. Se continuar assim, não vamos mais precisar da polícia.

— Como assim? Tem outra pessoa? — perguntou Daniel sobressaltado.

— Tem, sim — respondeu o delegado. — Poucas horas atrás, recebi um telefonema do Alvarado. Ele também diz que fez uma descoberta importante. Vindo dele, eu até entendo. São trezentos mil pesos que ele está tentando salvar. Mas você...

Daniel desligou apressadamente.

VII

A sala do delegado ficou pequena para toda aquela gente ali reunida. Alberta Morel, de luto fechado, parecia exausta e abatida. A seu lado, Anselmo Benavídez exagerava o papel de amigo da família, olhando para Alberta com gesto protetor e para Daniel e Alvarado com expressão feroz. O doutor Quintana, depois de ajustar cuidadosamente os óculos, cruzara os braços e jogara as costas para trás em sua cadeira, aguardando os acontecimentos. Agustín Morel parecia mais macilento do que nunca. Alvarado olhava para todos com uma expressão levemente brejeira em seu rosto escuro e desagradável.

O delegado foi o primeiro a falar. Era difícil para ele ocultar sua impaciência. Desagradava-o o caráter marcadamente teatral daquela reunião, e era evidente que só seus escrúpulos de funcionário correto o impediam de desprezar aquela remota possibilidade de descobrir algum fato ignorado. No fundo, achava que estava perdendo tempo, e de bom grado teria mandado Alvarado e Daniel às favas.

— Senhora — disse dirigindo-se a Alberta —, agradeço por ter comparecido. Estes dois cavalheiros — acrescentou olhando para os improvisados investigadores — afirmam ter feito importantes descobertas ligadas à morte do seu marido, e naturalmente a senhora é a primeira interessada em saber do que se trata. Por outro lado, eles mesmos solicitaram sua presença. Contudo, creio necessário advertir que não se trata de um interrogatório oficial, e que a senhora não tem obrigação de responder a nenhuma pergunta que lhe seja formulada, se não o desejar.

"Creio conveniente acrescentar que a polícia já formou sua conclusão. Entendemos que seu marido morreu em consequência de um acidente, que eu sou o primeiro a deplorar. Compreendo, porém — acrescentou lançando um olhar hostil ao agente de seguros —, que há certos interesses em jogo, e creio que nada se perde tentando esclarecer, mais ainda, circunstâncias que a mim, pessoalmente, já me parecem suficientemente claras."

Depois desse breve exórdio, o delegado fez um aceno em direção a Alvarado, indicando que podia começar.

— Não sei se o que trago aqui é uma nova solução deste problema — disse com voz melíflua. — Confio plenamente na capacidade da polícia para reconstruir as circunstâncias da morte de Morel. Mas não me parece provado que essa morte se deva a um acidente. E anuncio o propósito da companhia que represento — acrescentou com súbita estridência — de não efetivar o seguro de que a senhora Morel é beneficiária enquanto existirem sérias presunções de que as coisas se deram de outro modo.

As palavras iniciais de Alvarado causaram alvoroço. Daniel, sem poder evitar um sorriso, pensou que aquele homem daria um excelente orador político. Benavídez segurou o braço de Alberta, como se temesse que ela fosse desmaiar. Alberta, de fato, ficou branca como um papel e abriu a boca para dizer algo, mas seu advogado se adiantou.

— Isso é um absurdo — disse. — O senhor sabe muito bem que a morte de Morel foi acidental. Qualquer magistrado se pronunciará a favor da minha cliente.

Alvarado o olhou com um sorriso exasperante.

— Eu no seu lugar, doutor, não teria tanta certeza. E se condescendi em elucidar a questão aqui, antes que chegasse às barras dos tribunais, foi justamente para poupar-lhe desagradáveis surpresas.

O advogado emudeceu. Alvarado falava com espantosa segurança. Consciente de ter imposto certas condições, voltou a moderar a voz.

— Sem dúvida — disse —, a hipótese policial parece muito sólida, o que não é nenhuma surpresa para quem, como eu, conhece o delegado de longa data. — Fez uma mesura um tanto zombeteira para Jiménez, que a ignorou. — Mas todas as coisas podem ser observadas de muitos ângulos, e à luz de certos fatos que aqui revelarei e que ainda não surgiram no decorrer das investigações, creio que o próprio delegado as verá de outro modo.

"Proponho que examinemos novamente todas as circunstâncias que cercam a morte de Morel, e depois vejamos se continuam a aceitar a interpretação que a polícia lhe oferece; se aceitam somente essa interpretação, ou se é possível formular outras.

"Não ponho em dúvida a validade dos testemunhos tomados no decorrer das investigações. Creio que estão devidamente corroborados. Aceitamos, portanto, que Raimundo Morel voltou para sua casa, na noite do suposto acidente, por volta das sete e meia, conforme declarou sua esposa. Pouco antes das nove, ela lhe pediu que a acompanhasse ao cinema, mas ele se negou, alegando que devia realizar certo trabalho. Seguiu-se então uma pequena discussão, sobre cuja importância não estamos em condições de tecer juízos, mas que convém não esquecer.

"Às nove, a senhora Morel saiu, deixando o marido em seu aposento de trabalho, encontrou-se com uma amiga e juntas foram a um cinematógrafo. Tudo isso está confirmado. Às onze e quinze um amigo de Morel telefonou para a casa deste, mas ninguém atendeu. Aproximadamente a essa mesma hora, alguns vizinhos ouviram ou pensaram ouvir um disparo. E também à mesma hora a senhora Morel, tomada de uma súbita dor de cabeça, resolveu voltar para sua casa, sem esperar o término do espetáculo. Pouco depois de chegar ao apartamento, entrou no escritório do marido, e o encontrou morto.

"Naturalmente, apresentam-se à nossa consideração as três alternativas habituais: assassinato, suicídio, acidente. Procuremos reduzir o campo de nossa análise. Procuremos eliminar alguma dessas alternativas.

"Quem se beneficia com a morte de Morel? Sua viúva, que receberá trezentos mil pesos se a morte dele passar por acidente. Mas ela tem um excelente álibi. Devemos eliminá-la como possível suspeita.

"O irmão de Morel, além de também contar com um álibi, carece de motivo aparente para assassiná-lo, já que sua morte em nada o beneficia. Por outro lado, a porta do apartamento estava trancada à chave, e essa circunstância enfraquece a hipótese de um crime. Com efeito, um suposto assassino teria de possuir uma chave do apartamento.

"No escritório de Morel não há sinais de luta, não falta dinheiro, tudo está em ordem.

"Eliminada a hipótese de assassinato, restam as outras duas. Trata-se de um acidente ou de um suicídio? Reconheço as grandes dificuldades que se apresentam para encerrar a questão. O delegado fez uma lúcida análise de todas as circunstâncias que cercam a morte de Morel. Observou que a arma autora do disparo fatal carecia de dispositivo de segurança. Apurou claros indícios de que Morel teve a intenção de limpar essa pistola automática: retirou o carregador, destampou uma latinha de óleo, embebeu em benzina uma pequena vareta. Ele não poderia ignorar a causa que produz o maior número de acidentes na manipulação de pistolas automáticas: uma bala esquecida na câmara, justamente ao retirar o carregador com o propósito de limpá-la. E notou mais uma coisa: a pistola automática estava embaixo do braço de Morel. Em muitos casos de suicídio, a arma permanece na mão do suicida, devido ao espasmo cadavérico. Não se tratava de um dado decisivo, mas *sim* de uma suposição a mais em favor da teoria do acidente.

"Por último, observou que Morel tinha bebido, fato confirmado pela autópsia. E descobriu que a bebida tinha surtido efeito nele: a escritura de certas correções realizadas por Morel numas provas tipográficas eram extremamente vacilantes. Esse estado ligeiramente alcoolizado da vítima era muito favorável a um acidente.

"Por último, notou a ausência de certos elementos que quase invariavelmente acompanham os casos de suicídio.

Morel não tinha deixado nenhuma carta expressando seu propósito de tirar a própria vida. Um homem disposto a dar cabo de si não costuma comprometer as pessoas que o rodeiam, a menos que o anime o deliberado desejo de prejudicá-las, e neste caso não há motivos para supor que assim seja. E por sobre todas as coisas, em seus longos interrogatórios, o delegado não descobriu o menor *motivo* para que Morel se suicidasse.

"Isoladamente, nenhum desses indícios é definitivo para sentenciar que Morel não se suicidou, mas em conjunto devo reconhecer que deles se depreende uma presunção muito forte de morte acidental.

"Mas eu demonstrarei que todos esses fatos podem ser vistos sob uma perspectiva completamente diferente.

"Eu demonstrarei que Morel não morreu de morte acidental.

"*Raimundo Morel se suicidou.*"

Do semicírculo de cadeiras defronte a Alvarado ergueram-se vozes indignadas. O doutor Quintana sacudia a cabeça, fazendo cintilar suas lentes, mas não se ouvia o que estava dizendo: a voz troante de Anselmo Benavídez abafava a dele. O próprio Agustín parecia ter saído de sua letargia e lançava escandalizadas exclamações de incredulidade. Só Alberta permanecia calada, com os olhos arregalados.

— Raimundo Morel se suicidou — repetiu Alvarado, impávido. — E tinha um excelente motivo para fazer isso.

"Eu — retomou em voz mais baixa e um tanto teatral —, eu exerço um ofício ingrato, e nunca mais do que agora, porque agora devo demolir a minuciosa obra construída pela inteligência de um homem que admiro, um homem que teve a integridade de morrer sua própria morte, uma morte planejada integralmente por ele em seus mínimos detalhes e em suas mais remotas consequências.

"Mas antes de reconstruir o que aconteceu no escritório

de Morel na noite do suposto acidente mortal, é preciso estabelecer um ou dois pontos de referência.

"Doutor Quintana — acrescentou dirigindo-se ao atônito advogado —, a pergunta que lhe farei tem uma importância decisiva. Advirto-lhe que conheço a resposta de antemão. Mas creio que não há ninguém mais indicado que o senhor para nos dizer exatamente o que restava, quando da morte de Raimundo Morel, da fortuna que ele herdou dos pais."

O advogado se levantou com pausada dignidade e envolveu Alvarado com um olhar de imponente desdém.

— Isso não é do seu interesse — respondeu com voz firme. — Não tenho obrigação de responder à sua pergunta, que me parece completamente alheia ao caso.

— Engano seu, tem muito que ver com o caso — insistiu Alvarado, acentuando a careta sardônica de seu rosto. — É quase decisivo.

— Está bem, doutor — disse Alberta com brusca resolução. — Não vale a pena ocultar essa informação. Eu mesma respondo: não restava quase nada. Em poucos meses teria acabado o pouco que tínhamos. Raimundo começava a ganhar certo nome, mas não dinheiro. O dinheiro se foi em suas viagens de estudos e em seus livros.

— Obrigado, senhora — disse Alvarado com uma reverência que pretendia ser cortês, mas beirava o grotesco. — Acabamos assim de estabelecer um ponto muito importante: os recursos econômicos de Raimundo Morel tinham sofrido uma considerável diminuição no decorrer de suas viagens ao estrangeiro, e agora estavam praticamente esgotados.

"Nós já suspeitávamos disso por causa de um pequeno detalhe. Morel contratou sua apólice há cerca de sete anos. Durante todo esse tempo, sempre pagou suas mensalidades pontualmente. Mas a última sofreu certo atraso, não muito grande, mas que, por se tratar de um homem que possuíra consideráveis recursos, chamou nossa atenção.

"Morel inicialmente havia contratado um seguro contra acidentes. Na realidade, ele sempre temeu que pudesse ser vítima de um acidente. Como muitos homens de seu tipo, era extremamente distraído, e sabia que uma distração qualquer, ao atravessar a rua, ao descer as escadas, podia custar-lhe a vida. Além disso, previra para um futuro não imediato o esgotamento de seus meios econômicos, e naturalmente pensou que deveria providenciar alguma proteção para sua esposa em caso de qualquer eventualidade.

"Ultimamente seus temores se acentuaram. Praticamente já ia chegando àquela situação que previra anos atrás. Ainda restava algum dinheiro, mas logo se acabaria.

"Então pensou em contratar um novo seguro, desta vez um seguro de vida. Chegado o momento, poderia trabalhar, mas entendia que enquanto isso devia proteger sua esposa contra o risco de uma doença repentina, por exemplo. Morel era um homem escrupuloso, ciente de suas responsabilidades.

"Poucos meses atrás, procurou-nos para tramitar a nova apólice. Nossa companhia estava disposta a aprová-la nas melhores condições possíveis.

"Mas houve então uma descoberta imprevista, uma descoberta com que ele não contava e que o encheu de pavor. Ocorre que depois dos exames médicos de praxe, nossa companhia negou-se a conceder a apólice. O médico não lhe disse do que se tratava, mas recomendou-lhe consultar um cardiologista.

"Morel sofria de uma doença incurável, que punha sua vida em permanente risco, e a qualquer momento podia ter um desenlace fatal.

"Certamente consultou um cardiologista, e recebeu o diagnóstico que confirmou seus piores temores.

"Tentemos imaginar sua situação. Seus dias estavam contados. Se sofresse uma morte repentina por causa da doença, sua mulher ficaria desamparada. Mas, pelo contrário, se morresse num acidente...

"Percebem a diferença? Para ele, o fim era igualmente certo, mas de um modo sua esposa ficaria praticamente na miséria, e do outro receberia trezentos mil pesos.

"Não disse nada a Alberta. Por um lado, pensou que era inútil alarmá-la. Por outro, era necessário que, chegado o momento, ela também acreditasse que tinha morrido acidentalmente, que agisse com naturalidade para que ninguém suspeitasse de nada.

"Não disse nada a ninguém. Durante dias e dias levou em seu interior esse peso intolerável da morte certa e iminente. Não alterou nenhum de seus hábitos, não deu sinais de preocupação ou de inquietação. E começou a planejar o 'acidente' que poria fim à sua vida.

"O problema não era fácil. Primeiro deve ter pensado em atirar-se sob um trem ou afogar-se num rio. Mas nesse caso deveria contar com eventuais testemunhas, cujas reações não podia prever nem impedir. Talvez alguém notasse em seus últimos movimentos o propósito deliberado do suicídio, talvez ele mesmo não pudesse ocultá-lo.

"Não, era mais fácil levar a cabo seu plano a sós, sem testemunhas, com a única ajuda de certos indícios materiais que ele combinaria sabiamente para conseguir a aparência de um acidente.

"Durante muitos dias imaginou todas as circunstâncias que podem cercar um acidente. Elaborou uma verdadeira técnica do acidente. Colocou-se imaginariamente no lugar da polícia. Devia eliminar do local do fato qualquer indício que levasse a pensar em assassinato ou suicídio.

"Morel tinha uma arma que ele nunca havia utilizado, guardada no fundo de uma gaveta. Era uma pistola automática que se prestava admiravelmente a seus planos. Em primeiro lugar, era dele: sua presença no local do fato não causaria estranheza. E em segundo lugar, carecia de dispositivos de segurança.

"Era essa a arma que devia utilizar.

"Agora faltava criar as condições que tornassem plausível a manipulação dessa arma. Recorreu aos utensílios de limpeza incluídos no próprio estojo. Ao retirar o carregador, deixou uma bala na câmara. Destampou a latinha de óleo e embebeu a vareta em benzina. Todo mundo pensaria que tivera o propósito de limpar a pistola.

"Antes, já tratara de plantar outros indícios. Mantivera uma breve discussão com a esposa, o que lhe daria um pretexto para beber. Podemos imaginar com que íntima dor ele há de ter trocado aquelas ásperas palavras finais com a mulher a quem só queria ajudar.

"Trancou a porta do apartamento à chave, para reduzir as chances de a polícia acreditar na hipótese de um crime. Com o mesmo propósito, extremou a ordem que reinava no aposento. Não deviam ficar sinais de luta nem o menor indício de uma presença estranha.

"Na casa havia uma garrafa de uísque, reservada para eventuais visitantes, já que Morel raramente bebia. Mas nessa noite ele a abriu e entornou dois ou três copos, deixando a garrafa à vista.

"Naquelas duas horas que precederam sua morte, Morel violou os hábitos de toda uma vida. Tinha aversão pelas armas de fogo, e nessa noite se dedicou a limpar uma pistola automática. Tinha aversão à bebida, e nessa noite bebeu. Amava a sua esposa, e nessa noite brigou asperamente com ela.

"As provas de prelo que acabava de receber do editor lhe deram a oportunidade de acrescentar a seu plano um toque de gênio. Esperou que a bebida surtisse efeito. Podemos imaginá-lo estendendo sua mão sob a luz do abajur e observando seu próprio tremor. Mas por trás da embriaguez de seu corpo animava-o uma terrível lucidez. Nenhum dos detalhes de sua encenação devia parecer forjado. Tudo deveria ser autêntico.

"Então, já em luta contra o álcool que pelejava por embotar-lhe o cérebro, deu início a essa tarefa atroz de revisar as provas, uma tarefa longa, minuciosa e desesperada. Com sombria satisfação, observou sua mão tremendo, sua letra tornando-se vacilante, irreconhecível. Raimundo Morel, o homem de letras, o ensaísta brilhante, escrevia como um rústico, como um ébrio.

"E enfim chegou o instante decisivo. Todos os indícios estavam preparados. Pôs de parte as provas de prelo, e apanhou a pistola automática.

"Até o último instante, ele conservou uma astúcia instintiva. Sabia que, se empunhasse a arma na forma habitual e se desse um tiro na testa, dificilmente conseguiria impedir que seus dedos se crispassem em torno da culatra da pistola, aferrando-a depois da morte, fornecendo assim uma prova irrefutável de que se suicidara. Por isso tomou-a com a maior delicadeza, segurando-a apenas com a ponta dos dedos, na mesma posição que imaginou o delegado, a posição favorável a um acidente. Uma leve pressão do dedo, e produziu-se o disparo. A pistola se desprendeu de sua mão e ficou aprisionada embaixo do braço.

"Veja só, delegado, qual é a técnica do acidente. Veja como os mesmos fatos que o senhor citou para embasar sua teoria do acidente podem ser citados para sustentar que Morel se suicidou.

"O senhor descartou o suicídio porque ele não deixou uma carta anunciando sua decisão de tirar voluntariamente a própria vida. Agora já sabe por que não a deixou: era essencial que ninguém soubesse que se tratava de um suicídio, era essencial que seu sacrifício permanecesse ignorado. O senhor achava que Morel não tinha motivo para se suicidar.

Pois eu acabo de provar que ele tinha, sim, e um muito forte: o desejo de proteger a mulher à qual ligara sua vida e com quem contraíra uma grave responsabilidade.

"Foi por isso que, ao começar, eu disse que todas as coisas podiam ser vistas de outro ângulo. E por isso lamento ver-me na obrigação de repetir que a companhia que represento não se vê obrigada a pagar o seguro contra acidentes contratado por Raimundo Morel em favor de sua esposa."

Alvarado fez uma pausa de efeito dramático, antes de continuar:

— Contudo, a empresa seguradora reconhece a coragem implícita no gesto de seu ex-cliente, e posso desde já anunciar que está disposta a fazer certas concessões, às quais não se sente obrigada por lei, mas pelas relações normais entre os seres humanos.

No tumulto que se seguiu a essa estranha declaração — cujo fecho, aos ouvidos do delegado, soou mais precavido que generoso —, Daniel foi o único que não se manifestou. Permaneceu imóvel, observando os outros com olhos entrecerrados. O doutor Quintana, convencido a contragosto pelo vigor argumentativo de Alvarado, não sabia que partido tomar. Adivinhava-se em sua atitude o desejo de indagar em que consistiam aquelas "concessões". Alberta permanecia pálida e com fundas olheiras, como morta. Anselmo Benavídez tinha abandonado sua postura beligerante, e parecia até disposto, em seu papel de amigo da família, a conversar com Alvarado. Só Agustín mantinha uma exasperada intransigência, proclamando que a hipótese de Alvarado era um puro jogo de palavras, que não tinha nenhum fundamento sério. Quanto ao delegado, embora contemplasse com tristeza os pulverizados fragmentos de sua teoria, estava mais alerta e vigilante do que nunca.

Alvarado passava um lenço de cores berrantes pela testa suarenta, e em seu rosto se refletia a satisfação do advogado que acaba de pronunciar um brilhante arrazoado. Talvez já saboreasse de antemão a recompensa que sua participação no caso lhe valeria.

Dirigindo-se a Daniel Hernández com um sorriso um tanto irônico, disse:

— Espero que sua versão do caso seja idêntica à minha.

Daniel demorou a responder. Parecia compenetrado em seus pensamentos, esquecido da presença dos outros, com o olhar voltado para dentro.

— Não — disse por fim. — Mas eu também acho que as coisas podem ser vistas de muitos ângulos. Fique tranquilo — acrescentou com um breve sorriso, ao ver a expressão de sobressalto de Alvarado —, que sua companhia não terá de pagar o seguro.

VIII

— Minha versão dos fatos — disse Daniel depois que todos voltaram a seus lugares, sob o olhar cada vez mais intrigado e vigilante do delegado — afasta-se fundamentalmente das duas já apresentadas.

"O senhor — prosseguiu dirigindo-se a Alvarado — deplorou agora há pouco sua missão de desmontar a minuciosa trama urdida por um homem inteligente e abnegado. A minha é ainda mais ingrata. Porque devo destruir a imagem de um herói e trazer à luz um assassino."

Daniel esperava um tumulto semelhante ao que as revelações de Alvarado desencadearam. Mas estava enganado. Todos permaneceram imóveis, em completo silêncio. Na sala do delegado tornou-se bruscamente audível o zumbido do ventilador, que basculava molemente, como se cumprimentasse à direita e à esquerda, com pesada ironia.

— O senhor entende que, antes de provocar a própria

morte, Raimundo Morel criou uma férrea cadeia de indícios que conduziria a reconstrução de seus atos físicos (não do recôndito processo interior que animava esses atos). E de fato Morel nos deixou indícios que nos permitem seguir passo a passo seus movimentos na noite do crime. Mas não são os indícios a que o senhor se refere, e ele os deixou involuntariamente.

"Faz dois ou três dias, delegado, o senhor iluminou minha ignorância com uma lúcida exposição de conhecimentos técnicos aplicados ao caso que nos ocupa. Demonstrou que o projétil causador da morte de Morel tinha sido disparado pela arma encontrada no estúdio, demonstrou que as emendas das provas de prelo tinham sido realizadas pelo próprio Morel, demonstrou a facilidade com que pode ocorrer um acidente durante a limpeza de uma arma desprovida de trava. Em suma, o senhor mostrou ser um profundo conhecedor do seu ofício — ainda me lembro daquele intervalo entre os extremos de uma espira dentro de uma geratriz. Talvez não lhe seja tão grata a exposição que agora farei de certos detalhes referentes ao meu ofício.

"Antes de avançar, porém, adotarei o prudente método seguido por Alvarado, estabelecendo alguns pontos de referência.

"A senhora — perguntou dirigindo-se a Alberta — tem algo a acrescentar aos depoimentos já prestados sobre a morte do seu marido?"

Alberta olhou para ele com expressão desfalecente.

— Não — disse com um fio de voz. — Não tenho nada a acrescentar.

— Insiste em afirmar que seu marido estava em casa entre sete e meia, hora em que chegou da rua, e nove da noite, hora em que a senhora saiu?

— Sim. Tudo que eu disse é verdade. Eu... — interrompeu-se, sepultando o rosto nas mãos. Benavídez palmeou o braço da mulher, tentando encorajá-la, e o delegado olhou para Daniel com ar de recriminação.

— Muito bem — disse Daniel tranquilamente. — Isso nos permite seguir adiante.

"Minha tarefa consistirá em derrubar um dos pilares em que se apoiam as teorias do delegado e de Alvarado; em demolir um dos mais importantes testemunhos apresentados sobre o caso; e, por fim, em embasar uma presunção muito forte a favor da hipótese de assassinato e da culpabilidade de um dos envolvidos.

"Para os fins da minha demonstração, pouco importa a identidade do assassino. O que é fundamental aqui, e que constituirá o tema da maior parte de minha exposição, é o *procedimento* que segui para chegar às conclusões que colocarão o problema num plano rotineiro, no qual os métodos policiais serão muito mais eficazes que os meus, e no qual a solução estará ao alcance da mão.

"Quero insistir sobre esse aspecto do problema, porque a reconstrução que vou oferecer é longa e nada simples.

"Minha demonstração é múltipla. Parte, naturalmente, de um raciocínio por inferência provável, e vai-se apoiando em não menos de catorze demonstrações parciais, sem contar algumas deduções marginais.[4]

"O senhor, delegado, teve em suas mãos a prova de que Morel foi assassinado. Não só a teve em suas mãos, como

---

[4] Resolvido o problema, o delegado confessou que o anúncio de Daniel lhe parecera um tanto exagerado. A mesma coisa poderá acontecer com o leitor, e a bem da exatidão iremos numerando junto ao texto cada um dos catorze elos que constituem a hipótese de Daniel Hernández, cada uma das catorze conclusões que vão se depreendendo inexoravelmente da inferência inicial, e que segundo suas próprias palavras colocam o problema num plano rotineiro, no qual a solução é acessível a todo mundo. (N. da E.)

também a submeteu à análise dos seus peritos. Porque estas provas de prelo são a demonstração mais acabada de que Morel não tirou a própria vida nem foi vítima de um acidente.

"Graças a estas provas de prelo podemos reconstruir *minuto a minuto* os movimentos de Morel da hora em que se separou de mim até o momento em que sua esposa o encontrou morto em seu estúdio.

"Desde o primeiro instante, o senhor notou que havia alguma coisa de anormal na escritura dessas emendas. A grafia era irregular, disforme, vacilante. O próprio irmão de Raimundo custou a reconhecê-la. E eu admito que não a reconheci da primeira vez que a vi. Aquela letra era a de Morel, sem dúvida, mas deformada por algum agente conjetural: a pressa, o nervosismo, algum excitante, alguma droga, o álcool. Tudo isto se encaixava perfeitamente na hipótese que o senhor formulou mentalmente ao notar os indícios de que Morel tinha bebido. E quando o perito confirmou suas impressões, não teve mais nenhuma dúvida de que aquela letra era a de um homem que tinha bebido numa quantidade para ele inusual.

"A ideia era razoável, mas cabia submetê-la a exigências mais rigorosas. Quando o senhor pediu a perícia grafoscópica, separou a primeira folha das provas e a enviou junto com uma página manuscrita de Morel. Achava que nas correções daquela primeira folha havia elementos de comparação suficientes para embasar um laudo. E de fato havia. Por isso o senhor ignorou as restantes e limitou-se a verificar se a escritura defeituosa de Morel persistia até a última folha que ele revisou.

"Mas se tivesse examinado a fundo *todas* essas folhas, teria descoberto alguns detalhes muito significativos. E mesmo sem chegar a tanto, se, ao separar a folha que enviou ao perito, a primeira do lote, tivesse posto os olhos na que ficava descoberta, *a segunda*, teria vislumbrado a solução do problema num relâmpago.

"Foi exatamente isso que aconteceu comigo. Quando levei para meu escritório as provas que o senhor acabava de me devolver e comecei a revisá-las, não tinha nenhuma prevenção. Ou pelo menos minhas prevenções não apontavam para nenhuma direção determinada.

"Mas ao virar a primeira folha e examinar o começo da segunda, descobri algo muito singular. Descobri que duas emendas estavam anotadas com escrita perfeitamente regular, caligráfica, com a letra autêntica de Raimundo Morel, que eu conhecia muito bem. E as emendas posteriores voltavam a cair na deformidade e no desalinho.

"E mais: uma mesma palavra, a palavra "Federal", tinha sido corrigida duas vezes. A escrita da primeira correção era normal; mas a da segunda, não.[5]

"Isso beirava o inverossímil. Em ambos os casos, a letra era a de Morel. Mas num deles, segundo sua teoria, era um Morel um tanto alcoolizado quem escrevia. E logo depois, conforme o testemunho dos meus olhos, era um Morel perfeitamente sóbrio, que um segundo mais tarde voltava cair em seu embotamento. Por isso perguntei se alguém acreditava em embriaguez intermitente.

"Mas não era só isso. O senhor tinha realizado o que poderíamos chamar de crítica externa dessa revisão. Eu a completei com uma crítica interna. A *escrita* das emendas era muito desordenada, mas as correções em si eram de uma notável precisão. Examinei detidamente as provas revisadas por Morel, e não detectei um único erro que tivesse escapado à sua releitura. Poderia até censurá-lo por excesso de zelo e minúcia. Assim, por exemplo, nesta folha que acabo de lhes

---

[5] Ver acima, p. 40.

mostrar, ele assinalou uma vírgula defeituosa e uma letra em itálico que devia estar em redondo...[6]

"Como aceitar que um homem alcoolizado, que treme o pulso por efeito da bebida, conserve tamanha acuidade visual e lucidez mental?

"*Eu cheguei à conclusão de que Morel não tinha bebido antes de revisar essas provas, ou pelo menos não numa quantidade suficiente para perder o pleno domínio de seus movimentos e suas ideias.* [1]

"Contudo persistia o fato inegável de que sua escrita estava deformada. Com um complicador: estava deformada em alguns pontos e em outros não. Isso indicava que o agente interno ou externo causador dessa desfiguração não tinha agido ininterruptamente. Era difícil, portanto, atribuí-la à bebida, a uma droga, ao nervosismo ou à pressa, influências cuja duração pode ser maior ou menor, mas que dificilmente podemos conceber como intermitentes.

"Como se explica isso?

"O senhor inferiu um agente interno. Eu imaginei um agente *externo*. O senhor acreditou que a causa dessa deformação procedia do próprio Morel. Eu pensei que provinha de fora.

"Formulei então uma hipótese de trabalho que não podia demonstrar de imediato, mas que me serviria como ponto de partida e mais tarde poderia aceitar, se outros fatos a corroborassem.

"*Imaginei, simplesmente, que Morel tinha feito uma viagem, uma viagem de trem, e que tinha revisado as provas durante essa viagem.* [2]

"Isso explicava perfeitamente as irregularidades observadas na caligrafia das emendas: o sacolejo do trem transmite um leve tremor à mão, que se reflete na letra de quem es-

---

[6] *Ibid.*

creve. Mas explicava uma coisa muito mais importante, e que não podia ter outra explicação: o fato de que, a determinados intervalos, Morel tivesse escrito com sua letra normal. Isso ocorria simplesmente quando o trem parava numa estação, e cessava o efeito perturbador do movimento dos vagões.

"Era evidente que Morel tinha realizado essas correções entre o momento em que lhe entreguei as provas de prelo e o momento em que sua esposa entrou no estúdio e o encontrou morto, quer dizer, entre sete e onze e meia da noite.

"Pela mesma razão, era evidente que ele *tinha realizado a viagem no decorrer dessas quatro horas e meia, entre sete e onze e meia.* [3]

"Fixamos assim um *terminus a quo* e um *terminus ad quem*.

"Igualmente óbvio era que a viagem realizada teria sido necessariamente de ida e volta, já que eu lhe entreguei as provas de prelo aqui, na cidade, e também aqui foi encontrado seu cadáver.

"Mas isso, por si só, não me servia de muita coisa. Servia apenas para descartar a hipótese de que Morel estivesse alcoolizado antes de morrer, usada tanto pelo delegado, para demonstrar a hipótese de morte acidental, como por Alvarado, para demonstrar a hipótese de suicídio...

"Mas permanecia a questão: era possível determinar com mais precisão *quando* Morel havia realizado essa viagem, a que horas se iniciara seu trajeto de ida, a que horas o de volta, e a duração de ambos? Era possível, em suma, reduzir a limites mais convenientes esse intervalo de quatro horas e meia?

"Sim, era possível. E nem mesmo as previsões mais otimistas permitiriam imaginar até que ponto era possível. Porque nestas folhas revisadas, sem ter buscado esse efeito, nem sequer suspeitá-lo, Morel nos deixou uma minuciosa tabela cronológica de todos seus atos.

"A primeira aproximação ao problema, a primeira redução desse intervalo de quatro horas e meia, é muito simples. Eu me separei de Morel na avenida de Mayo, num ponto situado a poucos quarteirões de sua casa e equidistante das principais estações de trem.

"Calculando em meia hora, aproximadamente, o tempo mínimo necessário para chegar a qualquer uma dessas estações, comprar a passagem e pegar o trem de ida, e o mesmo tempo para ir da estação até seu domicílio, na volta, podemos estabelecer que *a viagem foi realizada entre sete e meia e onze horas da noite.* [4]

"O intervalo que resta agora é de três horas e meia. Vejamos se podemos reduzi-lo mais um pouco.

"Para isso é essencial determinar a *duração* da viagem de trem.

"E mais uma vez, as provas de prelo nos dão a chave.

"Morel revisou um total de vinte e duas provas. Temos o direito de supor que a viagem de ida durou o mesmo tempo que a de volta, já que a distância evidentemente era igual, e o meio de transporte empregado o mesmo. Por idêntico motivo, temos o direito de supor que o número de provas revisadas na ida foi igual ao número de provas revisadas na volta, isto é, metade do total.

"Digamos, portanto, que Morel revisou onze provas na ida e onze na volta."

— Um momento — disse o delegado —, isso não me parece de todo certo. Tanto na ida como na volta, ele pode ter interrompido seu trabalho por qualquer motivo, e então essa igualdade deixaria de existir. Além disso, você apenas provou que Morel fez uma viagem em trem, mas não que ele tenha usado o trem tanto na ida como na volta. Pode muito bem ter sido só na ida, e na volta ter viajado de automóvel, por exemplo, ou vice-versa. Nesse caso, todos os seus cálculos caem por terra.

Daniel sorriu.

— Muito bem, delegado — disse. — Vejo que sua perspicácia continua bem afiada. Contudo, acho que posso rebater suas objeções.

"Quase no início desta exposição, eu disse que partiria de uma simples hipótese de trabalho, e que só a aceitaria se novos fatos a confirmassem. E no aspecto que o senhor levanta, há um elemento que a confirma. Esse elemento, como todos os demais, é dedutível das mesmas provas de prelo."

Folheou rapidamente o lote de provas que tinha levado à reunião, separou uma folha e a entregou ao delegado.

— As provas estão numeradas. Essa traz o número onze. Eu pensei que, se minha hipótese estivesse certa, quer dizer, se Morel tivesse viajado de trem tanto na ida como na volta, deveria haver alguma marca indicando essa separação, apontando o fim da viagem de ida e o começo da viagem de volta. As provas estavam sendo tão pródigas em indícios, que não era arriscado esperar mais um.

"Onde buscar esse indício? Acabo de supor que Morel corrigiu onze folhas na ida e onze na volta. Se minha suposição estiver correta, e se de fato há algum detalhe que a confirme, esse detalhe deve estar no final da folha onze ou no começo da doze.

"E de fato, quase no final da folha onze, à margem, o senhor pode observar um traço horizontal, bem longo e sinuoso, separando dois parágrafos.

"O que esse traço indica? Indica que Morel interrompeu seu trabalho nesse ponto, deixando um sinal para poder retomá-lo mais tarde sem demora. Morel fez esse traço para assinalar o último parágrafo revisado e mais tarde não perder tempo localizando o seguinte, do mesmo modo que alguém dobra a página de um livro ou põe um marcador qualquer para saber onde interrompeu a leitura.

Estou convencido de que todos ~~nós~~ temos, em algum lugar do mundo, um duplo exato, tão parecido conosco em tudo, exceto nos acidentes de sua condição, que, se chegássemos a conhecê-lo amaríamos um ao outro como irmãos gêmeos. Eu sei qu tenho uma cópia de mim em algum lugar dos Estados Unidos. Tenho certeza de queexiste um inglês exatamente igual a mim. (Espero que pronuncie o *h* aspirado, pois duvido que o Príncipe da Dinamarca permanecesse fiel a Ofelia se ela o tivesse chamado "Amlet". Existe também um certo *Monsieur* francês, cujo nome desconheço, e um Herr Von Fulano de Tal, cada um dos quais é essencialmente meu duplo. Neste exato instante um árabe come tâmaras, um mandarim toma seu chá, um habitante das ilhas do sul bebe o leite de um coqueiro, e cada um deles se tivesse nascido na casa de telhado holandês onde eu nasci, e tivesse cultivado meu jardim e tivesse crescido em meu estúdio desde a estante da Bíblia Poliglota de Walton até a loja o Tácito de Elzevir e o Políbio de Casaubon, e tivesse estado rodeado de todas as complexas influências que me circundam, teria sido tão semelhante a mim que eu o teria amado como a um irmão... desde que não o odiasse por causa dessa mesma semelhança, segundo aquele princípio que leva os polos elétricos de mesmo sinal a se repelir.

Porque talvez, no fim das contas, é provável que meu Único Leitor não seja a pessoa que mais se parece comigo.

"E essa interrupção significava simplesmente que Morel tinha chegado à estação de destino, completando a viagem de ida, depois de revisar onze provas. E as onze provas

seguintes, nas quais voltamos a observar a deformação característica de sua escritura, foram revisadas no trajeto de volta.

"Fica estabelecido, portanto, que ele revisou *onze provas na ida e onze na volta.* [5]

"O passo seguinte foi determinar quanto tempo normalmente se leva para revisar uma prova com características similares a essas corrigidas por Morel, quer dizer, com o mesmo número de linhas — noventa e oito, em média —, o mesmo tipo de letra, a mesma caixa. Para isso eu contava com as provas do mesmo lote que Morel ainda não tinha revisado. Eu mesmo fiz o teste, e para maior segurança pedi a um colega experiente que revisasse uma daquelas provas na minha presença.

"Chegamos a resultados semelhantes. Ele, assim como eu, *levou seis minutos para ler uma dessas provas.*"

— Um momento — interrompeu o delegado mais uma vez. — Acho que agora sim o apanhei em falta. Você está partindo de uma falácia. Pressupõe que todo mundo lê com a mesma velocidade. Só que isso não é exato. Existem leitores rápidos e leitores lentos. Minha mulher, por exemplo...

Daniel voltou a sorrir.

— Não — disse —, é o senhor que está partindo de um raciocínio falso, pois está pensando na leitura comum, que não é como a leitura de provas. Muito provavelmente, o senhor leria mais rápido que um revisor tarimbado, porque não tem experiência.

O delegado deu uma gargalhada.

— Essa é boa — disse. — Eu leria mais rápido porque não tenho experiência? Então, para que serve a experiência?

— Para ler devagar — respondeu Daniel. — A finalidade da leitura de provas é detectar as gralhas, as falhas de construção, as deficiências da tradução. Isso obriga a uma leitura lenta, silabada. Na leitura comum, a pessoa não lê as palavras inteiras, sílaba por sílaba, letra por letra. Numa revisão, sim. É por isso que eu digo que o senhor leria com mais rapidez, mas com menos eficácia, passando por cima de um grande número de erros.

"Essa necessária lentidão estabelece um fator de regularidade inexistente na leitura comum. Nesta, como o senhor bem disse, há leitores rápidos e leitores lentos. Mas os revisores experientes são sempre lentos e cuidadosos. Não digo que não existam diferenças individuais, mas são menos acentuadas, e no caso que nos ocupa não chegam a comprometer os resultados. Por isso o cálculo aproximado que eu fiz pode ser aplicado a Morel, que também era um revisor meticuloso, como atesta o fato de, nas vinte e duas provas que ele corrigiu, não ter escapado nenhum erro.

"Temos, portanto, que revisar uma prova com essas características demora, em média, seis minutos. Naturalmente, o tempo pode variar de uma folha para outra, conforme a quantidade de emendas que o revisor realizar, mas, considerando um número suficientemente alto de provas, tem-se uma média estável, que é essa que acabo de apontar.

"Morel revisou onze provas na ida e onze na volta. Uma simples operação de multiplicação nos dá o tempo das duas viagens. *Ele levou aproximadamente 66 minutos para completar o percurso de ida, e o mesmo para o regresso.* [6]

"Uma hora e seis minutos. Digamos, para simplificar, que tanto a ida quanto a volta levaram uma hora, quer dizer, um total de duas horas.

"Vejamos agora se esses dados servem para determinarmos com mais precisão a hora em que Morel viajou.

"Agora há pouco demonstramos que a viagem ida-volta foi realizada entre sete e meia e onze horas da noite. Quer dizer que *Morel estava de regresso em alguma estação ferroviária da cidade não depois das onze* (já que meia hora mais tarde apareceu morto em sua casa, e essa meia hora foi gasta no deslocamento até o domicílio, em subir ao apartamento etc.).

"Mas também acabei de demonstrar que a viagem de volta levou no mínimo uma hora; *portanto, a viagem de volta não pode ter começado depois das dez.* [7]

"Por outro lado, *a ida tinha levado uma hora*; e se viagem de volta começou necessariamente antes das dez, *a de ida não poderia ter começado depois das nove.* [8]

"Do mesmo modo, fica demonstrado que *a volta não poderia ter começado antes das oito e meia.* [9]

"Para maior simplicidade, vamos nos restringir à ida. Ao todo, a viagem ida-volta levou duas horas. Morel voltou no máximo às onze. Por conseguinte, não pode ter iniciado a viagem de ida depois das nove, e isso supondo que, ao chegar ao seu destino, ele tenha apanhado o primeiro trem de volta, que esse trem estivesse partindo naquele exato instante etc.

"Resumindo: *a viagem de ida teve início entre sete e meia e nove horas da noite.*

"Ainda poderemos encurtar esse intervalo mais um pouco, se, em vez de arredondar os números, levarmos em conta aqueles seis minutos que desprezamos. Mas não será necessário.

"O que temos já basta para chegarmos a uma conclusão absolutamente definitiva. Porque o senhor, delegado, sem dúvida já deve ter percebido que acabo de derrubar um dos testemunhos mais importantes do seu inquérito, e que ninguém até agora pôs em dúvida."

O delegado olhou para ele perplexo.

— Não estou entendendo — disse. — Não vejo que relação...

Daniel suspirou com resignação.

— É natural — disse. — Ofuscados pelos detalhes, esquecemos o conjunto. Mas, no início da minha fala, até pedi a ratificação desse testemunho.

"*Eu perguntei à senhora Morel se de fato seu marido tinha estado com ela, em seu apartamento, entre sete e meia e nove horas da noite.*" [10]

Uma aurora de entendimento surgiu lentamente nos olhos do delegado, crescendo até adquirir a nitidez da certeza. Adivinhava-se que um segundo depois seu olhar procuraria o assassino, com a certeza de encontrá-lo. Mas antes que pudesse fazê-lo, alguém saltou como um tigre de uma das cadeiras em semicírculo e avançou contra Daniel, agarrando-lhe o pescoço com dedos de ferro.

O delegado saltou por sua vez, os dedos de sua mão esquerda afundaram num rosto, obrigando-o a virar, seu punho direito golpeou o queixo daquele rosto, com um estalo seco como de madeira quebrada. E só depois de acertar o murro viu quem era o sujeito.

Sentado no chão, Anselmo Benavídez alisava o queixo com uma das mãos.

IX

Duas cadeiras estavam vazias. Um guarda tinha levado Benavídez. A senhora Morel, numa repentina crise de histeria, tinha exigido os cuidados de um médico.

Daniel passava suavemente a mão pelo pescoço, onde ainda perduravam umas leves manchas avermelhadas. Alguém lhe trouxe um copo de água, que ele bebeu trêmulo.

— A propriedade triangular... — murmurou, e os presentes pensaram que o choque sofrido tivesse afetado seu juízo. — Não, não! — defendeu-se quase aos gritos ao ver que se aproximavam com a evidente intenção de também encaminhá-lo ao médico. — Eu estava pensando em Euclides. Vocês sabem, a soma de dois lados de um triângulo é maior que o terceiro... Morel era o terceiro. Eles o mataram. Eu...

Mas o delegado não o deixou prosseguir antes de receber uma massagem, que foi terrivelmente dolorosa, enquanto discutiam se era melhor dar-lhe mais água ou uma taça de brandy, e acabaram optando por ambas as coisas. Quando Daniel retomou a palavra, tinha a aparência de um defunto, mas era pelo tratamento recebido.

— Vocês já sabem quem é o assassino — murmurou. — Mas isso não tem importância. A única coisa importante são essas provas de prelo.

— Você já sabia que era ele? — perguntou o delegado, impaciente por conhecer os detalhes.

— Sabia, sim — respondeu Daniel —, quase desde o começo, mas era difícil provar sua culpa de forma absoluta. Podia provar que Alberta Morel mentiu. Disse que seu marido tinha estado com ela entre sete e meia e nove horas da noite, que são justamente os limites do intervalo em que Raimundo iniciou sua viagem de trem. Mentiu para acobertar alguém. Esse alguém não era seu cunhado, que tinha um álibi. Portanto, devia ser Benavídez. Também poderia provar que a viagem de Morel era muito significativa. Mas não sei se isso teria bastado. Felizmente, Benavídez é um homem impulsivo. Poupou muito trabalho a vocês.

— Graças ao seu — disse o delegado com certo esforço. — Mas agora que o caso está encerrado...

— Como assim? — exclamou Daniel com os olhos arregalados. — Nada disso, mal começamos. Essas provas de prelo ainda têm muito a dizer.

— Mais ainda? — perguntou o delegado com um sorriso.

— Mais, sim. Muito mais. Ainda temos que descobrir para onde Morel viajou naquela noite, a que horas tomou o trem de ida, a que horas tomou o trem de volta, em que estações parou, o que ele fez nesse intervalo... *Estas provas falam* — acrescentou acariciando-as distraidamente —, e o juiz vai querer saber de todos os detalhes.

"Para tirar novas conclusões, tenho que voltar aos fatos iniciais. Como o senhor deve se lembrar, observei que a escrita de Morel aparecia deformada em muitos pontos, mas não em todos. As emendas que apresentavam sua letra normal indicavam a parada do trem numa estação intermediária. E nas onze provas que ele corrigiu na viagem de ida, sua letra normal aparecia em seis pontos. Isso quer dizer que *o trem parou em seis estações intermediárias.* [11]

— Mas e se numa dessas paradas Morel não tivesse feito nenhuma emenda? — perguntou o delegado. — Nesse caso, o número de estações intermediárias poderia ser maior.

— É possível — disse Daniel —, mas não é provável. Em primeiro lugar, as correções são numerosas. Não são simples emendas tipográficas, mas também alterações do *texto*. Morel estava revisando sua própria tradução. Mas há outro dado mais importante. O movimento dos vagões provoca a dificuldade para escrever que já comentamos. Se a pessoa detecta um erro justo quando o trem está reduzindo a velocidade para parar numa estação, naturalmente espera que pare por completo, para poder anotar a emenda com mais firmeza. Por isso entendo que cada uma dessas passagens em que a escrita de Morel é normal corresponde a uma estação intermediária, e que não houve mais paradas intermediárias além dessas, ou seja, seis no total. E nas onze folhas revisadas na viagem de volta, são também seis os pontos em que aparece a letra normal de Morel.

"Examinando essas folhas em que a escrita normal de Morel volta a aparecer, observei que os intervalos entre elas não eram regulares. Isso é lógico, porque os intervalos entre as paradas de uma linha de trem também não são regulares.

"Ambos os intervalos são traduzíveis em tempo, em minutos. Lembremos que o tempo médio para revisar cada uma dessas folhas é de seis minutos. A escrita não desfigurada de Morel aparece pela primeira vez no início da segunda prova, isto é, logo ao terminar a revisão da primeira, ou seja, seis minutos depois de começada a revisão, portanto, seis minutos após o início da viagem... *A primeira estação intermediária, portanto, fica a seis minutos da estação de origem.*"

"Aplicando o mesmo procedimento, podemos determinar a quantos minutos de trem fica cada uma das estações intermediárias em relação à de partida. Eu fiz uma tabela representando as paradas intermediárias (indicadas pelos pontos em que aparece a escrita normal de Morel) cruzadas com o número parcial de folhas revisadas e com os tempos parciais e totais gastos na revisão, atribuindo o valor 0 à estação de origem e considerando que o traço horizontal da folha 11 representava o ponto de chegada:

Estações intermediárias	*Pontos em que aparece a escritura normal*	*Folhas revisadas entre as estações*	*Tempos correspondentes*	
			parciais	*totais*
(Partida)	——	——	0	0
1ª	início 2ª folha	1	6	6
2ª	1/3 4ª "	2 1/3	14	20
3ª	fim 4ª "	2/3	4	24
4ª	1/6 6ª "	1 1/6	7	31
5ª	fim 6ª "	5/6	5	36
6ª	5/6 10ª "	3 5/6	23	59
(Traço: chegada)	fim 11ª "	1 1/6	7	66
		11		

"Esses números foram minimamente arredondados conforme as conclusões posteriores, extraídas deles mesmos. Morel obviamente não buscava uma regularidade cronométrica em seu trabalho. Mas, no essencial, eles são exatos, e nos permitem obter dados fundamentais para explicar tudo o que ocorreu depois. *Permitem-nos determinar exatamente a que horas Morel iniciou sua viagem, de onde ele partiu e aonde chegou.*

"Para isso contamos com os seguintes elementos. Sabemos que a viagem de Morel durou cerca de 66 minutos [p. 65]. Sabemos que teve início entre sete e meia e nove horas da noite [p. 65]. Sabemos que o trem parou em seis estações intermediárias [p. 69]. E acabamos de estabelecer os intervalos entre essas seis estações intermediárias [p. 70].

"Como o senhor pode ver, identificar o trem em que ele viajou é tão simples quanto identificar um assassino quando se dispõe de suas impressões digitais. De fato, de todos os trens urbanos que partem entre sete e meia e nove horas da noite, só um atende aos especialíssimos requisitos que acabamos de determinar. Eu não sabia se o destino de Morel tinha sido uma estação terminal ou não, mas sabia os intervalos de tempo que separavam as seis estações intermediárias, e esse detalhe era mais do que suficiente para identificar o trem em que ele viajou.

"Obviamente, foi preciso consultar os horários das companhias ferroviárias. Examinei todos, um por um, até achar o que estava procurando. O fato de ter podido restringir o intervalo em que Morel pegou o trem de ida aos limites já citados facilitou enormemente a minha tarefa. Na realidade, demorei não mais do que duas horas para encontrá-lo. *E o único trem que atendia àquelas exigências era o que sai da estação Constitución às 19h33 e chega a La Plata às 20h39*. [12]

"Aplicando exatamente o mesmo método, determinei que *ele voltou num trem que sai de La Plata às 21h36 e chega a Constitución às 22h42*. [13]

"Mas não me contentei com isso. Resolvi submeter minha teoria à prova experimental, reconstituindo pessoalmente os movimentos de Morel. Separei dois jogos de provas de prelo semelhantes às que Morel revisou, da mesma obra. Havia um trem que partia da estação Once depois das sete e meia, com destino a Moreno. Não atendia aos requisitos anteriores, mas, por recordar que Agustín Morel morava lá, resolvi descartar essa possibilidade realizando a viagem e revisando os primeiros capítulos do livro de Holmes durante o trajeto. E de fato não houve a menor coincidência entre aqueles intervalos de tempo estabelecidos e os que eu ia registrando nas provas durante a revisão.

"No dia seguinte, repeti a experiência, mas no trem que parte de Constitución às 19h33. E desta vez a coincidência foi absoluta. Fui emendando as provas com letra tremida, que deu lugar à minha letra autêntica nos intervalos previstos."

Daniel tirou do bolso uma cartela de horários de trens, arrancou uma folha e a entregou ao delegado.

— Pode compará-la com os dados da tabela anterior — disse. Repare que os tempos parciais e totais batem, e que basta substituir o 0 da primeira tabela, correspondente à estação de origem, pela hora 19h33, para reconstruir todo o horário.[7]

O delegado pegou o folheto e o confrontou com a tabela datilografada.

— E não poderia ser outro trem da mesma linha? — perguntou. — Entre sete e meia e nove horas da noite, há mais dois: o das 20h12 e o das 20h53.

---

[7] Daniel Hernández também entregou ao delegado um gráfico que não acrescentava nada de novo à sua demonstração, mas que a representava sob outro aspecto: um quadro cronológico que o leitor mais exigente poderá consultar no "Apêndice" incluído no final deste relato.

Segunda a Sábado

Trem nº	747	763	763H	767	773	777	787	787H	791	801	803
Plataforma nº	11	11	..	9	9	11	9	..	10	8	11
P. Constitución	18h18	19h33	..	19h36	19h50	19h56	20h12	..	20h15	20h36	20h53
H. Irigoyen	..	..	..	19h41	..	20h01	..	..	20h20	20h41	
Avellaneda	19h23	18h39	..	19h44	19h58	20h04	20h18	..	20h23	20h44	20h59
Sarandí	19h20	..	..	19h51	..	20h11	..	..	20h30	20h51	
Gov. D. A. Mercante	19h35	..	..	19h55	..	20h15	..	..	20h34	20h55	
Wilde	19h38	..	..	19h58	..	20h18	..	..	20h37	20h58	
D. Bosco	19h42	..	..	20h02	..	20h22	..	..	20h41	21h02	
Bernal	19h48	19h53	..	20h06	20h16	20h26	20h32	..	20h45	21h06	21h13
Quilmes (chegada)	19h50	19h57	..	20h10	20h18	20h30	20h37	..	20h49	21h10	21h18
Quilmes (partida)	____	19h58	..	____	20h19	____	20h38	..	____	21h11	21h19
Espeleta	..	20h04	____	..	20h24	..	20h44	____	..	21h17	21h25
Berazategui	..	20h09	20h15	..	20h29	..	20h49	20h57	..	21h22	21h30
Plátanos	..	..	20h21	..	____	..	..	21h03	..	____	..
G. E. Hudson	..	..	20h25	..		..	..	21h07	..		..
P. de la Ancianidad	..	..	20h34	..		..	..	21h18	..		..
Villa Elisa	..	..	20h39	..		..	..	21h20	..		..
City Bell	..	..	20h43	..	para Ranelagh	..	..	21h25	..	para Ranelagh	..
M. B. Gonnet	..	..	20h48	..		..	..	21h30	..		..
Ringuelet	..	20h32	20h51	..		..	..	21h33	..		..
Tolosa	..	..	20h58	..		..	..	21h38	..		..
La Plata	..	20h39	21h00	..		..	21h17	21h42	..		21h58

Para uma viagem confortável, não ocupe seu assento nem as áreas de circulação com sua bagagem.
Disponha de alguns minutos, e despache seus volumes maiores no vagão-bagageiro.

Daniel sorriu.

— Não — disse. — Esses só param em cinco estações. O das 19h33, felizmente para mim, é o único que para em seis.

"Mas voltemos ao nosso crime. A análise que acabo de realizar não é inútil. Acrescenta um novo indício aos anteriores: *Morel viajou a La Plata. E é lá que morava um dos personagens dos quais caberia suspeitar. É lá que morava Anselmo Benavídez.* [14]

"Acredito que a esta altura o problema já se encontra num plano em que a investigação mais rotineira poderia resolvê-lo. Morel era um homem devotado ao estudo, com uma visão profunda dos problemas ligados à sua vocação, ao seu credo, às suas ideias, mas, como costuma acontecer nesses casos, um tanto míope para as coisas mais corriqueiras da vida cotidiana. Nunca deve ter pensado que essa sua distância das pequenas coisas do dia a dia poderia ter uma influência desfavorável sobre sua própria esposa, afastá-la, e finalmente entregá-la a outro homem. Mas foi isso que aconteceu. E esse homem foi Benavídez.

"Também não tinha grande tino para lidar com seus recursos econômicos. Em poucos anos, gastou o dinheiro herdado dos pais, e logo sua única fonte de renda seriam uns parcos direitos autorais.

"Fazia algum tempo, ele havia contratado um seguro contra acidentes em favor da esposa. Era a maior concessão que podia fazer às noções de segurança e previsão. Esse seguro mais tarde se transformou numa forte tentação para Alberta e seu amante.

"O autor da ideia deve ter sido Benavídez. Prefiro acreditar que ela de início a recusou, e que só concordou quando soube que Raimundo sofria de uma doença incurável (foi ele mesmo que a revelou), que talvez lhe restasse pouco tempo de vida e que ao morrer a deixaria desamparada. É o mesmo raciocínio que Alvarado expôs em sua alegação, mas não foi Morel que o formulou, e sim Alberta. Se Raimundo morresse por causa de sua doença, ela não veria um centavo. Já se ele morresse num acidente, receberia trezentos mil pesos. E Raimundo podia morrer a qualquer momento. Que diferença faria um ou dois meses a mais de vida?

"Mas não devemos censurá-la demais. De certo modo, ela estava defendendo seu direito à felicidade, um direito que Morel, cego a tudo que não fosse sua vocação de escritor, havia negligenciado. Além disso, tenho certeza de que no último momento ela se arrependeu. Sua volta precipitada ao apartamento parece ser um indício nesse sentido. Mas, por poucos minutos, chegou tarde demais. Morel já estava morto, e era preciso levar o plano adiante.

"Esse plano tinha sido cuidadosamente elaborado. Eles deviam preparar as coisas de modo que todos pensassem que se tratara de um acidente. Para tanto, deviam eliminar toda presunção de suicídio ou de assassinato. Foram eles mesmos os autores dessa série de raciocínios que Alvarado atribuiu a Morel. Foram eles, e não Morel, que elaboraram uma verdadeira técnica do acidente.

"Alberta sabia que seu marido guardava uma pistola automática na gaveta de sua escrivaninha. Prevendo que ele não daria por falta da arma, ela a pegou escondido e a entregou a Benavídez, que seria o autor material do crime. Também lhe deu uma chave da porta da rua, para que pudesse entrar e sair do prédio sem problemas, e uma chave do apartamento para que, ao deixá-lo depois de assassinar Morel, pudesse trancar a porta. Benavídez iria vê-lo alegando um pretexto qualquer. Morel o conhecia e o receberia em sua casa, sem suspeitar de nada.

"Mas algum rumor do que estava acontecendo deve ter chegado aos ouvidos de Morel. Quem sabe recebeu uma carta anônima, ou algum amigo insinuou que havia algo de estranho entre Alberta e Benavídez. Duvido que ele mesmo tenha suspeitado, e provavelmente não deu maior crédito a essas murmurações, mas ainda assim resolveu visitar o amigo de Alberta para tentar esclarecer a situação com a maior discrição possível.

"Essa decisão precipitou os acontecimentos. Quando nos separamos, depois que lhe entreguei as provas de prelo, Morel seguiu direto para a estação com o propósito de pegar um trem e se encontrar com Benavídez. Da própria estação, telefonou para a esposa e avisou que não iria para casa. Provavelmente acrescentou que tinha a intenção de viajar a La Plata. Ela deve ter percebido o risco que isso implicava e que era preciso agir sem demora. Telefonou imediatamente para Benavídez, para alertá-lo da visita que receberia do marido. Nessa conversa decidiram que o crime seria cometido nessa mesma noite. Nem precisavam falar disso abertamente, bastava que Benavídez insinuasse a conveniência de ela deixar o terreno livre e providenciar um álibi.

"Quando Morel chamou à porta da casa de Benavídez, este não atendeu. Tinha apagado todas as luzes, para dar a impressão de que estava ausente. Sem dúvida, espiando, viu Morel chegar, tocar a campainha repetidas vezes e por fim, frustrado, voltar à estação. Depois o seguiu a uma distância prudente. É possível que, enquanto esperava o primeiro trem de volta a Buenos Aires, Morel tenha entrado no bar da estação e ali, contrariando seu hábito, tenha pedido alguma bebida alcoólica para aplacar seu explicável nervosismo.

"Benavídez tomou o mesmo trem que Morel. Provavelmente viajou alguns vagões atrás, para não ser visto. E cinco minutos depois de entrar em seu apartamento, Morel ouviu a campainha.

"Foi atender, e viu que era Benavídez. Sem dúvida agradeceu o acaso que tinha levado para sua casa o mesmo homem com quem queria falar. Não lhe passou pela cabeça que a coincidência era muito estranha. Abriu-lhe a porta, convidou-o a sentar, ofereceu-lhe um uísque e se viu na obrigação de beber ele também. Em seguida, preparou-se para expor o problema que o inquietava.

"Mas não falaram muito. Benavídez levava no bolso a pistola automática que Alberta lhe entregara. Com um movimento rápido aproximou a arma do rosto de Morel e abriu fogo. Tenho motivos para confirmar a agilidade desse homem — acrescentou levando a mão ao pescoço.

"O resto foi simples rotina, por assim dizer. Colocou sobre a escrivaninha os apetrechos de limpeza que acompanhavam a pistola, dispostos da forma mais adequada para simular um acidente, e também deixou ali o carregador da pistola, com uma bala a menos.

"Nessa última etapa, deve ter trabalhado com luvas. Apagou suas próprias impressões digitais na arma, deu um jeito de estampar nela as de Morel, colocou a pistola embaixo de um braço do morto, lavou e enxugou cuidadosamente o copo em que tinha bebido, guardou-o, deixou o outro, com as impressões digitais de Morel, sobre a bandeja... Enfim, o senhor já conhece todo o repertório da simulação.

"As provas de prelo eram um detalhe com o qual não contava, mas quando as viu, quando observou aquela letra irregular e trêmula, achou que condiziam perfeitamente com a cena preparada.

"Ao sair, trancou a porta do apartamento à chave. Talvez tenha voltado para sua casa, talvez tenha permanecido em algum local da cidade, esperando o telefonema de Alberta.

"Ela havia providenciado um álibi para afastar as suspeitas que despertaria, por ser a única, aparentemente, com um motivo para assassinar Raimundo. Mas no último momento deve ter-se arrependido, porque voltou precipitadamente ao local, deixando a amiga no cinema. Infelizmente, já era tarde demais. Poucos minutos antes, Morel tinha morrido.

"Era preciso levar o plano a bom termo. Do contrário, o crime seria inútil. Por isso mentiu ao dizer que o marido tinha ficado em casa até ela sair. Sabia que, se o senhor descobrisse que Raimundo se encontrara com Benavídez pouco antes de morrer, as suspeitas recairiam sobre ele.

"Sem dúvida, o plano tinha muitas falhas e era bastante arriscado. Mas são justamente esses planos que costumam dar certo. De todos os riscos mais evidentes que eles correram, nenhum chegou a se concretizar: ninguém viu Morel viajar a La Plata, nem na ida nem na volta; ninguém viu Benavídez, e os poucos que ouviram a detonação da arma não lhe deram maior importância.

"Mas o único detalhe que não levaram em conta, o único que à primeira vista não trazia nenhum perigo, e que até parecia favorecer seu plano, foi justamente o que o pôs a perder."

Daniel guardou silêncio, mas ao ver a expressão desolada de Alvarado, que ainda permanecia lá, encolhido numa cadeira, pôs-se a rir.

— Quanto à doença de Morel — disse —, me admira a forma como o senhor tirou partido dela. Pessoalmente, duvido que fosse tão grave assim. Imagino que, como a maioria das doenças cardíacas, podia ter um desfecho fatal a qualquer momento, mas também poderia se prolongar por muitos anos se Morel tomasse as devidas precauções. As duas alternativas eram válidas. Morel apostou na segunda para continuar sua vida normal, seu trabalho, seus estudos.

"Alberta e Benavídez apostaram na outra, resolvendo que tinha chegado a hora de cometer o crime."

Apêndice

Entre os diversos elementos de prova que Daniel Hernández apresentou ao delegado Jiménez encontrava-se um gráfico representando, sobre uma linha reta, o número de folhas corrigidas, com os intervalos em que aparecia a letra normal de Morel e os tempos correspondentes.

Comparando esse gráfico com um diagrama da linha de trem em que marcara as estações intermediárias, observava-se uma evidente semelhança.

Também entregou ao delegado uma tabela com a definitiva reconstrução cronológica dos movimentos de Morel, ou seja:

19h00: M. se separa de Daniel.
19h33: inicia a viagem de ida.
20h39: finaliza a viagem de ida.
20h50: chega à casa de Benavídez (mais tarde se verificou que B. morava a dois quarteirões da estação).
21h36: inicia a viagem de volta.
22h42: finaliza a viagem de volta.
23h05: M. chega a seu apartamento.
23h10: chega B.
23h15: hora aproximada do crime.
23h30: Alberta volta para sua casa.

Variações em vermelho

para Elina Tejerina, que sobreviveu a
inúmeras versões preliminares deste relato

"Então Daniel, cognominado Baltassar, ficou desconcertado por alguns instantes e seus pensamentos o perturbaram."

Bíblia, Livro de Daniel, 4, 16

I

Quando o cadáver de Carla de Velde apareceu no ateliê de Duilio Peruzzi, um rumor localizado porém irreversível, como um fio de água entre rochas, assegurou nos meios artísticos e literários da cidade que o já célebre pintor acabara de consumar o mais genial de seus truques publicitários. Houve quem chegasse a afirmar que toda a sua carreira anterior propendia a essa apoteose perfeita e espantosa. Outros, mais prudentes ou vingativos, declamaram que Peruzzi havia levado a extremos dogmáticos a acentuada necrofilia patente em seus últimos quadros. Seus mais perigosos admiradores observaram que a morte de Carla de Velde e as circunstâncias que a cercaram eram os elementos da mais prodigiosa obra de arte do nosso desacreditado tempo...

A resposta que o grande Duilio deu a todos eles foi estampar num jornal de vanguarda sua efígie de romano antigo, exornada pela lendária e flamígera barba caldeia, de indignado vértice, flectindo o braço esquerdo e intercalando o direito entre braço e antebraço, num portenhíssimo gesto de desdém e repulsa. Aquela fotografia, tirada num corredor do Fórum, onde Peruzzi aparecia entre dois sorrisos desconhecidos, catalisou as mais inflamadas e pitorescas reações.

Três galerias da rua Florida e uma da Santa Fe inauguraram simultâneas exposições de obras de Peruzzi. Dos duzentos e cinquenta quadros e desenhos em que se calculava sua produção até aquela data, em poucas semanas foram vendidos mais de duzentos, o que prova a rápida inventiva e o fervor artístico dos agentes. Ressuscitaram velhos cartazes e croquis de propaganda nos quais de súbito se detectou o incipiente toque de gênio daquele que, por um instante inconcebível, eclipsou no espírito do público a notoriedade de Picasso e Matisse, de Dalí e De Chirico. *La Nación* publicou em seu suplemento dominical uma reprodução de página inteira de sua imortal goyesca *Interpretação de um tema de Kafka*, em que o famoso personagem de *A metamorfose* se vangloriava de sua reconhecível semelhança com um ilustre personagem da vida política internacional. O jornal foi temporariamente fechado — por perturbar certas relações diplomáticas —, mas todos louvaram seu sacrifício no altar da verdade pictórica e cívica.

Outros jornais e revistas ilustradas de tendência mais grosseiramente sensacionalista negligenciaram o aspecto artístico do caso em prol do meramente policial. Obedecendo a leis jornalísticas tão inescapáveis como as que regem o mundo dos fenômenos físicos, reincidiam em previsíveis reminiscências de Gaston Leroux, e com um ágil salto da imaginação batizaram aquele nó de circunstâncias pérfidas com o título de "O mistério do quarto vermelho". Título esse que comportava duas ínfimas falácias, uma de ordem pictórica, outra simplesmente descritiva: a de pressupor um quarto trancado por dentro.

Porque na realidade, o caso de Carla de Velde, para os que fizeram questão de ver nele um halo de mistério, foi exatamente o contrário daquele problema clássico: um quarto trancado por fora. E para aqueles que, como o delegado Jiménez, recusavam esses bruscos *impromptus* da fantasia, tratava-se de um problema claro como o dia.

A descrição que Carmen Sandoval, faxineira do prédio, fez da cena do crime merece, apesar de sua origem discutível, um lugar de honra entre os mais elaborados "Infernos" da literatura ocidental. Eu proponho que seu nome seja alçado à altura dos de Dante e Beckford, May Sinclair e seu precoce rebento: Jean-Paul Sartre.

Com a seguinte diferença: o horror emana dos fatos, não das balbuciantes palavras que La Sandoval, inculta e aterrorizada, pronunciou perante os agentes.

Ela — disse a mulher — costumava chegar às seis da manhã. A essa hora, em geral, o pintor, que trabalhava de noite, já não estava lá. Subiu as escadas e percebeu que a chave da porta do ateliê estava do lado de fora. Girou a maçaneta e constatou que a porta estava trancada à chave. Estranhou o fato, porque Peruzzi costumava levar a chave, e ela tinha uma cópia.

Naquele momento, o leiteiro deixava seu litro de leite na soleira da porta, ao pé da escada. La Sandoval costumava preparar o café da manhã assim que terminava a limpeza do ateliê.

Como que obedecendo a um pressentimento, pediu ao homem que subisse. Na presença dele, abriu a porta, e uma cena fantástica surgiu ante seus olhos.

Uma viva luz vermelha fluía do teto e das paredes, como uma impalpável chuva de sangue. O quarto parecia um lago de águas rubras, no qual todos os objetos se destacavam tintos da mesma cor, como uma flora monstruosa. Uma cabeça erguida num pedestal olhou para ela com sardônico sorriso escarlate. Uma máscara suspensa por um fio flutuava com a boca desmesuradamente aberta.

Estirado no chão estava o cadáver de Carla de Velde, com sua longa cabeleira acobreada acariciando-lhe o pescoço e os ombros nus. E no meio do peito um furo minúsculo manava uma colérica serpente de sangue.

Dois olhos inesperadamente brancos animaram um vulto encolhido num canto. Aquele vulto se levantou bruscamente em sua estatura colossal, e antes de soltar um grito e desmaiar, La Sandoval chegou a vê-lo recortado em vermelho. Era Duilio Peruzzi.

II

Meia hora depois, chegava ao ateliê o delegado Jiménez, com um considerável séquito no qual vinha mimetizado um jovem de cabelos loiros, completamente míope, a julgar por suas lentes de oito graus. Se Daniel Hernández, revisor de provas da editora Corsario, fosse chamado a explicar sua presença naquele lugar, talvez invocasse a longa amizade que o ligava ao delegado Jiménez e a circunstância de ter resolvido três ou quatro dos mais complicados casos sob a responsabilidade daquele. Mas sua peculiar habilidade para não ser notado, para confundir-se com o ambiente e até com a mobília de uma casa, mantinha-o a salvo de tais indiscrições.

Duilio Peruzzi esteve à altura das circunstâncias. Ignorando olimpicamente o policial que guardava a porta e o olhava com sombria expressão, avançou para receber o delegado com gesto de grão-senhor. A bífida extremidade de sua barba amarela e anelada abarcou horizontalmente, em ângulo de cento e oitenta graus, todo o âmbito do ateliê.

— É terrível — exclamou enfim com voz profunda e sonora. — *Une véritable horreur*! Tão linda estava Carla nesse vestido escarlate... E agora... — Sua voz se estilhaçou, como um bloco de mármore sob o golpe do cinzel. — Uma máscara de gesso. A morte impõe ao rosto todos os defeitos que em vida quase não notamos. Os germes de dissolução e decadência que ressalvamos sob o movente véu da expressão concentram-se de súbito num par de lábios, de pálpebras, na cova de uma face, como uma invasão solapada e crescente. Esteticamente, é pavoroso.

— Peruzzi — disse o delegado com voz um tanto maliciosa —, deixe de discursos e acenda uma luz decente. Com essa, tudo fica vermelho.

O pintor apertou um botão na parede, e a lâmpada que pendia do teto se apagou. A incandescente atmosfera do ateliê se transformou momentaneamente num lago de breu. Depois umas bruscas mãos vigorosas afastaram um cortinado também vermelho e por uma porta-janela gradeada irrompeu triunfante a plena luz do dia.

— Melhorou — disse o delegado com um suspiro de alívio. — Peruzzi — acrescentou sério —, se não vier com histórias e confessar logo, vai poupar nosso trabalho, e eu fico seu amigo. Por que matou essa mulher?

Duilio Peruzzi ergueu-se e correu os olhos em volta, como que tomando os outros por testemunhas daquele abuso.

— Delegado — disse por fim com dignidade. — Eu tinha um ótimo motivo para matá-la. Ela era minha amante e me traía com o marido. Meu dinheiro encheu os bolsos de um homem que detesto. Pobre Carla. Mas eu não a matei.

— Sei — disse o delegado cofiando o bigode grisalho. — Ramírez, Carletti, levem este homem para Moreno e peguem seus dados. Ele vai ter bastante tempo para amolecer. Eu vou daqui a pouco.

Os dois homens ladearam o pintor. Carletti deu-lhe um tapinha amistoso nas costas, como que animando-o a caminhar. Mas Duilio Peruzzi não se moveu. Continuou postado no lugar, estatuário, com um enigmático sorriso no altivo rosto de bronze.

— Estou preso? — perguntou inconsequentemente.

— Eu no seu lugar, delegado — disse uma voz apagada, que parecia vir do extremo oposto do recinto —, não me apressaria. Acho que falta algo.

O delegado se virou e topou com o olhar límpido e azul de Daniel.

— Discordo — respondeu. — Esse homem estava a sós com a vítima, a porta trancada...

— Justamente — disse Daniel. — *A porta trancada por fora*. Quem a trancou?

— Depois investigamos isso — retrucou o delegado encolhendo os ombros. — Mas esse aí, seja ele cúmplice ou assassino, não vai ter história que o livre.

— Falta mais uma coisa — murmurou timidamente o homenzinho do canto. — Falta a arma.

Jiménez o olhou como que se arrependendo de tê-lo trazido.

Depois encarou o pintor.

— Bom — disse —, está esperando o quê? Onde a escondeu?

Peruzzi demorou a responder. Os cantos de sua boca pareciam subir para as orelhas em cinzeladas curvas por onde um sorriso mefistofélico se derramava como óleo.

— Ah, a arma! — disse. — *Voilà la question*! Onde será que essa malandra se meteu? Por que não me revista?

O delegado refletiu, como se avaliasse essa possibilidade.

— Não — disse por fim. — Não é necessário. Deve estar no meio desses trastes.

— E mais uma coisa — insistiu Daniel. — Acho que Peruzzi está querendo que o senhor cheire esse lenço na mão dele.

— De fato — disse Peruzzi com entusiasmo. — Cheire,

delegado. Metano triclorado. Clorofórmio. A marca do assassino. Eu, vítima inocente.

O delegado levou o lenço ao nariz e fez uma careta. Depois o guardou cuidadosamente no bolso.

O exame dos trastes não deu resultado. Havia ali telas virgens e pintadas, frascos, pincéis, tubos de tinta, elementos cenográficos e uma incrível parafernália de máscaras, estatuetas e bonecos articulados.

Num ângulo se destacava uma espécie de cenário em miniatura, com um grande arranha-céu de papelão sobrevoado por dois grandes morcegos de veludo preto, suspensos por linhas. À direita do cenário, uma escavadeira fincava uma mão metálica no chão semeado de pequenas cruzes de madeira branca.

Daniel observava com imenso interesse uma coleção de fundas, zarabatanas, arcos e flechas alinhados num canto.

Nesse instante bateram na porta, e um homem mirrado e moreno entrou segurando na ponta dos dedos um objeto afiado e brilhante.

— Acho que encontramos alguma coisa, delegado — disse mostrando-lhe o estilete. — Estava ao pé da escada, atrás da porta da rua. Por isso não o vimos ao entrar.

O médico-legista, que ia terminando o exame do cadáver, levantou a cabeça e, ao ver o estilete, assentiu sem dizer uma palavra.

— Ah, eis a arma! — disse Duilio Peruzzi em tom fanfarrão. — E ela apareceu *fora*? Fora do ateliê? *Do ateliê-trancado-à-chave*? Não, delegado, não se desculpe. Está perdoado. Todos cometemos erros.

— Sim — murmurou vagamente a voz de Daniel, e os demais se viraram, como se não se lembrassem da sua presença. — O erro é o molde da sabedoria. Que palquinho mais curioso! Será que é ilusão de ótica — disse dirigindo-se a Peruzzi —, ou aqui ainda falta algo? Eu não entendo de cenografia nem de pintura, e na verdade não sei o que falta aqui, mas sei que está faltando algo.

— Ah, *mon ami*! — exaltou-se Peruzzi. — Sua perspicácia me entusiasma! Prova ter a visão intuitiva raras vezes acessível ao burguês viciado por cartazes e revistas! Merece empedernir-se no sumo exercício da crítica! Foi justamente o que eu pensei ontem, quando entrei e vi o cenário de Hans. Esse animal do Hans! Quase um ano trabalhando para mim, e ainda não adquiriu o senso da composição... Ah, mas vou demiti-lo, hoje mesmo o demito! *Sale bête*!

— Pode-se saber do que os senhores estão falando? — esbravejou o delegado. — Quem diabos é esse Ran, e que diabos está faltando aí? Para mim, tudo aí está sobrando.

— O delegado se apressa a resvalar pela ribanceira das falácias — disse Peruzzi. — Permita-me que o ilumine, delegado. Serei seu Virgílio, seu anjo da guarda, seu Baedeker nesta *terra incognita* que é a arte. Hans Baldung é meu auxiliar, meu cenógrafo, meu fornecedor de novas emoções, um velhaco de marca que degolarei assim que puser os pés aqui. Esse cenário é sua última lambança, o último engendro da sua imaginação debilitada pelos miasmas da guerra. E como bem disse este jovem com olhos de águia — acrescentou observando as grossas lentes de Daniel —, aí falta algo. Proclamam-no as leis irrefutáveis da composição. Adverte-o num relance o sagífero olhar do artista experiente. Descobre-o tardiamente o olho do profano que intuitivamente condescende aos segredos da arte. Mas não deixa rastro na coriácea retina de meros idólatras do indício material.

— Agradeço o elogio — disse Jiménez, melindrado. — Minha coriácea retina tremelicará de prazer se o senhor me mostrar concretamente o que está faltando. Eu não gosto que falte nada durante as minhas investigações.

— Ah, não, delegado! — disse Peruzzi com gesto magistral. — Isso é impossível. Como já insinuei, aí de fato falta algo, mas não uma coisa específica. Falta algo em geral. Uma figura, uma árvore, algo. Cada qual deve suprir essa falta à sua maneira. Contudo, talvez lhe interesse saber como fiz para emendar a incurável incompetência de Hans.

Pegou na mesa um croqui e o mostrou ao delegado com visível orgulho. Daniel reconheceu no desenho os elementos do palquinho de Hans, que evidentemente lhe servira de modelo.

O arranha-céu estava representado como um maciço escuro em cujo extremo superior se abriam duas janelinhas vermelhas, semelhantes às pupilas de um monstro maligno. A um lado, sobre a linha do horizonte, erguiam-se bruscas labaredas carmim. E no centro, perto da escavadeira, o grande Duilio havia pintado um caminhão basculante cuja frente se abria numa colérica bocarra amarela, devorando uma fileira de homens escuros, que vomitava pela traseira amarrados às cruzinhas brancas de Hans.

O delegado abriu a boca como se fosse rir, mas depois começou a praguejar com a indignação do homem honesto a quem acabam de estragar o almoço.

— O que significa isso? — rugiu. — O senhor chama essa coisa aí de pintura?

Peruzzi o olhou com arrogância.

— O profano não tem o direito de julgar a obra do artista — disse. — Sugiro-lhe que resolva seu problema policial, e deixe que eu resolvo meus problemas estéticos.

— Agora entendo — disse Daniel. — Era isso que faltava.

Todos olharam para ele como se fosse um idiota.

— Naturalmente — disse Peruzzi. — Eu quis fazer uma interpretação do nosso mundo atual. O homem devorado pela máquina, e um horizonte em chamas, que é a profecia do seu destino. É bem possível, claro, que minha ideia não coincida com a proposta de Hans. A imaginação do artista criador capta os estímulos externos e os combina de novas formas. Hans é um imbecil incapaz de apreciar a intrínseca grandeza das suas criações paranoicas.

— Paranoico ou não — disse o delegado, furioso —, me explique de uma vez por todas quem é esse Hans, o que significa esse cenário e como o crime foi cometido.

— Eu já lhe disse quem é Hans: meu auxiliar, minha fonte de estímulos externos. — E acrescentou, dirigindo-se a Daniel, em quem pressentia uma audiência mais simpática: — Na vida cotidiana, raras vezes nos é dada a chance de ver algo autenticamente novo, de experimentar uma primeira impressão. Para pintar como o primeiro homem, é preciso ver como o primeiro homem. A própria imaginação é esgotável. Eu esgotei a minha. E, acima de tudo, a natureza é esgotável. A mera repetição de árvores e crepúsculos me dá náuseas. É por isso que eu pago ao Hans. Ele me fornece temas, me abastece de efeitos imprevistos, combina elementos cotidianos numa ordem nova. Dalí tinha que preparar ele próprio suas telas. Eu mando o Hans preparar para mim. Uma vez por semana, ele monta um cenário, um ambiente, um pesadelo. Eu irrompo bruscamente nessa ordem nunca vista, nessas arquiteturas alucinadas, e meu espírito recebe uma impressão indelével. Minha alma de artista se estremece como a mísera perna de rã tocada pelo eletrodo. Essas deliciosas comoções são a fonte dos meus quadros mais vendáveis.

"Claro que eu não copio servilmente a irrealidade de Hans. Retenho apenas a impressão experimentada no instante de entrar num lugar desconhecido: meu ateliê. Retenho o instante angustiante e único, e isso me serve de ponto de partida. Tudo o mais é elaborado nas recônditas passagens de meu espírito. Nunca sei o que vou encontrar: uma cobra enroscada no cavalete, uma tartaruga amestrada ou o próprio Hans dependurado de uma viga.

"Já sei o que vai perguntar, delegado. Por que escolhi Hans, e não outro qualquer, para essa obscura tarefa? Por que é ele, e não outro, o Daniele da Volterra deste novo Michelangelo? Por que troquei a travessa com maçãs e peixe pelas sombrias engendrações de Hans? Muito profunda sua pergunta, delegado. Hans é um esquizofrênico, um psicótico, um transtornado pelos bombardeios, pelo mercado negro e pela hospedaria de imigrantes. Hans é a janela através da qual eu, o artista, vejo como num aquário os elusivos monstros que constituem a fauna da alma moderna. Hans é uma psique em carne viva. Com perdão do paradoxo, delegado. Na alma de Hans, um rio de escorpiões devora uma pomba. Com perdão da metáfora. Eu sou o espelho incumbido de refletir essa alma cândida e dilacerada.

"Citei um motivo prático, de raiz psicológica. Mencionarei outro humanitário: meu auxiliar é um pobre-diabo, um imigrado, uma vítima ingênua do cruel anátema que recaiu sobre os camisas pardas. Antes do advento do regime, Baldung era um cenógrafo de mérito, discípulo de Reinhardt. Depois decorou tribunas oficiais. Agora come o pão quase branco do exílio...

— Esse homem fala mais que a boca — disse o delegado. — Diga de uma vez e sem tanta história o que aconteceu aqui, quem o trancou e como mataram essa mulher.

— *Nescius* — disse Peruzzi. — *Search me* — acrescentou, sobrevoando séculos de evolução expressiva. — Uma conjunção de circunstâncias perversas me envolve como uma rede. Aceito filosoficamente essa injustiça. Tolero que uma mão desconhecida me anestesie. Suporto que um punhal aleivoso interrompa minha doce intimidade e que uns dedos ágeis me tranquem à chave na companhia do crescente horror de um cadáver. Padeço seu interrogatório. Mas não tenho nada com o crime. Sou a cloroformizada vítima de um equívoco.

— Para quem foi cloroformizado, está é falando demais — disse o delegado. — O senhor viu quem o atacou?

— Não. Estávamos de costas, Carla e eu. A porta deve ter sido aberta silenciosamente. Carla tinha chegado fazia cerca de dez minutos e estávamos olhando o croqui que eu acabara de fazer inspirado na cenografia de Baldung. Na verdade, eu já tinha começado a transpor o croqui para a tela.

De fato, algumas pinceladas vermelhas adornavam a tela no cavalete.

— E o senhor pinta com essa luz vermelha? — perguntou o delegado.

Peruzzi arqueou uma sobrancelha.

— Ah, não — disse. — Claro que não. Eu tinha acendido a luminária de pé e apagado a luz do teto. Hans tinha autorização para pôr o ateliê de pernas para o ar, se isso fosse conveniente para seus planos. O essencial era que me provocasse uma impressão nova. Nesta ocasião, ele tinha trocado a lâmpada do teto por uma vermelha. Imagino que buscasse um efeito apocalíptico.

O delegado saltou sobre a contradição como um cão de caça.

— O senhor acabou de declarar que apagou a luz do teto — disse. — Mas agora de manhã ela estava acesa.

— Ah, mas que coisa admirável! — apoiou Peruzzi, impávido. — Uma prova de que o assassino é um artista. Captou imediatamente as potencialidades dramáticas do cenário. Assassinou Carla, a de incendida cabeleira, e deflagrou no ateliê uma ardente chuva de sangue. Magnífico!

Nesse instante bateram na porta, e entrou um homem alto, de costas encurvadas, olhos fundos e nariz afilado, vestido impecavelmente de azul.

— Ah, *Monsieur le Comte*! Sua mulher morreu — exclamou Peruzzi brutalmente. — Já não poderá mais explorá-la. Acabou-se a mina de ouro.

O recém-chegado olhou para ele com uma fria chaminha de desprezo em seus olhos cinza, e sem fazer caso dele se apresentou ao delegado Jiménez.

— Meu nome é Romolo Giardino — disse com leve sotaque estrangeiro. — Soube que minha esposa foi assassinada, e venho colocar-me à sua disposição. Embora provavelmente — acrescentou olhando com ódio para Peruzzi — não seja difícil descobrir o assassino.

— A galinha que canta... — disse Peruzzi. — Senhor conde, eu estou a salvo, amparado por duas impossibilidades físicas.

O delegado se esforçava por manter sua atitude cortês.

— Senhores — disse. — Assim não vamos chegar a lugar nenhum. Tudo será devidamente esclarecido. Senhor Giardino — completou com benevolência —, lamento o que ocorreu com sua mulher e agradeço sua colaboração. Logo falarei com o senhor. Aí fora encontrará o inspetor Valbuena, que tomará seu depoimento. Só lhe peço que me procure antes de ir embora.

Giardino saiu, fechando a porta, e o delegado voltou a encarar Peruzzi.

— Bom, já é hora de pormos as coisas no seu devido lugar. Eu vou resumir sua versão dos fatos, e o senhor me diz se falta alguma coisa. E na primeira palavra à toa que disser, vai direto para o xadrez. Anote — ordenou, dirigindo-se a um rapaz que esperava instruções esgrimindo uma caderneta taquigráfica. — O senhor — disse, encarando Peruzzi novamente — foi o primeiro a chegar aqui, ontem à noite. A que horas foi isso?

— Às dez e meia. Uma hora mais tarde, chegou Carla. Dez minutos depois, o assassino.

— Perfeito — disse o delegado. — Às vinte para meia-noite. Até que enfim começa a responder como uma pessoa normal. Disse que estava de costas para a porta e não viu o assassino. E que ele o sedou com um lenço embebido em clorofórmio. O senhor viu ou ouviu algo antes de perder definitivamente os sentidos?

— Ouvi um grito de Carla. Ouvi que pronunciou um nome. Depois caí no chão e cheguei a perceber, como em sonhos, a luz vermelha se acender. Vi indistintamente o assassino inclinado sobre o cadáver de Carla, mas ele estava de costas. Desmaiei.

— Qual foi o nome que a mulher pronunciou?

— Não posso dizer — respondeu Peruzzi com arrogância.

A um sinal do delegado, Ramírez e Carletti voltaram a ladear o pintor.

— Não posso dizer — repetiu Peruzzi atropeladamente —, mas que fazer?, vou dizê-lo. Afinal, devia ser um pedido de socorro. Ela gritou o nome do marido. "Rómolo, Róooomolo!" Muito dramático. Parecia uma ópera.

— Hum, sei — disse o delegado alisando o queixo. — E o senhor sempre trabalha à noite?

— Sim.

— Não é melhor a luz diurna?

— Para pintar essas medonhas naturezas-mortas e paisagens que enfeitam as casas de família, sim — respondeu o artista com insolência. — Eu, Duilio Peruzzi...

— Está bom, não se irrite. O vidro de clorofórmio estava aqui?

— Estava, sim. Junto à porta, nessa mesinha. Acho que foi esse animal do Hans que o deixou aí.

— Para que o senhor tinha clorofórmio em seu ateliê?

— Eu o uso como solvente, entre muitos outros — acrescentou apontando para uma prateleira abarrotada de frascos.

— É comum usar clorofórmio como solvente?

— Não. Mas já devia ter percebido que eu fujo do comum. Às vezes é usado como dissolvente de lacas. E justamente andei pintando uma laca. *O quádruplo leito de Shu--Pi-Shu*. Uma interpretação modernista de um velho tema oriental. Quer vê-lo?

— Não! — apressou-se a responder o delegado. — Estou mais interessado na chave. Estava colocada por dentro antes de o assassino chegar?

Mas estava escrito que o interrogatório do delegado não chegaria ao fim. A porta se abriu, e de braço com um guarda entrou um homenzinho moreno, de olhos fugidios e rosto chupado, que evidentemente não tinha a menor vontade de contribuir com as investigações. Ao vê-lo, os olhos de Peruzzi se injetaram de sangue. Aferrando com ambas as mãos um vaso ornamental, avançou contra o aterrorizado Hans Baldung. Este, com um berro, safou-se do braço do policial e saiu correndo, atinando no último momento a fechar a porta para adiar a ira do tonitruante Duilio Peruzzi.

O delegado Jiménez, já em desespero, procurou Daniel com os olhos, mas este escapulira um minuto antes, sem ser visto, podendo assim presenciar à distância a espetacular retirada de Hans Baldung.

III

O prédio tinha dois andares, sem ligação entre si, com saída para a rua por portas gêmeas. Era um edifício velho, construído no início do século. Duilio Peruzzi alugava o primeiro andar, que só utilizava para trabalhar — morava em Belgrano —, aonde se chegava por uma escada de mármore. O andar térreo era alugado pela família de um médico.

O piso superior constava de três cômodos, além de um pátio semicoberto e dependências. O ateliê propriamente dito tinha duas portas, mas somente uma servia de entrada. Isto porque a segunda era uma porta-janela que dava para o pátio e era guarnecida de uma sólida grade de ferro, com barras distantes não mais que dez centímetros, de modo que nenhum ser humano podia entrar ou sair através delas.

Quanto aos outros dois cômodos, um era o quarto de despejo onde Hans Baldung montava suas cenografias. O outro fazia as vezes de sala de exposição particular, com as paredes cobertas de quadros. E era para esse último cômodo que Daniel tinha dirigido seus errantes passos, atravessando a multidão de policiais que tomava o pátio e as escadas.

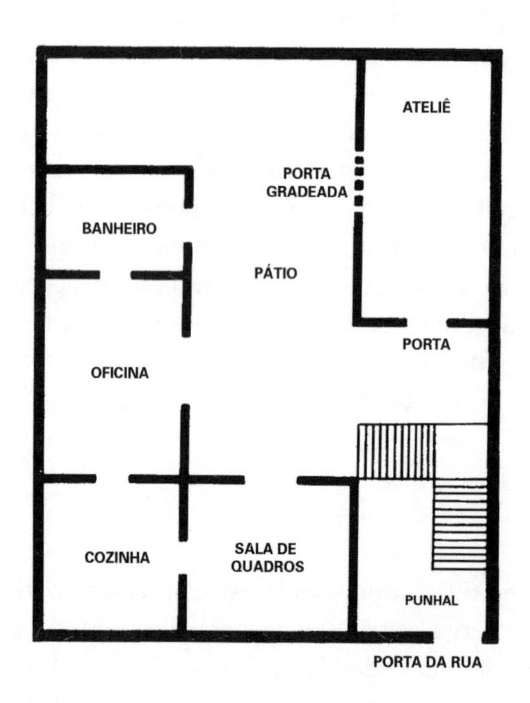

A maioria do que ali estava exposto integrava o repertório comum das escolas de vanguarda. Evidentemente, Peruzzi praticava um despreocupado ecletismo. As puras combinações de formas e cores das escolas abstratas se misturavam com as fantasias surrealistas, deixando ainda espaço para o retrato convencional.

Mas uma das telas chamou poderosamente a atenção de Daniel. Representava em cores sombrias um homem deitado de costas no alto de um penhasco. A cabeça jogada para trás pendia sobre a beira do abismo, e os olhos cravados no céu escuro pareciam grandes discos de gelo. Os cabelos se derramavam numa cascata vertical, e os braços estavam em cruz. No corpo violáceo e lastimável pareciam insinuar-se vagamente as formas do esqueleto. Era a morte absoluta, a morte feita mais morte pela solidão e as alturas despojadas de estrelas. No peito, uma porta de sangue se abria em fios que desciam pausados pelas pedras. E naqueles fios de sangue marchava uma estranha procissão de seres minúsculos, homens, mulheres e crianças, tênues figurinhas de fumaça, entrevistas imagens de sonho. Uns riam, outros choravam desolados, outros caminhavam indiferentes, e um homenzinho inverossímil com as mãos na cintura espiava com curiosidade o poço de sangue de estreladas bordas...

A voz de Peruzzi o arrancou de sua contemplação com um sobressalto.

— Olá! — disse alegremente. — Até que enfim encontro um igual. Esses policiais só querem saber de assassinatos. Bom rapaz, o delegado. Um pouco impaciente, mas não se pode pedir demais. Agora me proibiu de sair, *ce satané gringalet*. Prisioneiro no meu próprio ateliê, que acha disso? Agora está batendo cabeça com o imprestável do Baldung e com *il conte* Giardino. A propósito, sabe que esse sujeito não é conde? É um fugitivo do pelotão de fuzilamento. Aqui se apresentou como industrial, mas eu sei bem que indústria é essa de onde ele tira seus lucros... Pobre Carla. Diz que era mulher dele, mas eu queria conhecer o padre que os casou. E então, que me diz?

— Que esse quadro é lindo — respondeu Daniel.

— Ah, que visão privilegiada! — replicou o grande Duilio com gargalhada de bronze. — Não, meu amigo, eu não poderia enganar seus olhos. Tudo isto não passa de lixo inspirado no mais crasso mercantilismo. Se você visse os salsicheiros que me pagam cinco mil pesos por quadro! Mas agora — completou baixando misteriosamente a voz —, agora sim achei a fórmula. Vou ficar famoso. Meu nome será pronunciado com reverência no mundo inteiro. Vou ser incorporado ao número dos grandes forjadores da história da arte. Shhh! — fez, levando um dedo à boca e espiando pela porta, com ridículas precauções. — Não espalhe, mas eu *fundei uma nova escola*! Você é o primeiro a saber. Rarrarrá! Que piada colossal! Quero ver a cara dos críticos quando lerem meus primeiros quadros!

— Quando *lerem* seus quadros? — perguntou Daniel, intrigado. — Uma nova escola?

— Sim. Quadros sem moldura, quadros sem tela, quadros sem tinta! Pintura superabstrata!

Daniel o olhava espantado.

— Não entende? — perguntou Peruzzi empolgando-se com suas próprias palavras. — Que é um quadro, afinal? Quero dizer, independentemente do complexo de ações e ideias que o origina e que, por sua vez, desencadeia no espectador? O que é materialmente um quadro? Um conjunto de superfícies, um conjunto de cores. Entendeu agora?

— Não mesmo — respondeu Daniel, cada vez mais perplexo.

— Mas que besta! — exclamou Peruzzi. — Vou ter que lhe explicar tudo? Todas essas superfícies, essas cores podem ser definidas matematicamente. A arte ainda está numa etapa empírica. Eu proponho uma etapa científica. No caso da pintura, isso envolve um quadro absolutamente ideal, definitivamente abstrato, perfeitamente definível por meio de símbolos, como um teorema. Tomemos o exemplo mais simples, essa pintura que atualmente chamam de "abstrata". Você, espectador ignaro, olha para o quadro, e o que vê? Retângulos, círculos, linhas retas ou curvas, e certas combinações de cores. Mas toda forma pode ser definida por uma figura geométrica, ou por determinada combinação de figuras geométricas. E a cada cor, ou melhor, a cada infinitesimal matiz da cor corresponde certo comprimento de onda que o determina inequivocamente. O quadro que eu proponho é um conjunto de superfícies, de intensidades, de unidades amstrong,[1] mas tudo isso expresso na taquigrafia matemática; um conjunto de números, em suma.

"Posso ir além: posso decretar a espessura, a textura, a consistência da 'tela' e da 'moldura' ideais. E mais além ainda: posso proibir, valendo-me de certas sutilezas da linguagem matemática, que determinadas pessoas 'vejam' esse quadro, enquanto concedo que seja percebido por outras, aquelas que não possam deformá-lo em sua imaginação.

"Isto feito, previsto cada detalhe na minha inteligência, o quadro já existe, já está pintado, embora eu não tenha posto a mão num único pincel nem tenha manchado meu nariz com tinta. De fato, proponho a abolição de todos os meios materiais. Elimino a mais penosa das etapas da criação artística: a execução material. Reduzo a arte à pura, à lúcida, à límpida concepção. Quando experimento o desejo de comunicá-la, eu simplesmente a expresso em símbolos. E com esses símbolos, qualquer artesão habilidoso, se assim o desejar, poderá transpor o quadro ao plano material, poderá reproduzi-lo, isto é 'interpretá-lo'. Haverá virtuosos da interpretação, assim como há grandes pianistas. Mas qualquer verdadeiro artista enxergará meu quadro apenas lendo minha sequência de símbolos matemáticos, assim como um músico não precisa ouvir uma sinfonia para gostar dela: basta ler a partitura.

---

[1] Por um presumível equívoco do personagem, fala-se aqui em "amstrong", quando o correto seria angstrom, unidade de comprimento equivalente a 10^{-10} metros. (N. dos T.)

"Meu quadro independerá da qualidade da tinta, será inacessível aos descuidos do pincel, aos estragos do tempo, ao juízo dos carentes de imaginação. Uma forma platônica, incorruptível, perdurável além do tempo e do espaço, pois estará situado fora deles. Fácil e eternamente relembrável, recriável; universal porque todos (muitos) poderão não apenas vê-lo, mas também executá-lo. Incluirá cores banidas da paleta do pintor: o infravermelho, o ultravioleta. Por último, satisfará uma imemorial aspiração: será um quadro pintado com luz, e não com grosseiros pigmentos.

"Pode prever o alcance dessa teoria? Pode segui-la até suas últimas consequências? Imaginar sua projeção nas demais artes? Imaginar, por exemplo, um drama ou um romance que consista num único, vasto número, que para o iniciado representará inconfundivelmente todas as descrições de personagens, todos os incidentes, todos os diálogos, todas as profundidades psicológicas da obra?"

No silêncio da sala de quadros, a gargalhada do grande Duilio Peruzzi retumbou como um gigantesco gongo de cobre.

— Ah, entendo — murmurou Daniel, com terror. — E o senhor acredita que...

— Se eu acredito? — rugiu Peruzzi. — Já realizei minha ideia. Olhe! — e antes que Daniel pudesse impedi-lo, tirou do bolso um papel com uma longa lista de símbolos. — Este é meu primeiro quadro! Rarrarrá! Intitula-se: *Suspiro decrescente em função do logaritmo de pi*.

Daniel Hernández fugiu descaradamente, perseguido pela risada estentórea do grande Duilio Peruzzi.

IV

Uma feliz versatilidade era o segredo de muitas vitórias do delegado Jiménez. Ele conhecia à perfeição a difícil arte de pôr-se no lugar do outro, e desse novo ponto de observação estudava minuciosamente suas reações, mostrando-se às vezes cordial, às vezes apenas cortês, e por momentos iracundo e assustador, conforme as circunstâncias o exigissem.

— Não quero retê-los demais — dizia agora extremando sua enganosa condescendência. — Tenho certeza de que cada um dos senhores poderá esclarecer sua situação. Tenho certeza de que ninguém cometeu o crime. Quero dizer — apressou-se a completar — que não têm motivo para maiores preocupações. Trata-se de um assunto desagradável, sobretudo para o senhor, conde Giardino, mas naturalmente devemos cumprir as formalidades. Vejamos, vamos por partes. O senhor sem dúvida deve recordar onde estava ontem, entre onze horas e meia-noite, não é? Foi ao clube? Encontrou-se com um amigo? Recebeu alguma visita?

Giardino encolheu os ombros com um sorriso triste.

— Sinto muito — disse —, mas a verdade é que saí para dar uma volta, e duvido que alguém tenha me visto. Não encontrei nenhum conhecido.

— Claro, claro — disse o delegado. — É uma pena. Isso lhe pouparia muitas perguntas realmente desnecessárias. Vejamos se podemos ajudá-lo por outro lado. O senhor conhecia Peruzzi?

— Não muito. Carla nos apresentou em alguma ocasião.

— Ela vinha aqui com frequência?

O olhar de Giardino tornou-se sombrio.

— Nos últimos tempos, sim — disse. — Acho que esse... esse pinta-monos queria fazer um retrato dela. Eu não me opus. Peruzzi está na moda, principalmente em certos círculos. Na Europa — acrescentou com sarcasmo —, estaria pintando paredes.

O delegado ficou sério.

— Agora há pouco — disse com o maior tato possível —, foram ditas aqui certas palavras... palavras maliciosas, sem dúvida, que lançam algumas sombras sobre a reputação de sua esposa. Tenho certeza de que o senhor poderá desmenti-las.

Giardino corou violentamente.

— É melhor eu lhe falar com toda a franqueza — disse. — Carla não era legalmente minha esposa. Eu a conheci no Rio, voltando da Europa. Morava comigo, mas era livre para fazer o que quisesse. Não sei se esses boatos a que o senhor se refere eram verdadeiros. E não me interessa saber.

— Ah, entendo — murmurou o delegado. Com um brusco movimento puxou uma coisa do bolso e a mostrou a Giardino. — O senhor reconhece este lenço?

Romolo o examinou.

— Sim, é meu — admitiu. — Mas tem um cheiro estranho.

— Clorofórmio — disse o delegado. — O senhor é um pouco descuidado com sua roupa, senhor Giardino? — E sem esperar resposta virou-se para o apavorado Hans, que se refugiara num canto com o evidente desejo de se fundir ao seu cenário. — Baldung — disse com voz tonitruante —, este punhal é seu?

Hans pôs-se a tremer dos pés à cabeça e respondeu num murmúrio quase imperceptível:

— Sim, senhor. Estava na minha oficina. Eu...

— Claro — interrompeu Jiménez secamente.

— A Fortuna também tem os olhos vendados — disse uma voz vinda da porta-janela gradeada. — Ou era a Justiça? Ou talvez a Verdade?

Todos se viraram para ver a magra figura de Daniel através da grade do pátio. Seu rosto junto às barras lembrava um estranho pássaro preso numa gaiola que tivesse o céu como teto.

— Do que você está falando? — perguntou o delegado com certa impaciência. — E que diabos está fazendo aí fora?

— O senhor pensa que existe uma diferença irredutível entre dentro e fora — respondeu Daniel enigmaticamente. — Nunca ficou trancado do lado de fora? — pôs-se a rir com aquela risada característica, um pouco monótona e esganiçada, que sempre exasperava o delegado. — Nunca pensou que o pátio pode ser o lugar mais interessante de uma casa? Vejo condoído que a escultura é uma arte desprezada, delegado. O senhor tem aí do seu lado uma cabeça coberta com um pano úmido, e ainda não deu nem sequer uma olhada nela. Sugiro que lhe tire a venda. Talvez tenha algo a nos dizer.

O delegado estendeu a mão e descobriu uma cabeça de argila posta sobre um pedestal. Os traços pareciam grosseiramente modelados; seria difícil dizer se era uma cabeça de homem ou de mulher. Mas o conjunto tinha uma notável expressão. Os olhos fundos pareciam vigiá-los, e a boca estava entortada numa careta sardônica. O delegado a tocou e afastou os dedos rapidamente.

— Está fresca — disse.

Nesse momento entrou Peruzzi.

Num piscar de olhos, chegou junto à cabeça e a protegeu estendendo os braços.

— Livre-nos Alá da curiosidade iconoclasta! — exclamou contraditoriamente. — Acabou de estragar o nariz da minha escultura!

— Está bom, desculpe — disse o delegado, contrariado. — Também, não sei para que tanto barulho por causa de um monte de barro.

— Pelo jeito, Peruzzi é tão bom escultor quanto pintor — disse Daniel. — E além disso trabalha com incrível rapidez. Naquela hora que se passou entre sua chegada e a de Carla, fez o croqui baseado no cenário de Hans, começou o quadro correspondente a esse croqui, como provam essas pinceladas vermelhas, e ainda teve tempo de modelar essa surpreendente cabeça.

— E quem disse que a modelei ontem à noite? — perguntou Duilio com insolência.

— O delegado — respondeu Daniel. — Ele acabou de dizer que está fresca.

— Ah, como é triste a ignorância dos segredos da arte! — exclamou Duilio com expressão de superioridade. — Esta cabeça não está pronta. Na verdade, comecei a trabalhar nela há vários dias, e toda noite lhe dedico alguns minutos. Mas todo mundo sabe que não se deve deixar a argila secar, porque ela racha. Por isso é preciso umedecê-la a cada vinte e quatro horas e cobri-la com um pano úmido, como fiz com esta peça aqui.

Nesse instante entrou aquele mesmo sujeito moreno e mirrado que de manhã tinha trazido o estilete e murmurou alguma coisa ao ouvido do delegado. Este em seguida se levantou e olhou para os presentes com misterioso sorriso.

— Bom — disse —, seja como for, isso não tem a menor importância. E acho que agora não temos mais nada a fazer aqui. Os senhores todos estão em liberdade, mas em liberdade relativa, entendido? Não podem sair da cidade e, de preferência, devem permanecer em casa até segunda ordem.

Peruzzi olhou para ele com assombro.

— Mas e a solução? — protestou. — Quer dizer que ficamos a manhã inteira de ceca em meca para depois sair de mãos abanando? Acho que eu tenho o direito de saber quem está usando meu ateliê para cometer seus pequenos assassinatos.

— Não se preocupe — disse o delegado com um sorriso. — O senhor logo vai saber. Na verdade, acho que ainda esta noite o assassino estará em nossas mãos.

— Nesse caso — disse Peruzzi reassumindo sua atitude de grão-senhor —, creio que poderiam utilizar meu ateliê para a reconstituição do crime. Exige-o a lei das três unidades. Solicita-o a justiça poética. Reclama-o a simples simetria.

— Nada mais adequado — concordou o delegado, de excelente humor. E acrescentou, dirigindo-se a Giardino e Baldung: — Estejam aqui hoje às nove da noite. Acho que é meu dever avisar-lhes que, embora estejam em liberdade, permanecem sob vigilância.

— Magnífico! — aprovou Peruzzi. — Não os perca de vista, delegado. Aposto qualquer coisa que os dois são culpados.

— Ufa, que sujeito maçante! — suspirou o delegado com alívio, ao sair para a rua na companhia de Daniel.

E acrescentou ao entrar em seu automóvel:

— Desta vez acho que levei a melhor, meu amigo. Já sei quem é o assassino.

V

Os jornais da tarde elevaram o balão de ensaio do mistério a entusiásticas altitudes. Efêmero mistério que sobrevoou por algumas horas a cidade assombrada para murchar lamentavelmente pouco depois, quando o delegado Jiménez declarou numa tumultuada entrevista coletiva que o "Caso do quarto vermelho" estava resolvido.

A escultural silhueta de Carla de Velde, fotografada de maiô, já adornara as efusivas primeiras páginas. A barba assíria e os olhos de sátiro de Duilio Peruzzi haviam inquietado honestas donas de casa. O ar de vítima de Hans Baldung e o nariz adunco de Romolo Giardino incitaram, respectivamente, enérgicas condenações ao Terceiro Reich e ao tráfico humano.

Horas antes da reconstituição do crime, um duplo cordão policial barrava o acesso ao ateliê de Duilio Peruzzi, com a principal incumbência de conter repórteres e fotógrafos. Um deles tentou infiltrar-se disfarçado de Carmen Sandoval.

Foi delatado pela voz grossa e pelo tamanho da lâmpada de magnésio.

O delegado Jiménez chegou em seu Chevrolet 42, com um sorriso oculto sob o bigode grisalho. Um guarda abriu-lhe a porta e voltou a fechá-la, descobrindo com tardia surpresa uma cabeça gesticulante despontar na janela do carro. Era o imperceptível Daniel Hernández.

Duilio Peruzzi os recebeu no alto da escada, de braços abertos em gesto triunfal.

Romolo Giardino chegou num modesto táxi. Hans Baldung, escoltado por dois investigadores, que o surpreenderam quando tentava fomentar o turismo em terras uruguaias.

O ateliê que fora palco do crime foi palco de sua brilhante elucidação. O público se acomodou em semicírculo, num extremo, Daniel Hernández; no outro, o turbulento Peruzzi, pela primeira vez reduzido ao papel de espectador. O inspetor Valbuena, improvisado Atlas, segurava a porta.

O delegado limpou a garganta e com vento propício lançou a barca do seu discurso.

— Este caso — disse com sóbria satisfação — ilustra perfeitamente a validade dos métodos oficiais de investigação. Como os senhores bem sabem, temos entre nós um lúcido cultor dos estudos criminológicos, um brilhante amador. O típico policial da velha escola nega a existência dessa categoria de seres e confia exclusivamente na rotina do ofício. O amador, por seu turno, quando a rigidez dos procedimentos oficiais deixa margem para sua existência, segue por trilhas estritamente intelectualistas, e nesse sentido é tão unilateral quanto o anterior. O verdadeiro investigador moderno reúne ambas as tendências opostas em feliz conjunção. Conhece o valor da rotina, mas não ignora a importância da imaginação e do raciocínio. Sabe, como o grande Locard, que a ciência policial nasceu e se desenvolveu no gabinete dos escritores, mas compreende que só a vasta experiência faculta a certeira aplicação da teoria.

"Este exórdio foi-me sugerido pela diversidade de fatos que este caso, aparentemente tão complicado, nos oferece. Mas ele é realmente complicado? Não, senhores, é muito simples.

"Analisemos os fatos. No ateliê de um pintor que começa a ganhar notoriedade, é cometido um assassinato. A porta está fechada à chave por fora, e a arma homicida também está fora. O pintor aparece trancado junto com a vítima, e ao que tudo indica, foi sedado pelo assassino.

"Tudo muito claro. A simples prova indiciária nos levará a uma solução. Evidentemente, o assassino é alguém provindo do exterior, que depois de cometer seu crime pretende incriminar um terceiro, trancando-o com a vítima.

"Mas a imaginação do amador, viciada na literatura do gênero, percebe imediatamente certos elementos que chamam poderosamente sua atenção e o levam por um caminho equivocado. Quais são esses elementos? Naturalmente! Uma porta que *poderia* estar trancada por dentro, mas está trancada por fora. Um punhal que *poderia* estar dentro, mas está fora. Um suspeito que *poderia* estar fora, mas está dentro...

"O que tudo isto sugere? Sombras ilustres desfilam pela mente do amador: Poe e O'Brien, Leroux e Zangwill, Wallace e Chesterton. O problema do quarto trancado. O mesmo problema, mas ao contrário.

"Confesse, Daniel. Eu li essas ideias em seus olhos. Vi quando examinou a zarabatana e a funda, o arco e as flechas. Decerto logo percebeu que com esses elementos era impossível ter tirado a arma do ateliê e levá-la aonde a encontramos. Mas a ideia persistiu.

"Acredito que fui o único entre todos os presentes a perceber a delicada insídia de uma de suas perguntas. O único a notar que você frequentou o pátio e se interessou por uma cabeça de argila que, na sua opinião, fora concebida com suspeita rapidez.

"Como vê, eu também conheço os clássicos. Mas não me restrinjo a eles. Acima de tudo, sou um homem do meu ofício, e o ofício me ensina que a realidade é sempre menos espetacular do que podemos imaginar. Você, entre uma solução simples e uma complicada, escolhe instintivamente a mais complicada. Eu conservo a liberdade de escolha, até que os fatos, fatos decisivos, me inclinem a uma ou outra. E neste caso demonstrarei que a solução mais simples é a única correta.

"Devo admitir, porém, que a mera rotina facilitou-me o conhecimento de certos fatos que você ignora, e que são essenciais para resolver o problema. Logo voltaremos a eles.

"Felizes circunstâncias de lugar e de tempo permitem-nos circunscrever o número de suspeitos. Creio desnecessário insistir nesse ponto. Eles são três: Peruzzi, naturalmente, Giardino e Baldung.

"Duilio Peruzzi confessou que tinha um motivo para assassinar Carla de Velde. De início, claro, suspeitei dele. Mas logo percebi que não podia levá-lo a sério. Peruzzi não teve oportunidade de cometer o crime. Os fatos demonstram que sua declaração é, no essencial, verdadeira. Como ele mesmo disse, amparam-no duas impossibilidades físicas. Poderia ter cometido o assassinato e tirar a arma do ateliê, mas não poderia ter trancado a porta do ateliê por fora. Através da grade é impossível entrar ou sair. E se o assassinato tivesse sido cometido quando a porta já estava trancada, ele não poderia ter levado a arma até o local onde a encontramos, um andar abaixo. Peruzzi, portanto, está descartado.

"O motivo de Giardino é perfeitamente compreensível. Todos aqui conhecem os clichês do caso: o homem devorado pelos ciúmes etc. Há algum detalhe que o incrimine? Sim. O lenço usado para sedar Peruzzi era dele. Esse detalhe é decisivo? Não. Não é descabido uma mulher levar na bolsa um lenço do marido e depois esquecê-lo ao alcance do assassino. Giardino tem um álibi? Não. Podemos descartá-lo? Por ora, não. Se for necessário, voltaremos a ele.

"Chegamos assim ao nosso terceiro suspeito, e ao único ponto realmente delicado de toda a questão. O único ponto em que a intuição de um brilhante amador pode ser mais útil que o restrito senso prático do policial de ofício. Evidentemente, refiro-me ao motivo que poderia ter Hans Baldung para assassinar Carla de Velde.

"Havia alguma relação entre eles? Não. Baldung tinha algum motivo para odiá-la? Mal se conheciam. Baldung é um psicótico, como pretende Peruzzi? Uma vítima da guerra, um transtornado? Nesse caso, poderia ter agido sob um impulso irracional? Não, senhores, não.

"Devemos portanto descartar Baldung por ausência de motivo perfeitamente lógico para assassinar Carla de Velde? Não. *Porque Baldung, senhores, é o assassino.*

"Baldung não a odiava, mas odiava Peruzzi. Baldung é um homem de talento, um artista; Peruzzi explorava esse talento em benefício próprio. Peruzzi principiava a ganhar fama e dinheiro; mas era Baldung quem lhe fornecia os temas dos quadros que começavam a inundar as galerias e as casas ricas. Peruzzi podia dar-se ares de grão-senhor; mas era Baldung quem preparava suas telas. E em troca disso, o que ganhava? Uma paga modesta e a certeza de um destino anônimo; desprezo e ameaças; explosões de cólera e impropérios.

"Todos aqui presenciaram a pequena cena desta manhã. Este homem ínfimo, este homem de aparência insignificante experimentava sob a égide do grande Duilio Peruzzi um terror semelhante ao que experimentara sob o regime do seu país natal... Sente-se, Peruzzi! — ordenou energicamente ao ver que o pintor se levantara e avançava em sua direção com expressão alterada. — Se aprontar meia palhaçada, vai ficar meses de molho no xadrez."

Duilio Peruzzi sentou-se com visível esforço, as mãos trêmulas.

— Isso mesmo — prosseguiu o delegado, com pleno controle da voz —, Baldung odiava este homem, e eu o compreendo. Baldung quis vingar-se, e quase simpatizo com ele. Então se viu diante do problema fundamental. Como vingar-se? Simplesmente matando-o, varrendo da face da terra sua fanfarronice, sua arrogância, sua prepotência? Não, isso era muito fácil. Baldung não é um homem comum. Baldung sabe por experiência própria que certas vidas são piores que qualquer tipo de morte. Planejou uma vingança mais sutil, mais perversa, mais injusta, se quiserem, porém mais lógica. Não mataria Peruzzi, mas envolveria sua vida em circunstâncias atrozes. Mataria alguém que Peruzzi amava, provavelmente levado por um capricho fugaz; mas acima de tudo o golpearia no que ele mais prezava: sua avidez de fama e de dinheiro, sua vida fácil de artista mimado pelo público. Expô-lo à vergonha e à desonra de um processo, certamente à prisão. Nas cidades e campos da Europa, Baldung vira morrer milhares de inocentes. Que importava mais um? Baldung dispôs de uma vida inocente para consumar sua vingança, uma vingança parecida com as alucinadas criações de seus cenários.

"Esperou o momento oportuno. Consumado cenógrafo, instalou no ateliê de Peruzzi uma luz vermelha que inundaria todo o drama com seus sangrentos reflexos. Emboscou-se nas imediações do edifício. Viu Peruzzi chegar. Uma hora depois, Carla.

"A porta da rua permanecia aberta porque Peruzzi trabalhava à noite. Baldung subiu as escadas silenciosamente. Levava consigo a faca e o lenço. Numa mesinha, junto à porta do ateliê, deixara preparado o frasco de clorofórmio. A porta ficara aberta após a entrada de Carla, e ambos lhe davam as costas. De um salto felino, Hans lançou-se sobre Peruzzi com o lenço cloroformizado e o sedou. Esses homens mirrados costumam ter uma energia indomável. Em seguida apunhalou a aterrada Carla. Apagou a luminária de pé e acendeu a luz vermelha do teto. Era o único, além de Peruzzi, que teria pensado nisso, porque ninguém melhor do que ele conhecia a cenografia preparada por ele mesmo.

"Aqui surgia um problema. Peruzzi não o vira, não podia saber que era ele o assassino. Mas o que ocorreria se o pintor recuperasse os sentidos antes de a polícia chegar? Poderia abandonar tranquilamente o ateliê, ir a qualquer lugar, deixando aqui o cadáver de Carla, e mais tarde alegar que não estivera no ateliê. Naturalmente seria suspeito, mas não mais que Giardino, por exemplo, ou que o próprio Baldung, que tampouco dispunham de álibi. *Era preciso impedir que Peruzzi abandonasse o ateliê*, para que fosse imediatamente associado ao crime. *Era preciso trancar a porta à chave*, deixá-lo confinado com a vítima.

"E aqui surgia outro problema. Baldung tinha resolvido bem o primeiro. Diante do segundo, vacilou e escolheu a alternativa mais arriscada para seus fins. Onde deixaria a arma? Dentro ou fora?

"Deixou-a fora. Certamente pensou que, ao voltar a si, Peruzzi perceberia a gravidade da situação e poderia usar o punhal para infligir-se um ferimento leve, mas suficiente para que também parecesse uma vítima. E nesse caso todos os planos de Baldung cairiam por terra, porque de fato nada tinha de extraordinário que o assassino, depois de matar Carla, ferisse Peruzzi, deixasse a arma dentro e trancasse a porta à chave. Seja como for, Baldung optou por deixar a arma fora, ao pé da escada. Ou então nem sequer considerou o problema, e foi essa uma reação de último momento. É evidente que, de qualquer modo, trancado com o cadáver de Carla, Peruzzi ficava numa situação muito comprometedora.

"Há em tudo isso certas incongruências que os mais perspicazes não deixarão de notar. Mas por acaso não é próprio do espírito humano incorrer na incongruência? A missão do policial não é perguntar-se: 'como um homem pôde cometer tais erros?', mas antes: 'ele os cometeu?'. Se fatos ulteriores provarem que sim, fica para os psicólogos a análise de motivações e sutilezas.

"Esses fatos ulteriores existem? Existem, sim. E são três. O primeiro é acessório, mas lança uma luz muito significativa sobre o problema. O segundo ilustra o comportamento do suposto assassino depois do crime e reforça essa suposição. Mas só o terceiro tem essa irrebatível força de convicção que muitas vezes surge das mais comezinhas constatações.

"Vamos pela ordem. Quem é Hans Baldung? Existe algo obscuro em seu passado? Algo que permita forjar certas conclusões a respeito de sua verdadeira personalidade? Mais uma vez, a rotina nos põe na trilha da pista. Hans Baldung é um imigrante, como se pretende? Sim, mas é um imigrante clandestino. É esse seu verdadeiro nome? Não. Seu verdadeiro nome é outro, Otto Jenke..."

— Ora, mas claro — disse uma voz pueril no extremo do semicírculo de cadeiras, e o delegado viu os olhos azuis de Daniel piscarem atrás dos grossos óculos. — Hans Baldung morreu em 1545. Era um pintor alemão. Discípulo de Dürer. Também Grünewald...

— Obrigado — interrompeu secamente o delegado, olhando com ira para Duilio Peruzzi, que ria como se tivesse um gongo dentro do peito. — Prossigamos. Esta manhã eu já sabia quem era o assassino, mas o deixei em aparente liberdade prevendo qual seria seu próximo movimento. E minhas previsões se confirmaram.

"Esta tarde, às seis, dois de nossos agentes detiveram um homem que tentava embarcar em um avião com destino a Montevidéu. Esse homem era Hans Baldung, que para maior comodidade continuaremos a chamar por esse nome.

"Tudo isso é muito convincente, mas não é definitivo.

Existe algo mais? Voltemos aos eventos iniciais. Segundo a declaração de Peruzzi e o laudo do médico-legista, Carla de Velde foi assassinada às vinte para meia-noite.

O delegado fez uma pausa e contemplou os presentes com impressionante segurança.

— *Às quinze para meia-noite* — prosseguiu —, *cinco minutos depois de cometer o assassinato, duas testemunhas viram Hans Baldung sair pela porta da rua deste edifício.*

Daniel Hernández saltou de sua cadeira como se tivesse levado um tiro.

— É verdade? — exclamou gesticulando desesperadamente. — Tem certeza? — E ao ver o gesto afirmativo do delegado, desabou em seu assento com um gemido.

A reação de Baldung foi mais espetacular. Acaçapado e veloz como um coelho, correu para a porta, pretendendo passar por entre as pernas do sobressaltado inspetor Valbuena, que num reflexo instintivo o apanhou como numa armadilha. A cena tinha chegado ao cúmulo do grotesco. Peruzzi batia palmas e entoava uma ária de ópera a plenos pulmões.

Um minuto mais tarde, restabelecida a calma e escoltado o desafortunado Baldung por dois policiais, o delegado dirigiu-lhe a pergunta de praxe:

— O senhor confessa ter assassinado Carla de Velde?

— Sim — disse Hans, rompendo em soluços. — Sim. Eu a matei.

VI

O delegado era um homem modesto. Mas desta vez a plenitude de sua vitória o transbordava. Cravou suas pupilas de aço no abatido Daniel, que tinha os olhos fixos no chão, e disse com inusitada mordacidade:

— E então, meu caro amigo? Está pensando em Dürer? Ou quem sabe em Grünewald?

Daniel demorou a responder. Quando ergueu os olhos, o delegado deve ter lido neles algo inquietante, porque franziu o cenho e ficou repentinamente sério.

— Não — disse Daniel com voz quase inaudível —, não. Estou pensando em Montaigne.

— Montaigne? — repetiu o delegado. — Que é que ele tem a ver com isso?

— Certos seres humanos — disse Daniel — abarcam intuitivamente realidades às quais não puderam ter acesso direto. Vastos olhares que penetram no passado e no futuro. Acho que foi Montaigne que disse: "Milhares e milhares de homens acusaram-se falsamente".

Seria inexato dizer que no ateliê de Duilio Peruzzi houve um tumulto. Se alguém entrasse naquele momento, presenciaria uma cena estranha. O delegado ia levando uma das mãos à testa, e essa mão estava suspensa no meio do caminho. Um dos homens que escoltavam Baldung tinha um braço para trás, no gesto típico e inconsciente com que o homem que caminha ajuda a manter o equilíbrio, mas o gesto estava interrompido. Os olhos de Duilio Peruzzi tinham começado a sorrir, mas o resto de seu rosto ignorava aquela intenção e permanecia terrivelmente sério. Era um sorriso ainda por cristalizar. Por um inacreditável instante, a fluência natural da vida se deteve.

Uma palavra de Daniel pôs o mundo em movimento.

— A solução... — disse, e então o delegado levou a mão à testa, o detetive se endireitou definitivamente e a expressão de Peruzzi adejou como um pássaro entre a seriedade e o sorriso, optando enfim pela primeira.

— Sua solução, delegado — repetiu Daniel —, é muito mais agradável que a minha, e bem menos exata. É exata na descrição de alguns fatos materiais, mas é inexata em sua interpretação.

— Impossível — exclamou o delegado —, eu acabo de demonstrar...

— Não, delegado — disse Daniel pacientemente —, o senhor apenas demonstrou que a realidade é sempre mais amarga do que temos o direito de supor. Não hesito em dizer, delegado, que a demonstração que acaba de nos oferecer é particularmente infeliz, e se a julgarmos em suas consequências, quase culpada. Se o senhor não tivesse demonstrado a culpabilidade de um inocente, delegado, eu poderia me calar e não teria necessidade de acusar um homem que apesar de tudo admiro, para salvar um homem que desprezo. Não sei, às vezes penso que existe algo de fundamentalmente errado na nossa ideia de justiça.

— Mas este homem — gritou desesperado o delegado —, este homem acaba de confessar que é culpado!

— Ele é culpado, sim — disse Daniel —, mas não do que o senhor pensa. É culpado de um vasto e múltiplo crime, mas não deste crime isolado. Suas mãos estão manchadas de sangue, se me permite essa triste concessão ao lugar-comum, mas não do sangue de Carla de Velde.

Daniel cravou os olhos num ponto distante. Fundas rugas vincavam sua testa, dando-lhe quase o aspecto de um velho.

— Minha história — prosseguiu — remonta à Alemanha, à Alemanha de 1932 a 1934. Minha história começa com um homem obscuro, insignificante, um homem que, por uma estranha coincidência, tinha o mesmo ofício de outro que é melhor nem mencionar. Assim como este, que de início também era um homem obscuro e insignificante, Otto Jenke ou Hans Baldung era pintor. Talvez não carecesse de talento, mas alguma coisa o roía por dentro. O senhor se lembra daquelas palavras que Shakespeare pôs na boca de

César? “Prefiro viver rodeado de homens gordos, homens de cabeça limpa e sono tranquilo”. Admirável sentença. *Beware of these lean, hungry men!* É isso? Bom, não importa. Baldung não tinha um sono tranquilo, Baldung era um desses homens magros e famintos. Baldung trocou a arte pela política. Galgou posições na hierarquia do partido. Participou das matanças de judeus e prisioneiros de guerra. Consumado o desastre, fugiu. Entrou clandestinamente no país e retomou seu antigo ofício de pintor.

“Duilio Peruzzi era a única pessoa que sabia disso. Não só sabia como o acobertou, mas o desprezava. Ele mesmo o disse. Minha vista pode não ser lá muito boa para os indícios materiais, delegado, mas as palavras não me escapam. O som e o sentido das palavras. Minha profissão está intimamente ligada às palavras. Eu me lembro de todas e cada uma das palavras que foram pronunciadas aqui hoje. E o que foi que Peruzzi disse? ‘Hans é um pobre-diabo, um imigrado, uma vítima ingênua do cruel anátema que recaiu sobre os camisas pardas.’ Era possível não entender o sentido dessa frase? Era possível não captar a ironia que encerrava? Mas ele disse algo mais, algo que não posso repetir sem admiração: ‘Baldung era um cenógrafo de mérito... *Depois decorou tribunas oficiais*’. Percebe o jogo de palavras? Todos pensaram que Baldung, caído em desgraça, rebaixado e escarnecido pelo regime, tinha sido obrigado a realizar a mísera tarefa de decorar materialmente essas tribunas oficiais. Eu entendi que ele as decorou com sua presença, com sua presença de fantoche do regime. É curioso que desde o primeiro momento o senhor tenha acreditado que Hans era uma vítima, quando na verdade é um carrasco.

“Estes elementos bastam para destruir o elo final de sua teoria, delegado, a *proba probatissima*, a confissão do acusado. Que motivos podem levar um homem a se acusar de um crime que não cometeu? Vários. Há os motivos racionais e os extrarracionais. Para começar, descartemos os segundos. Não quero aborrecê-lo com exemplos, mas o senhor deve se lembrar que em *Crime e castigo* há uma confissão desse tipo, um homem que quer carregar todas as culpas do mundo e se acusa de algo que não fez. Seria esse o motivo de Baldung?

"Não, seu motivo é perfeitamente racional. Será que ele quer proteger alguém, o verdadeiro culpado? Peruzzi, por exemplo? Não, o senhor já demonstrou quanto ele o teme e odeia. E essa demonstração permanece de pé. Quer proteger Giardino, então? Ele mal o conhece. Quem seria então? Há algum outro implicado no caso?

"Há, sim. *Ele mesmo*. Baldung declara-se culpado de um crime que não cometeu para evitar o castigo de muitos outros que realmente cometeu. Ainda estão em pé as forcas de Nuremberg. Baldung viu nos jornais ou imaginou em atrozes pesadelos as caras patibulares dos generais nazistas, seus chefes. Baldung sabe que, se voltar para a Alemanha, será executado como criminoso de guerra. Sabe o que é um pedido de extradição a um país oficialmente em guerra com o dele.[2] Sabe que uma palavra de Peruzzi bastaria para revelar sua identidade, perdida na fumarada da grande hecatombe. De certo modo é um consolo que caiba a mim pronunciar essa palavra.

"Agora o senhor sabe por que Hans confessou ser autor desse crime insignificante. Não é uma escolha difícil. De um lado, quinze ou vinte anos de prisão, talvez até menos. Do outro lado, o patíbulo.

"Agora o senhor sabe por que uma palavra, um gesto de Peruzzi bastavam para intimidar Hans, para infundir-lhe extremo terror. Recordemos esse último detalhe, porque ele é fundamental para esclarecer tudo o que ocorreu depois.

"Agora o senhor também sabe por que Baldung, apa-

---

[2] O caso transcorreu em 1946.

vorado ante a iminência destas revelações, tentou fugir para Montevidéu. E assim, delegado, outro elo de sua teoria fica reduzido a pó.

"Mas resta um fato, um fato muito importante, tão importante que o senhor fez dele a pedra angular de sua hipótese. Cinco minutos depois de cometido o crime, duas testemunhas viram Baldung deixar o prédio. Na sua opinião, é a prova decisiva de sua culpabilidade. Eu penso que é a prova decisiva de sua inocência.

"Não pretendo negar a evidência. Aceito o testemunho de que Baldung deixou este prédio às quinze para meia-noite. Mas isso prova que ele acabara de assassinar Carla de Velde? De modo algum. Prova, ao menos, que ele foi cúmplice ou testemunha desse assassinato? Absolutamente. Baldung não presenciou o crime nem teve participação nele. Só no dia seguinte, isto é, hoje, soube que tinha sido cometido. Logo veremos o que Hans deve ter feito num momento tão singular, e em que medida contribuiu para obscurecer os fatos.

"Quanto a Giardino, concordo com o senhor que seu papel neste caso foi insignificante.

"Chegamos assim ao verdadeiro assassino. *Porque o assassino, naturalmente, é Duilio Peruzzi.*"

No enorme silêncio que se seguiu, Peruzzi não se moveu. Seus olhos sombrios refletiam um profundo interesse. Esculpido em bronze, seu rosto estava aureolado de estranha majestade, que pela primeira vez parecia autêntica.

— Eu — disse simplesmente — sempre estou disposto a ouvir uma boa argumentação. Mas procure não errar, por favor. O problema é um tanto complexo.

Daniel não pôde evitar um sorriso, apreciando a qualidade do rival.

— Sim — admitiu —, o problema não é simples, e foram elementos muito díspares que me ajudaram a resolvê-lo. Receio que minha exposição não esteja à altura das extraordinárias circunstâncias que a suscitaram. Receio que minhas palavras não consigam refletir a maligna beleza que circunda o plano de Peruzzi e sua perfeita execução. Eu o examinei nos mínimos detalhes: creio poder afirmar que nenhum ato, nem uma única palavra implicada nesse plano e em sua realização carecem do estrito rigor lógico que só pode ter sede numa inteligência superior.

"O senhor, delegado, talvez ache estranho ouvir da minha boca esse elogio a um homem que lhe parece um palhaço, e que sem dúvida é um assassino. Nem sempre é fácil aceitarmos que a inteligência pode estar a serviço de fins avessos às nossas normas convencionais. Ignoro qual foi o verdadeiro motivo de Duilio Peruzzi para assassinar Carla de Velde. É uma néscia presunção querer sondar as profundezas da alma alheia. Mas ele mesmo nos deu um motivo plausível, e se assim preferir, podemos deixar isto de lado e seguir em frente."

— Não sei se vocês podem entender — disse Peruzzi em voz baixa e sufocada. — Mas em certo momento, de certo modo, eu a amei. Pobre Carla.

O delegado recordou a voz de falsete com que Peruzzi havia pronunciado aquelas mesmas palavras anteriormente e, sem saber por quê, sentiu um calafrio.

— Há uma atitude, um estado de espírito, uma atmosfera — prosseguiu Daniel em tom monótono e cansado —, não sei bem como chamar, mas é que algo que Peruzzi introduziu em cada interstício de suas declarações, em cada mínimo gesto e palavra, e que acabou constituindo a tônica ou o ambiente de todo o caso. Eu sinto uma espécie de temor supersticioso pelos homens capazes de criar artificiosamente um determinado plano nas relações humanas e obrigar os outros a se situarem nesse plano. O senhor, delegado, foi o primeiro a entrar nesse palco de marionetes. O senhor acreditou de saída que Peruzzi era um bufão, e que ele dançaria sob o estalo do seu chicote oficial. Quando na verdade era ele que movia os cordéis, era ele que criava o cenário, era ele que urdia a trama segura e paciente. Foi assim, pela mão dele, que o senhor chegou à sua "solução" do caso. Não o censuro. Na verdade, sua reconstituição do crime estava solidamente montada, e teria honrado qualquer brilhante "amador". Mas desta vez o senhor estava diante de um rival muito forte. Peruzzi se divertiu fazendo com que suspeitasse ora de Hans, ora de Giardino. Ele não tinha preferência. Detestava os dois.

"Eu também estive a ponto de dançar conforme a música de Peruzzi, de acreditar que ele não passava de um farsante, de um polichinelo um tanto impertinente, que não devia ser levado em conta numa interpretação séria dos fatos. Eu também estive a ponto de me ver envolto em sua lúcida cortina de fumaça.

"Mas uma coisa eternamente repetida perde sua realidade. Percebi que um homem não pode ser tão incessantemente ridículo, tão irremissivelmente néscio. Não é fácil atingir a perfeição do grotesco. Como toda perfeição, exige talento. Pensei que toda aquela ostentação de estupidez era deliberada.

"Pouco depois julguei encontrar uma confirmação dessa vaga suspeita. Eu sofro de mania ambulatória. O senhor se restringiu ao cenário do crime. Eu castiguei as escadas, o pátio, a oficina de Baldung, a sala de quadros. E foi na sala de quadros que descobri um objeto muito singular. Muito do que lá encontrei, sem dúvida, era puro rebotalho, cópia das desatinadas cenografias de Baldung, obras para vender. Mas entre elas havia uma completamente diferente, um fragmento do passado de um artista sério e consciente. O único quadro de Peruzzi que, provavelmente, nunca achará comprador.

"Sugiro que o examine. Eu não entendo muito de pintura. Ouvi dizer que dela se desterrou o puramente literário.

Não sei. Talvez seja o puramente literário dessa obra que me chamou a atenção. Eu me guio por impressões. Mas como negar a impressão tremenda, entristecedora que me causou aquela morte na solidão das alturas e o derramamento por um peito ferido da alma plural de um único ser humano estirado num rochedo?

"Então não era um *clown* aquele homem que gesticulava e gargalhava, que fazia cabriolas e entoava árias de ópera, que entremeava com um francês detestável sua incessante parolagem, que justapunha criminosamente um *slang* americano a um verbo latino, que copiava descaradamente os desvarios cenográficos de seu ajudante e os vendia em forma de quadros? Não, Duilio Peruzzi tinha um pouco de bufão, sem dúvida, mas não mais do que precisava para triunfar, não mais do que precisava como garantia de um obstinado rigor artístico.

"Ele deve ter lido tudo isso em meu olhar quando entrou na sala e me viu observando aquele quadro. Deve ter lido tudo isso, sim, porque logo destampou num desesperado esforço por me convencer de que ele era de fato um polichinelo. Durante dez minutos esgrimiu uma rebuscada teoria que era a perfeita negação de todo credo artístico. E no entanto, essa teoria também me sugeriu algo. Peruzzi se referia, se não me engano, a um quadro ideal, que existiria sem ser pintado, mas que nem todos poderiam ver. O assassinato de Carla de Velde é como esse quadro, e poucos podem imaginá-lo.

"Mas eu estou supondo a culpabilidade de Duilio, e o senhor quer que a demonstre. Para tanto, devemos destruir aquelas famosas impossibilidades materiais em que sua inocência se amparava.

"Essas impossibilidades podem ser duas, ou podem ser uma só, conforme a ordem cronológica que escolhermos. Supondo que Peruzzi cometeu o crime quando a porta ainda não estava trancada, será somente uma: a de trancar o ateliê por fora, porque antes de fazer isso ele poderia ter tirado a arma do recinto. Supondo que ele cometeu o crime já com a porta trancada, serão duas: ter antes trancado a porta por fora, e depois levar a arma aonde foi encontrada, no térreo. Já sabemos que essa grade é intransponível.

"Qual dessas duas séries de tempo escolheremos? A segunda, a que implica duas aparentes impossibilidades materiais.

"*A segunda, porque quando Duilio Peruzzi se referiu às tais impossibilidades, disse que eram duas*. Esse foi o único momento em que ele se traiu. Esqueceu que uma boa explicação vale mais que duas."

Daniel fez uma pausa, mas os cinco homens que o ouviam pareciam esculpidos em pedra.

— Resumindo — continuou —, *demonstrarei que Duilio Peruzzi trancou a porta do ateliê à chave pelo lado de fora, sem sair do ateliê*; *demonstrarei que ele assassinou Carla de Velde*; *e demonstrarei que, sem sair do recinto trancado, tirou dele a arma homicida*.

"Como veem, voltamos a uma variante do problema do quarto trancado. Como pode um homem que está no interior de um quarto fazer a chave girar na fechadura do lado de fora, sem tocá-la com os dedos?

"Duas soluções logo se oferecem à nossa inteligência. Primeira: um cúmplice. Segunda: um meio mecânico, uma pinça ou um sistema de fios e agulhas.

"Peruzzi não utilizou meios mecânicos. Não recorreu a um cúmplice. Ele utilizou um instrumento, sim, mas o mais sutil de todos. *Empregou um instrumento psicológico. Empregou a mais elementar das paixões humanas: o medo. O medo fechou essa porta com a mesma eficácia das mais complicadas invenções de O'Brien ou Wallace*.

"Já sabemos qual o motivo que Hans Baldung tinha para sentir pavor de Peruzzi. Este, com instinto cego, fazia-lhe sentir parte do que Baldung fizera outros sentirem. Não duvido de que por momentos recorresse à violência física."

— Há certos ratos — disse Peruzzi com indiferença — que nascem para ser pisoteados. Esse aí é um deles.

— O senhor, delegado — continuou Daniel —, relembrou a cena que todos presenciamos esta manhã. Quando Baldung chegou, Peruzzi, afetando um daqueles abruptos acessos de cólera que então condiziam com seu papel de palhaço, agarrou um vaso e investiu contra Hans. E este, o que fez? *Exatamente o mesmo que tinha feito na véspera. Fugiu, e ao fugir fechou instintivamente a porta.*

"Acho que agora podemos reconstituir definitivamente a cena e eliminar a primeira impossibilidade material.

"Ontem Peruzzi se encontrou com Carla em seu ateliê entre onze e onze e meia da noite. Logo em seguida, telefonou para Baldung e ordenou que viesse às vinte para meia-noite, alegando, digamos, que faltava alguma coisa em sua cenografia.

"Quando Baldung chegou, a chave da porta estava colocada do lado de fora. Peruzzi pode ter-lhe sugerido esse detalhe no decorrer de uma conversa normal, para condicionar seu estado de espírito. Como já sabemos, ele é um mestre da sugestão. De repente, com um pretexto qualquer, fingiu um desses exagerados paroxismos de fúria que tanto intimidavam seu assistente. Podemos imaginá-lo empunhando uma faca e avançando contra Baldung com gesto homicida. Este deu meia-volta e fugiu. Ao sair, fechou instintivamente a porta. Ao fechá-la, viu a chave ou se lembrou que estava ali, percebeu num átimo que era o único jeito de interpor uma barreira decisiva entre ele e seu perseguidor, de impedir que o alcançasse na escada longa e escura. Girou a chave na fechadura e a deixou lá, para que no dia seguinte a faxineira resgatasse seu empregador. Ele provavelmente nem pensava em voltar.

"E às quinze para meia-noite, delegado, suas duas testemunhas viram Baldung deixar o edifício onde, sem que ele soubesse, acabava de ser cometido um crime. Eu ignorava esse detalhe, até ouvir seu dramático anúncio desta noite. E então todas as minhas suspeitas se confirmaram.

"Eis como é possível, sem instrumentos mecânicos, sem recorrer a um cúmplice, fechar uma porta por fora. Porque Baldung, decerto, não era um cúmplice. Cúmplice é quem deliberadamente e com conhecimento de causa secunda os planos de outrem. E ele não secundou os planos de Peruzzi, porque sequer os conhecia. Hans acreditava honestamente ter apenas salvado a própria vida.

"Hoje, claro, ele entendeu tudo. Tinha visto Duilio, tinha visto Carla, tinha visto o estilete nas mãos daquele.

"E aí sim ele se tornou um cúmplice forçado. Porque então lhe restaram duas alternativas, uma pior que a outra. Se declarasse que estava aqui na hora do crime, podiam acontecer duas coisas. Primeiro: Peruzzi podia delatá-lo, e isso significaria o patíbulo. Segundo: Peruzzi poderia amparar-se na segunda impossibilidade material — a arma fora do ateliê —; nesse caso, Hans se tornaria o principal suspeito, e isso significaria a prisão. Naturalmente, optou pelo silêncio.

"Mas voltemos ao ateliê. Sem dúvida, Duilio não podia saber de antemão que seu estratagema daria certo. Hans podia muito bem fugir sem trancar a porta, ou nem sequer fechá-la. Nesse caso, o que Duilio perderia? Absolutamente nada. Apenas adiaria seu crime para outro momento. Porque logo veremos que era imprescindível que essa porta estivesse trancada para que Duilio pudesse cometer o assassinato e depois fazer seu segundo truque de prestidigitação, que lhe garantiria sua completa impunidade.

"Talvez essa cena que presenciamos hoje de manhã e que se desenrolou ontem à noite tenha sido ensaiada anteriormente. Mas o fato é que ontem deu resultado. Quanto a Carla, ela deve ter festejado a vertiginosa debandada de Hans Baldung. Não suspeitava que aquela cena de opereta fazia parte da minuciosa trama de sua perdição.

"Peruzzi a matou logo em seguida, com o mesmo estilete com que acabara de espantar Hans. E agora devia resolver a segunda impossibilidade material, tirar a arma do ateliê.

"Pela porta era impossível, porque estava trancada e não tem nenhuma abertura larga o bastante. Naturalmente, aí estava essa fabulosa porta-janela gradeada, e bastaria um movimento do braço para jogar a arma no pátio. Mas era óbvio demais. Tenho certeza de que o delegado logo suspeitaria disso.

"Não, Peruzzi devia tirar o estilete do ateliê, mas de modo que ficasse bem longe da janela, em qualquer outro local do edifício que não despertasse suspeitas, de preferência no térreo, já perto da rua. Como conseguir esse mágico resultado?

"Voltemos aos indícios. Não sei se meus processos mentais neste caso ainda merecem algum interesse, mas para sua elucidação, infelizmente, sou obrigado a relatá-los. Uma das primeiras coisas que observei ao chegar aqui pela manhã foi que faltava algo na cenografia de Baldung. Não uma coisa em especial, mas algo. Imagino que essa percepção tenha resultado, em parte, daquilo que Duilio chamou de 'senso de composição'. Mas o certo é que algo faltava, e ele mesmo o acrescentara em seu croqui. Ele tinha interpolado aquele detestável brinquedo devorador de gente, um caminhão vermelho de bocarra amarela. Todos os demais elementos do cenário apareciam no croqui: o arranha-céu de papelão, a escavadeira metálica, as cruzes de madeira. Só o caminhão era um elemento novo. Segundo Duilio, fruto de sua imaginação.

"O senhor achou graça, delegado, quando me viu do outro lado da grade do pátio. Imagino que a seus olhos tenha parecido um grande pássaro amestrado. Talvez tenha pensado que eu estava tentando verificar se entre essas barras separadas por no máximo dez centímetros não podia mesmo ter passado um ser humano, o que evidentemente era impossível. Eu na verdade estava praticando uma modesta versão do que depois de Euler ficou conhecido pelo nome de *Analysis situs*, isto é, um exame do terreno focado não em suas dimensões, mas em sua configuração. E essa configuração era a seguinte: aqui, no ateliê, uma grade, depois o pátio, depois a escada que desce até a porta da rua.

"Eu tracei mentalmente três pontos: o primeiro situado na grade, o segundo no alto da escada — por onde devia ter descido o estilete, fosse levado por mãos humanas, fosse por outro meio —, e o terceiro no local exato onde o punhal foi encontrado. Liguei esses pontos com uma linha imaginária, que evidentemente não poderia atravessar nenhum obstáculo material intransponível. Isso é o que se chama traçar um grafo,[3] o mais elementar dos grafos, composto de três vértices e dois arcos. Depois me perguntei se existiria um modo de o estilete percorrer esse grafo. Em outras palavras, eu me perguntei se o punhal podia ter percorrido uma dupla linha curva, com uma queda no final, representada pelos degraus.

"E por mais estranho que pareça, essa possibilidade existia, sim.

"Naturalmente, para que um objeto de forma irregular descreva essa trajetória curva, deve ser impelido por uma força adequada. O croqui de Duilio Peruzzi me indicou que força era essa. Acho que foi naquele momento, delegado, em que recriminei seu desinteresse pela escultura."

Daniel foi até a cabeça de argila montada em seu pedestal e retirou o pano que a cobria.

---

[3] Em matemática, representação gráfica das relações entre elementos de um sistema; classicamente, um diagrama formado por um conjunto de vértices e um de arcos, cada arco associado a dois vértices. (N. dos T.)

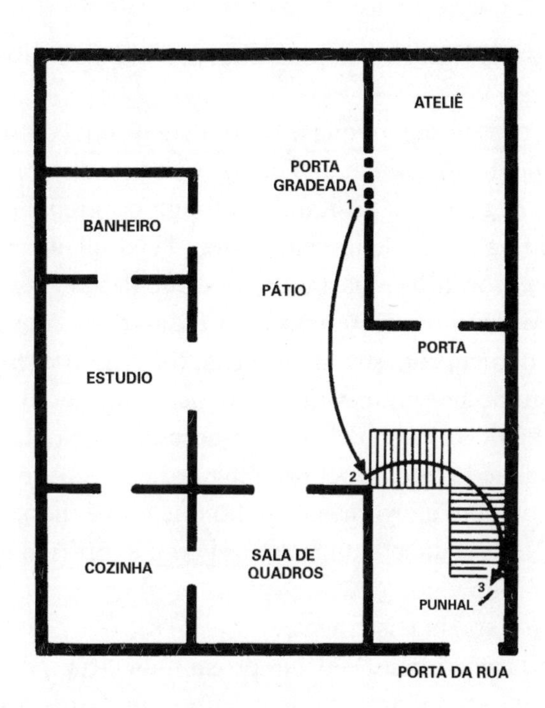

— Peruzzi — disse com respeito —, o senhor aprecia muito esta cabeça?

— Não — respondeu o pintor com um sorriso. — Essa cabeça sonha um pesadelo. Pode quebrá-la.

Daniel a tocou com a ponta dos dedos e o bloco de argila caiu no chão. E já despedaçada a careta sardônica, dispersa a sombra dos olhos vigilantes, aflorou entre migalhas de barro um pequeno brinquedo vermelho, um minúsculo caminhão de corda.

Daniel o levantou delicadamente e foi até a grade. No alto de um prédio situado de través, uma celeste lebre luminosa morria a intervalos regulares sob o raio de neon de um caçador azul. E um reflexo dessa morte repetida animava as lajotas vermelhas do pátio.

A voz de Daniel, quando falou, parecia mais distante do que nunca.

— Vocês já sabem quase tudo. Este brinquedo de corda levou o pequeno estilete de Duilio até a escada, rodou com ele pelos degraus, depositando-o longe do ateliê, e voltou amarrado na ponta de um barbante. O eixo dianteiro foi levemente entortado, o bastante para que descrevesse o arco adequado. Duilio teve tempo para ensaiar seu movimento. Para um homem com sua inteligência, foi extremamente fácil.

"Não podia sumir com o brinquedo, mas podia ocultá-lo. Modelou em volta dele uma cabeça de argila. Acendeu a luz vermelha do teto. Procurou uma posição confortável e se autossedou com clorofórmio. Acho que isso é tudo."

— Não — disse Duilio Peruzzi com expressão ansiosa. — Ainda falta algo.

Daniel sorriu tristemente.

— Claro — disse. — Uma prova indiciária... Ao tirar o estilete pela grade, parece que o senhor ainda não tinha decidido o que faria com o caminhãozinho. Então limpou cuidadosamente a arma para que não manchasse o brinquedo. Foi nesta tela que pensava pintar.

"Depois traçou sobre o sangue as primeiras pinceladas vermelhas do seu quadro inacabado."

Assassinato à distância

para D. G. de W.

'Tis all a Checker-board of Nights and Days
Where Destiny with Men for Pieces plays
Hither and thither moves, and mates, and slays
And one by one back in the Closet lays.

Omar Khayyam

I

No dorso cinzento do mar persistiam os últimos reflexos da tarde. As ondas corriam velozes para a praia, como uma matilha de galgos brancos. E no silêncio carregado de maresia, a voz de Silverio Funes parecia mais apagada e exausta do que nunca.

— Já vai fazer um ano, mas eu ainda não consigo acreditar.

As palavras ficaram pairando no ar, impregnando-o de estranheza. Daniel Hernández se remexeu incômodo na cadeira de vime. A seu lado, divisava vagamente a silhueta taciturna de Silverio. O cigarro, minúsculo coração de pausado pulsar, iluminava a intervalos regulares suas feições esmorecidas e melancólicas. Daniel notou que estava envelhecido.

O grito áspero de uma gaivota invisível cortou o céu do entardecer. Como um desmentido, ouviu-se na praia uma risada fresca e alegre, que parecia feita de pequenas contas de vidro. Depois uma voz masculina, pausada e grave.

— Parece que ela já esqueceu — prosseguiu Silverio. — É normal. Eu mesmo, às vezes, me pego rindo.

Baixou a voz, como que envergonhado.

Divisavam-se, próximas, as silhuetas de Osvaldo e Herminia que voltavam do mar. A tarde inteira, sob o sol resplandecente, tinham visto ao longe as fagulhas vermelha e azul do maiô dela e do calção dele, até que o crepúsculo as reduziu a pontinhos escuros e a noite as dissolveu em seu negror.

Herminia ria. Tinha os cabelos molhados e o maiô colado ao corpo. A brancura de suas pernas esguias e ágeis se destacava nas sombras.

Aproximou-se de Silverio e o beijou no rosto com familiaridade.

— Espero que não tenham se chateado demais sem mim — disse alegremente, e acrescentou em tom brincalhão: — o Osvaldo nada muito bem.

Daniel pensou ter notado um imperceptível rubor tingindo fugazmente o rosto bronzeado de Osvaldo. Osvaldo era o secretário de Funes.

O velho sorriu.

— É, sim, minha filha, e você também. Janta conosco?

A moça ficou séria.

— Não — respondeu. — Meu tio acha que não devo sair sozinha todas as noites. Ele acredita na frivolidade organizada. Já vou indo.

Osvaldo se ofereceu para acompanhá-la, mas ela recusou.

— Não — disse —, ele pode estar me espiando pela janela.

Despediu-se com uma reverência brincalhona e se afastou correndo pela areia, que rangia suavemente sob seus pés descalços. Silverio seguiu-a com os olhos até desaparecer. Osvaldo acendeu um cigarro e permaneceu um instante com eles antes de subir para se trocar.

No extremo do pequeno molhe de pedra brilhava uma luz. Pouco a pouco, outras foram se acendendo em diferentes pontos da costa. No barracão dos barcos ouviu-se a voz baixa e profunda de Braulio, o caseiro, que cantava. Daniel ainda não conseguira saber que canção era aquela que ele entoava todos os dias, porque sempre se deixava levar pela voz, e não prestava atenção nas palavras.

Dentro da casa soou o gongo. Aquela nota surda pareceu crescer até envolvê-los e depois dissipar-se até que suas últimas vibrações, mais do que ouvidas, foram sentidas como um levíssimo tremor na pele.

Aproximaram-se lentamente da casa.

Lázaro estava sentado no centro do dragão vermelho que decorava o tapete verde do *hall*. De pernas cruzadas, parecia um pequeno Buda, disforme e compenetrado. Depois de três dias em Villa Regina, Daniel ainda se espantava com aquela imobilidade. Sem dúvida os ouvira entrar, mas continuava com os olhos cravados no tabuleiro onde reproduzia uma partida de xadrez. Daniel pensou que ele parava de piscar deliberadamente. Controlava o ritmo da respiração e tinha uma mão suspensa no ar, no gesto de capturar uma peça. Os dedos longos e bronzeados pendiam em atitude indolente, mas não era difícil adivinhar que uma força repentina poderia animá-los. Lázaro era um sistema de molas que ele próprio manobrava com consciente satisfação.

Levantou a cabeça bruscamente e olhou para eles com expressão indefinível. De repente sorriu.

— É a partida de Marshall e Halper — disse.

Dirigia-se a Daniel. Seu pai não se interessava pelo xadrez.

— O gambito escocês?

— Isso mesmo. Você conhece? Na verdade, é um gambito dinamarquês modificado. — Uma luz de repentina ansiedade brilhou em seus olhos. — Quer ver depois do jantar?

Daniel assentiu.

Uma involuntária frieza presidia o jantar quando Herminia não estava. De noite a casa parecia crescer apesar das luzes. Crescer e tornar-se hostil, fechar-se em si mesma, recair em sombrias meditações. De dia era o alvoroço juvenil na areia dourada e no quadrilátero vermelho da quadra de tênis, sob o arco-íris dos guarda-sóis e na verde labareda do mar. À noite — quando não estava Herminia, que às vezes vinha com o tio, que às vezes vinha com uma amiga, que às vezes aparecia sozinha, que aparecia sempre como um lampejo de juventude — era um jantar de homens solitários.

Sebastián servia os pratos e enchia as taças. Tinha a pele branca e estirada no rosto comprido e magérrimo, e o cabelo preto emplastrado nas têmporas. Curvava-se como uma vara de aço em sua jaqueta branca. Havia algo de inquietante no silêncio com que entrava na sala e voltava para a cozinha.

Osvaldo comia com apetite, mas sem jovialidade. Era como se dentro da casa, sob o olhar de Funes, se restabelecessem antigos laços de submissão, nunca abolidos de todo. Daniel pensou, com um sobressalto, que por momentos Osvaldo parecia ter dois rostos sobrepostos e diversos, que se influenciavam mutuamente com estranhos efeitos.

Lázaro olhava para Osvaldo com desdém. Lázaro fazia questão de parecer mal-educado. Molhava o pão na sopa e fazia barulho com a boca palitando os dentes. Depois da refeição, cruzava as mãos sobre o ventre proeminente (apesar da juventude), e mais do que nunca parecia um Buda de olhos entrecerrados e malignos.

Então Silverio tentava animar a conversa. Falava de sua juventude, de como tinha feito fortuna, de como construíra tudo (com aquelas mãos retorcidas e frágeis), de como erguera a vila — Villa Regina —, detendo o avanço das dunas com sábias linhas de defesa (como um general, com aquelas mãos), e até roubando algum palmo ao mar.

Houve um tempo em que ele se orgulhava daquilo tudo, mas agora falava sem a menor convicção. Como um *fox terrier* (isso mesmo, pensou Daniel, como um teimoso e minúsculo *fox terrier* dando voltas em torno da toca), Silverio voltava para a poeirada de lembranças que aquele nome — Villa Regina — levantava. Voltava para Regina, quase sem mencioná-la. Para Regina, que fora mãe de Ricardo, mas não de Lázaro. De Ricardo, que se parecia com ela, e tinha enlouquecido e — como ela — também morrera.

Então Lázaro, palitando os dentes, fazia barulho com a boca.

A mãe de Lázaro tinha morrido antes, e ninguém a mencionava. Ou talvez ele próprio a mencionasse em certos momentos, muito em seu íntimo, quase sem perceber, mas agora estava com as mãos cruzadas sobre o ventre e os olhos reduzidos a dois afilados sulcos. A mãe de Lázaro era escura como ele, escura como a fumaça das fábricas de Silverio, como a água dos pântanos, perdida e distante na penumbra de um pretérito sonho sem grandeza, enquanto Regina observava com olhos incrivelmente azuis através do óvalo dourado de um quadro, na vastidão da sala, à luz dos candelabros. Regina tinha olhos azuis como Ricardo, que era meio-irmão de Lázaro, e tinha enlouquecido, e tinha morrido.

Daniel via sua própria imagem deformada nos talheres de prata, e tentava inutilmente se livrar da inquietação que sentia crescer a seu redor, que brotava de todas as coisas, daquela fábula de morte e demência, gravada no secreto coração das coisas.

Osvaldo escutava desatento, por espírito de submissão ao patrão (por cortesia, pensava ele), a crônica invariável.

Osvaldo pensava em Herminia mergulhando na água, na rede incessante e cristalina da água, transformada em mágico naipe de reflexos dourados.

* * *

Lázaro comentava a partida, que sabia de cor.

— ... trocou a rainha por duas peças de menor valor... É um erro..., como a análise posterior demonstrou. Mas o adversário, ofuscado pela certeza da vitória, não percebe a única refutação possível. Tecnicamente, a partida é falha. Psicologicamente, é perfeita. Marshall penetrou no pensamento do adversário, previu sua reação...

Falando sobre seu assunto preferido, Lázaro se transformava. As alternativas do jogo se refletiam em sua fisionomia, nos sutis planos de luz e sombra que compunham seu rosto. Produzia-se nele uma misteriosa catarse. O tabuleiro era um cenário onde as peças representavam um drama surdo e carregado de paixões. Observando-o, Daniel se lembrou das mágicas palavras de Lasker: "este bispo sorri". Cada movimento era a definição de um homem, de todos os momentos anteriores de um homem. Lázaro achava que uma partida podia ser dividida em atos e cenas. Algumas cenas eram como um insidioso jogo diplomático, em outras se ouvia o choque das espadas, algumas tinham a graça de um lânguido balé ou o grotesco aparato de uma farsa. E um grande mestre era sempre um clássico, ou um romântico.

O silêncio assentara definitivamente no resto da casa. Só se ouvia o rumor ritmado das ondas do mar. Sobre o tabuleiro, a voz de Lázaro extinguia pausadamente os últimos brilhos da luta breve e fulgurante.

Daniel se dispôs a retirar-se. Lázaro voltava a olhar para ele com astúcia e desconfiança. Daniel tinha a impressão de que ele queria perguntar-lhe alguma coisa, mas não se atrevia. Lázaro estava com a cabeça como que afundada entre os ombros. Poderia saltar a qualquer momento, como um boneco de caixa-surpresa. Seus olhos escuros e fundos, sua pele azeitonada lembravam, por contraste, a tez branca e os olhos esverdeados de Silverio.

Daniel, por um inesperado truque da imaginação, imaginou a mãe morta com quem devia se parecer. Viu-a interpolada como um sonho na maciça realidade de pilares, candelabros e estátuas da casa, estranha a essa realidade, sem interferir nela nem alterá-la. Ela, que respirara o fartum das charqueadas e dos curtumes, quando Silverio começava a fazer fortuna. E por reflexo via Lázaro como receptáculo dessa vaga condição, herdeiro da insignificância e da inexistência, mas em permanente profissão de rebeldia.

— Hoje é vinte e quatro de novembro — murmurou Lázaro. Olhava-o de soslaio, fingindo indiferença.

Daniel piscou.

— Depois de amanhã vai fazer um ano — disse Lázaro.

Soltou uma risada de pássaro, silábica e desagradável.

— Um ano que Ricardo morreu.

Sua mão de dedos longos e magros arrasou as peças.

— Você veio por causa de Ricardo?

Saiu do *hall* sem virar as costas, com seu andar de pássaro, e no corredor escuro ouviu-se novamente o timbre acre de sua risada.

II

No barracão dos barcos, Braulio limpava os apetrechos de pesca. O sol brilhava no mar. Mas a voz do caseiro, normalmente jovial, tinha ressonâncias noturnas. Desfiava pausadamente a história, e ainda achava lugar para o espanto.

— Foi na ponta do molhe. Foi a última coisa que *don* Silverio mandou construir antes de *doña* Regina morrer. É um bom lugar para pescar: água funda e quase sempre tranquila.

— E o senhor o viu?

— Vi, sim. Eu estava aqui, amarrando os barcos, porque era noite de temporal e o mar estava muito agitado.

"Primeiro ouvi a voz me chamando de longe. Ele tinha subido na mureta. Era nessa mesma época do ano, mas naquela hora reparei que estava frio. Levei um susto. Ele parecia um fantasma de tão branco. Só depois entendi que era porque estava sem roupa. Nu em pelo. Acho que foi nessa hora que reparei que estava frio.

"O menino Ricardo era muito alto. Em cima da mureta, a cabeça dele chegava quase na altura do poste de luz do molhe. Esse poste, mais o banco que o senhor deve ter visto, quem mandou pôr foi *doña* Regina. Ela gostava de sentar lá de tardinha.

"Ricardo deve ter ficado assim por um ou dois segundos antes de se atirar na água. Em pé na mureta, olhando para baixo. Tentei ver o que ele tanto olhava, mas estava muito escuro e daqui até a ponta do molhe deve ter bem uns cem metros. Nessa hora tive certeza de que uma coisa ruim estava para acontecer."

— Não tinha ninguém com ele?

— Não. Estava sozinho. Eu não podia ver o rosto dele, porque estava de costas para mim, mas parecia que baixava um pouco a cabeça, como se estivesse procurando alguma coisa dentro da água. De repente se jogou. Caiu feito um chumbo. Corri naquela direção, mas já não o vi mais. Voltei para o barracão e tentei dar partida na lancha, mas o motor não pegava. Ouvi gritos na casa, e eram *don* Silverio e Sebastián, que também tinham visto tudo e tinham ouvido ele me chamar. Logo depois chegou *don* Osvaldo no carro de *don* Silverio, e ficou iluminando a água com os faróis.

"Sebastián e eu nadamos um pouco, mas não achamos nem sinal dele. Era uma noite de temporal, muito perigosa. *Don* Silverio parecia que ia enlouquecer. Gritava com a gente e nos xingava porque não conseguíamos achar o Ricardo. Também quis se jogar na água, mas não deixamos porque ele nem nadar sabe... Depois disso nunca mais foi o mesmo."

Herminia, de blusa e short, vinha caminhando pela praia. Cumprimentou Daniel de longe, erguendo a raquete. Sua cabeleira arruivada cintilava ao sol da manhã.

Daniel se despediu de Braulio e foi ao encontro dela.

— Você não cansa de ler? — disse ela, apontando para o livro que Daniel levava debaixo do braço.

Ele sorriu.

— Às vezes — disse —, mas um livro é como uma extensão natural da minha mão. Gruda nos meus dedos, mesmo quando eu não quero ler. Deve me dar certa sensação de força, sei lá. Um fenômeno de compensação.

— Que coisa mais detestável! — exclamou ela, desatando a rir. — No meu caso — acrescentou sem afetação —, a leitura séria é uma chatice sem tamanho. Minha inteligência dá no máximo para as revistas ilustradas e o Séptimo Círculo.[1]

Daniel sabia que não era bem assim, mas não disse nada. Herminia confessava de antemão sua ignorância sobre todas as coisas, e com essa precaução depois podia opinar sobre elas com o maior desembaraço. Talvez fosse isso o que a tornava tão atraente.

— Sobre o que você estava conversando com o Braulio? — perguntou ela repentinamente séria.

Caminhavam pela praia, afastando-se da casa. Agora ela não olhava para ele. Ia com os olhos cravados na distância, onde a trechos se estendiam os telhados vermelhos e os jardins dos chalés vizinhos.

---

[1] Nome da coleção de romances policiais criada em 1944 por Jorge Luis Borges e Adolfo Bioy Casares para a editora Emecé, e dirigida pela dupla até 1951. (N. dos T.)

— Sobre Ricardo.

— Foi o que imaginei — murmurou Herminia, e por um instante Daniel achou que uma sombra de ressentimento, como um grande pássaro de fumaça, atravessava seu rosto. — Aqui só se fala dele. É por isso que chamaram você?

Daniel olhou para ela sem entender.

— Por isso? Não, acho que não. Até onde sei, Ricardo se suicidou.

Ela mordeu o lábio.

— É — murmurou. — Todo mundo acha que ele enlouqueceu. Como a mãe. Mas, por que acham isso? — Sua voz se tornou estridente. — Foi o que todo mundo me disse: Ricardo herdou a doença da mãe. Falaram isso para me enganar, me consolar.

Seu queixo tremia. Daniel se perguntou como tinham chegado a esse ponto. Poucos minutos antes, Herminia parecia alegre e cheia de vida. Agora estava mudada. Pousou suavemente a mão no braço dela e em seguida a retirou, convencido da futilidade desse gesto.

— Você não acredita nisso?

— Não. Nunca acreditei. Ricardo não me quis, só isso. Nem pelo meu dinheiro. Azar dele. Bem morto está.

Começou a rir com brusca violência. Depois tornou a olhar ao longe, e à medida que a paisagem entrava em seus olhos, parecia se acalmar, como se fosse invadida pela vasta quietude das coisas.

— Faz tempo que eu queria dizer isso para alguém. — Olhou para Daniel, surpresa, como se de repente tivesse descoberto que era ele. — Não sei por que estou contando essas coisas para você — arrematou.

"Porque acha que sou inofensivo", pensou Daniel com um vago mal-estar. "Porque acha que está falando com um livro e um par de óculos."

— Você o amava?

Depois de pronunciar aquelas palavras, percebeu o esforço que tinham lhe custado. Sentia-se um pouco ridículo.

— Não sei — respondeu ela. — Em algum momento eu soube, mas agora não sei mais. Estávamos prestes a casar. Faltavam quinze dias. Quinze dias que eu contava nos dedos. Estava sozinha em casa quando me deram a notícia...

Tornou a rir, mas desta vez sem ressentimento, quase de bom humor.

— Ele me deu bolo. Essa que é a verdade. Escolheu o caminho mais fácil, e me largou. Todos me viram chorar, e acharam que era por causa dele. No começo talvez fosse, mas depois não. Depois foi por mim. E agora — disse, erguendo a cabeça com um gesto voluntarioso —, agora nunca mais vou chorar por ninguém.

Com típica inconsequência desatou a chorar e a correr para a casa.

III

O doutor Larrimbe viera almoçar com a sobrinha. O doutor era um homem alto, de nariz adunco e têmporas grisalhas. Seu chalé ficava a pouca distância de Villa Regina.

Herminia parecia ter esquecido a tempestuosa cena da manhã. Estava muito sorridente e com os olhos brilhantes. Silverio olhava para ela e não podia deixar de sorrir. Silverio conhecia Herminia desde que ela era uma garotinha que mal começava a andar.

Lázaro, o pequeno Buda, provocava Osvaldo, que replicava com inusitada mordacidade. Funes devia estar acostumado àquele duelo marginal de impropérios dissimulados, porque fazia ouvidos moucos.

Mas era a voz profunda e pausada de Larrimbe que presidia a conversa.

Depois do almoço, Silverio se fechou no escritório com seu secretário. Desculpou-se dizendo que tinha uns assuntos urgentes para resolver. Herminia subiu para descansar, e Daniel e o doutor ficaram a sós na varanda.

O médico parecia preocupado. Por fim cravou seus olhos inquisitivos em Daniel.

— Silverio não lhe disse nada?

Daniel demorou a responder. Tinha a desagradável sensação de que todos esperavam alguma coisa dele, e que ele era o único a ignorar o quê. Lembrou-se das palavras de Lázaro e da pergunta de Herminia.

— Não sei do que está falando.

O doutor Larrimbe encolheu os ombros.

— Pode se abrir comigo. Ninguém sentiu a morte de Ricardo mais do que eu. Por ele e por Herminia. Se bem que para ela talvez tenha sido melhor.

Daniel olhou-o com curiosidade.

— Mas não era sobre isso que eu queria lhe falar — prosseguiu o doutor. — Quem me preocupa agora é Silverio. E, indiretamente, o senhor.

— Eu?

— O senhor, sim. Receio que Silverio acabe por contagiá-lo com suas fantasias. Isso poderia ser muito incômodo para todos.

Daniel não procurou disfarçar sua impaciência.

— Acho que preciso de um contrarregra — disse. — Tenho a impressão de ser o protagonista de uma peça cujo texto não conheço.

Larrimbe tornou a olhá-lo escrutadoramente.

— Não sabe de nada, mesmo?

— O que eu sei é que estou aqui passando umas férias a convite do senhor Funes — disse Daniel secamente. — Claro que ninguém pode ter certeza o tempo todo do papel que representa. Sei também que o filho de Funes se suicidou faz um ano. Mas não acho que isso seja motivo para me encherem de perguntas misteriosas.

— Que estranho! — murmurou o doutor. — Eu também achava... — de repente começou a rir, e completou: — Assim sendo, tem toda a razão para estar aborrecido. Da minha parte, peço desculpas, e tentarei explicar o porquê da minha pergunta. Mais cedo ou mais tarde, Silverio vai lhe falar a respeito, e é bom que nessa hora já esteja a par da situação.

"Seu nome não nos é de todo estranho. Quer dizer, eu nunca tinha ouvido falar a seu respeito, mas minha sobrinha sim, porque leu nos jornais sobre um ou dois casos que resolveu. Eu não leio jornais — esclareceu sem necessidade. — Quando Herminia soube que estava aqui, logo me avisou. Naturalmente, pensamos que Funes o chamou especialmente para confirmar suas últimas suspeitas. Não há por que esconder que essas suspeitas são tão infundadas quanto desagradáveis.

"Silverio acha que Ricardo foi assassinado."

— Assassinado? — repetiu Daniel um pouco tolamente.

O médico reprimiu um gesto de impaciência.

—Isso mesmo, é a última etapa da evolução de sua ideia fixa. Mesmo tendo testemunhado o suicídio com seus próprios olhos, Silverio nunca aceitou que Ricardo tivesse se matado. Ele viu o rapaz se atirar no mar, e no dia seguinte o corpo apareceu na praia. Morreu afogado. Eu mesmo fiz a autópsia.

— O senhor?

O tio de Herminia sorriu ironicamente. Começava a se perguntar se a perspicácia dos detetives particulares consistia em fazer perguntas retóricas.

— Sim, entre outras coisas, sou médico da polícia local. Nem preciso dizer que, dadas as estranhas circunstâncias do caso, examinei o cadáver com o máximo cuidado. Existia a remota possibilidade de que alguém tivesse assassinado Ricardo com um disparo de arma de fogo, e que ninguém tivesse ouvido a detonação, porque a arma tinha silenciador ou por outro motivo qualquer. Isso não explicaria o que Ricardo fazia, completamente nu, naquele lugar e naquela hora, mas estava disposto a não descartar nenhuma possibilidade razoável. E posso dizer que não encontrei no corpo orifícios de bala, nem feridas de arma branca, nem vestígios de drogas ou de qualquer substância suspeita. Os únicos sinais de violência que o cadáver apresentava, alguns arranhões superficiais, algumas contusões insuficientes para causar a morte, eram diretamente atribuíveis ao choque com as pedras da costa, à permanência no mar, à ação dos peixes e a outros fatores similares.

"Em suma, a hipótese de assassinato era absolutamente descabida. Foi essa a conclusão da polícia, tanto ao instruir o processo, como ultimamente, quando Silverio tentou, em vão, convencê-los de suas recentes suspeitas.

"De início ele se aferrou à ideia de que a morte de Ricardo foi acidental. Era uma ideia inofensiva, e ninguém tentou dissuadi-lo. Mas infelizmente era insustentável, como ele mesmo deve ter percebido."

— Mas não podia mesmo ter sido um acidente? — perguntou Daniel com timidez.

— Não. Era uma noite muito fria, quase de tempestade. Ninguém pensaria em nadar nessas condições. Além disso, Ricardo estava nu e parece que tentou deliberadamente chamar a atenção sobre essa circunstância, dando gritos que várias pessoas ouviram. Esse exibicionismo, como o próprio Silverio o chama, é o que mais o atormenta. Eu diria que é comum a muitos suicídios.

"Mas ele não quer ser dissuadido. E o pior é que, nas atuais circunstâncias, seria até prejudicial que aceitasse a realidade.

"Como já deve ter notado, Ricardo era seu filho preferido, fruto de seu segundo casamento. Silverio se casou duas vezes. Eu conheci sua primeira esposa. Era uma mulherzinha insignificante e submissa. Morreu no parto de Lázaro.

"Depois veio Regina. Silverio foi muito feliz com ela, até que Regina adoeceu... Teve de interná-la numa casa de saúde, e pouco depois ela morreu."

O médico guardou silêncio, como se reunisse suas lembranças.

— Regina era muito bonita. Uma beleza nórdica, loira, alta, de olhos azuis. Mas não era só beleza física. Era uma dignidade que emanava de toda sua pessoa, dos seus gestos mais insignificantes, o que a tornava tão grata a todos que a rodeavam. Sua morte e tudo o que a precedeu foi um golpe terrível para Silverio. E o que aconteceu com Ricardo acabou de transtorná-lo. Ricardo se parecia com ela, e isso explica muitas coisas.

— Quer dizer que ele herdou uma tendência à loucura?

— Não se trata de uma herança genética, embora talvez também haja um pouco disso. Mas Ricardo sabia o que tinha acontecido com sua mãe. Chegou a se sentir identificado com ela, a acreditar que havia herdado uma predisposição à loucura. Isso é muito perigoso. Caiu na melancolia e na depressão: no fundo pensava que era um inútil, que não tinha cura, que um signo fatídico presidia seu destino. Racionalmente, sabia que isso era absurdo, porque o rapaz não carecia de inteligência. Mas, diferentemente da crença geral, conhecer os próprios males não basta para curá-los.

"Eu soube dessas coisas porque ele mesmo chegou a me consultar a respeito. Confesso que não dei muita importância àquilo. Pensei que era um estado de espírito passageiro. Mas me enganei.

"Dentro de todo ser humano há uma força, cega e diabólica, que tende a aniquilá-lo. Os homens que chamamos de saudáveis e fortes, os homens que tocam os negócios e falam em público, vivem e morrem sem ter consciência dessa força. Mas outros cedem a ela desde cedo, e uma vez que a pessoa cede, não há perdão. São esses os homens que, na nossa ignorância, acreditamos estarem marcados pela fatalidade. Mas a fatalidade não existe, exceto em nós mesmos. E até muitas coisas que chamamos acidentais não têm nada de acidental. São ditadas por forças obscuras que vêm de nós mesmos, que movem nosso corpo sem percebermos e nos fazem dizer palavras que não pensávamos dizer. Existe um instinto de conservação e uma vontade de poder. Mas existe também um instinto de autodestruição e uma vontade de fracasso.

"Além de tudo, estava Herminia. Herminia foi o pretexto. Eles logo iam se casar. Ricardo se convenceu de uma falácia: que sua descendência poderia ser contaminada pela mesma maldição. Porque de algum modo, em algum recanto oculto do seu espírito, ele já havia consentido em sua loucura. A loucura é consentimento, atração por algo desconhecido, renúncia diante de problemas insolúveis, cansaço da personalidade consciente. Todos sentimos que enlouquecer é tão grave, tão fundamental quanto nascer ou morrer, porque de certo modo é as duas coisas ao mesmo tempo.

"Mas não era sobre Ricardo que eu queria lhe falar. Esse é um capítulo encerrado. Como eu já disse, quem me preocupa é Silverio. Se não agirmos a tempo, a ideia fixa de que lhe falei se transformará em mania. Um homem assim pode tornar-se um pesadelo para os outros. Ele já começa a alimentar vagas suspeitas sobre as pessoas que o rodeiam. A qualquer momento poderá lançar uma acusação direta, com consequências imprevisíveis. Esta casa é um barril de pólvora. Sinto que o ambiente está cada vez mais carregado, e que algo está prestes a explodir."

O tio de Herminia fez uma pausa e acendeu um cigarro antes de continuar:

— Conheço Silverio há muitos anos, sei como a cabeça dele funciona e não quero que seja arrastado por uma obsessão sem sentido. Ele não pode aceitar o suicídio de Ricardo, porque isso seria admitir que tudo o que fez por ele, os momentos que viveu a seu lado e até a lembrança de Regina, tudo foi inútil ou ilusório. Ele se sentiria responsável. Responsável e frustrado, aniquilado.

"Mas a consequência elementar é que, se Ricardo não tirou deliberadamente a própria vida, sua morte ou foi acidental, ou foi provocada por alguém. Ambas as hipóteses são insustentáveis à luz dos fatos, mas a primeira é inofensiva, e a segunda não. Percebe a diferença?"

O médico cravou a vista ao longe, no mar que cintilava sob o sol de novembro. Fazia alguns minutos que se ouvia junto à casa, na quadra de tênis, o bate-bate das raquetes, e de quando em quando a risada de Herminia.

— Anos atrás — prosseguiu o médico com voz reminiscente — cuidei de um caso muito interessante. Um homem convencido de que estava com câncer. Consultou muitos médicos, e todos lhe diziam a mesma coisa: que não tinha nada. Tiraram dezenas de radiografias da região do corpo que ele pensava estar afetada. Todas mostravam que ele estava saudável. E no entanto, era evidente que estava doente. Não do que ele pensava, mas estava doente. Tinha sintomas dolorosos e vivia numa constante angústia mental. Não seria de estranhar se desenvolvesse um câncer de verdade. O que eu fiz foi lhe dizer que de fato estava doente, e lhe mostrei umas radiografias, que obviamente não eram dele, em que o processo da "sua" doença era evidente. Embora pareça mentira, ele ficou muito satisfeito. E mais satisfeito ainda quando lhe dei poucas esperanças de vida. Porque ele afinal tinha razão contra todos aqueles médicos ignorantes que não acreditavam na sua doença... Começamos o tratamento com "sais de rádio", que naturalmente não eram sais, e aos poucos fui mostrando novas radiografias em que se via seu mal "diminuir". Passado um ano, estava curado.

Daniel olhou-o com ansiedade.

— E o senhor quer que eu faça algo parecido?

O doutor hesitou.

— Não sei — disse. — Realmente não sei. Tudo depende do que seja capaz de fazer. Meu paciente era um homem ignorante, e, além disso, não tentei substituir sua mania por outra mais inofensiva. Mas Silverio é um homem inteligente. Pode até aceitar parcialmente suas próprias fantasias, porque são coisa dele e satisfazem íntimas exigências emocionais, porque combinam com sua maneira de ser. Mas dificilmente aceitará as de outros, a menos que estejam muito bem construídas, que não tenham absolutamente nenhum ponto fraco.

"Sei que o senhor resolveu alguns casos difíceis, mas sei também que é mais fácil descobrir a verdade que urdir uma mentira inexpugnável, porque a verdade é a meta natural de todo espírito inquisitivo. A verdade é única e excludente, e essa unidade se manifesta de algum modo. Uma mentira mal construída seria um péssimo remédio.

"Além disso, sua margem de manobra seria mínima. Teria que fazer uma substituição, num plano que não é o das coisas materiais. Por um lado, não pode provar que Ricardo se suicidou, porque ele *viu* o suicídio, e mesmo assim não acredita que seja verdade. Por outro, tentar confirmar sua infundada suspeita de que Ricardo foi assassinado seria extremamente inconveniente. Primeiro, porque isso é impossível, segundo, porque ele não se contentaria em saber disso e exigiria que se descobrisse o 'culpado'."

— Resumindo — disse Daniel cada vez mais perplexo —, eu teria que inventar as circunstâncias de um suposto acidente de que Ricardo poderia ter sido vítima?

O doutor Larrimbe deu uma risada.

— Ninguém o obriga a fazer isso — disse. — No fundo,

acho que todos nos mancomunamos para estragar as suas férias.

IV

Deviam ser cinco horas da tarde quando Daniel ouviu gritos na biblioteca. Silverio tinha ido à cidade. Daniel viu quando ele tirou seu carro, um Buick branco, da garagem. Perguntou se não queria acompanhá-lo, mas ele preferiu ficar.

Daniel se aproximou da biblioteca na ponta dos pés e espiou pela porta. O quadro que se ofereceu à sua visão era grotesco. Osvaldo estava sentado diante de uma mesinha, com os olhos cravados no tabuleiro de xadrez. Lázaro girava a seu redor com movimentos rápidos e simiescos, esfregando as mãos e gritando:

— Mate! Xeque-mate! Para onde você vai mover o rei? A abertura Orangotango é invencível! Ha, ha, ha! Xeque-mate! Em dezesseis lances! Jogamos mais uma? Eu, de olhos fechados! Ha, ha, ha! E ainda dou a rainha de vantagem!

Osvaldo estava vermelho. Com um brusco tapa nas peças, espalhou-as pelos quatro cantos da biblioteca e se pôs de pé, alto e ameaçador. Seus punhos estavam crispados.

Nesse instante, viu Daniel e fez um visível esforço para se conter. Deu meia-volta sem dizer uma palavra e saiu por outra porta.

Lázaro ria às gargalhadas. A risada esbugalhava seus olhos.

— Viu? É o que eu sempre digo: nada pior que um mau perdedor. Acha que tem cabimento ele se zangar só porque perdeu? Faz seis anos que jogo a Orangotango,[2] e até hoje

---

[2] Não se trata de uma abertura fictícia. Foi popularizada por Anthony Santasiere e demolida por L. Levy. As jogadas iniciais daquela par-

não encontrou a refutação. A única abertura que ele conhece é a Ruy López, mas essa eu não jogo, e por isso fica desse jeito. Eu sou lá obrigado a jogar o que ele quer?

Toda a fisionomia de Lázaro transpirava malícia. Lázaro jogava uma abertura já refutada porque sabia que seu adversário desconhecia a refutação. Lázaro se colocava no lugar do adversário...

Começou a recolher as peças no tapete e embaixo dos móveis. Movia-se com a agilidade de um gato. Nesse instante seus grandes olhos negros pareciam ter reflexos amarelos, como os de um gato.

— Talvez tenha sido a última partida que ganhei do Osvaldo — murmurou, repentinamente sério, arrumando as peças no tabuleiro. — Sabe que logo mais meu pai vai perder seu secretário?

— Ele pensa deixar o emprego? — perguntou Daniel.

— Não. Conseguiu uma promoção. Vai se casar com Herminia. Você não sabia?

Daniel fez que não com a cabeça.

— Claro que não — murmurou Lázaro, olhando-o de soslaio. — Pois se nem meu pai, que é meu pai, foi informado. Quem sabe disso sou eu, que fico escutando atrás das portas e me escondendo sem ser ouvido atrás dos bancos do jardim... Para isso me serve este corpo de mico. Quer jogar? — perguntou categórico.

Daniel se sentou diante da mesinha, a contragosto. Estava curioso para conhecer os mecanismos mentais daquele homúnculo enigmático. Perguntou-se se a cena que acabava de presenciar seria algo mais que uma farsa para irritar Osvaldo.

Lázaro jogava com enorme seriedade, os braços cruza-

---

tida foram: 1.C3BR, P4D; 2.*P4CD*!!?..., movimento sem valor intrínseco e cujo único propósito é desconcertar o adversário. Levy respondeu com: 2. ...P3BR! (Nova York, 1942).

dos sobre o peito. A pele de seus pômulos salientes estava repuxada. Os olhos imóveis, e só uma ruga na testa citrina indicava a concentração de sua mente.

Daniel, jogando com as pretas, ensaiou uma tímida variação da Defesa Siciliana, e lá pela trigésima jogada foi esmagado por um fulminante ataque à ala do rei, coroado pelo sacrifício de uma torre com perspectiva de xeque-mate em poucos movimentos.

— Nada mau — comentou Lázaro sem ironia, ao vê-lo tombar o rei. — Só que, no décimo lance, você devia ter jogado cavalo quatro da torre da rainha.

Recolheu as peças e guardou-as na caixa. Era evidente que o atônito Daniel não pretendia pedir a revanche, e que naquele momento nem se lembrava do seu propósito de investigar os processos mentais de Lázaro...

* * *

Ouvia-se ao longe a vibração do motor da lancha conduzida por Braulio. Debruçada na borda, Herminia dava gargalhadas de alegria e expectativa.

Sobre o parapeito do molhe, o doutor Larrimbe estendia os braços para frente, preparando-se para mergulhar. Alto, imóvel e tenso, recortado contra o céu do entardecer, parecia uma estátua de aço. Sua cabeça se destacou por um instante junto à mancha esbranquiçada da lâmpada. Depois o sol feriu fugazmente seu corpo lançado numa parábola perfeita, antes de afundar na superfície azul do mar, levantando um repuxo de espuma.

* * *

Naquela noite, a primeira das profecias do doutor se cumpriu.

Silverio andava de um lado para o outro em seu escritório, com as mãos nos bolsos.

— Você não tem nenhuma obrigação de cuidar deste assunto — disse. — De certo modo, eu me sinto até culpado de ter abusado da sua boa-fé, mas tenho certeza de que compreenderá os motivos que me levaram a fazer isso. E de qualquer forma, mesmo que você se negue a ter a menor participação neste caso, continuará sendo um hóspede bem-vindo em minha casa. Mais ainda, vou cuidar para que ninguém volte a importuná-lo com novas histórias.

Daniel observava com espanto a transformação de Silverio. Não era mais o velho de mãos trêmulas, que vivia de lembranças, devorado pela angústia, mas o homem que saíra do nada para fazer fortuna, o ardiloso homem de negócios que finge desistir dos seus propósitos porque tem certeza de consegui-los, e que ao mesmo tempo conserva certa invulnerável dignidade.

Daniel sentiu uma brusca irritação.

— Senhor Funes — disse secamente —, se entendi bem, quer que eu cuide do que para o senhor é um caso policial. Não hesito em adverti-lo de que minha experiência nesse tipo de assunto não é das mais alentadoras. O senhor sem dúvida adivinhou que eu não viria aqui se soubesse dos seus propósitos. Parabéns pela perspicácia. Mas já que o senhor dispôs do meu tempo de antemão, se quiser que eu venha a ter o mais remoto interesse por esse assunto, deve me dizer exatamente em que consiste. E já vou lhe avisando que eu me sinto completamente livre para desistir dele a qualquer momento.

Silverio olhou-o com o sorriso do homem que acaba de obter uma primeira vitória. Mas em seguida ficou sério.

— É muito simples — disse. — Amanhã vai fazer um ano que Ricardo morreu. Todo mundo acha que ele se suicidou. Eu acho que foi assassinado.

— O que o faz pensar assim?

— Ele não tinha motivos para se suicidar.

— O senhor não pode saber.

— Eu era seu pai.

— Isso não basta.

Silverio corou levemente, cerrando os punhos.

— Ele não era capaz de tirar sua própria vida nessas... circunstâncias. Ele não era assim.

— Não pode saber — repetiu Daniel.

— Está bem — disse asperamente o velho. — Você quer indícios mais concretos.

— Exato.

Uma ladina expressão de triunfo se esboçou no rosto de Funes. Mais tarde, lembrando-se daquele gesto e da conversa precedente, Daniel teve que admitir que Silverio era um ator consumado.

— Os indícios existem. Todos acham que a morte do Ricardo me transtornou. Acham que não consigo aceitar a ideia de que ele se suicidou, e que pretendo negar o que testemunhei com meus próprios olhos. — Fez uma pausa e acrescentou com deliberada lentidão: — Mas há um dado mais importante, que ninguém pode desmentir. *Ricardo era um excelente nadador*. Dos quinze anos em diante, ganhou todas as competições intercolegiais e universitárias de que participou. Você acha que é possível vencer o instinto de sobrevivência? Acha que um homem que sabe nadar e quer se suicidar escolheria justo esse meio? Acha que, caso o escolhesse, se atiraria nu no mar, facilitando assim a reação salvadora de seu instinto?

Daniel não respondeu de pronto.

— Três perguntas de difícil resposta — admitiu por fim. — Mas não creio que bastem para equilibrar o peso das demais evidências. Posso lhe apresentar várias que parecem anulá-las. É verdade que, na noite em que seu filho morreu, o mar estava muito agitado?

— É.

— É verdade que o senhor o viu com seus próprios olhos, sobre a mureta do molhe?

— É. Eu tinha subido para o meu quarto e ouvi gritos. Olhei pela janela e o vi.

— Foi visto por mais duas pessoas?

— Sim. Sebastián estava embaixo, na varanda, e Braulio no barracão.

— Ele estava *sozinho*? Não havia ninguém com ele?

— Não vimos ninguém.

— Se atirou *sozinho* no mar, sem que se ouvisse uma detonação de arma de fogo, sem que ninguém o empurrasse, sem um impulso de fora?

— Sim, já disse que sim.

Daniel encolheu os ombros.

— E apesar de tudo, o senhor acha que ele foi assassinado?

— Acho.

— Percebe que sua afirmação implica na existência de um assassino invisível?

Funes não respondeu.

— Imagina *como* seu filho pôde ter sido assassinado? — perguntou Daniel, não conseguindo conter a exasperação.

— Não. Mas sei que há meios... Tenho lido. Drogas que bloqueiam a vontade e fazem cometer loucuras... Pode ter sido isso, pode ter sido hipnotismo...

Daniel fez um ruído de desdém com a boca.

— O senhor acredita nisso?

— Não sei. Você tem que investigar.

— Por acaso considerou a possibilidade de um acidente? — perguntou Daniel, recordando, sem o menor entusiasmo, as insinuações do doutor Larrimbe.

— Sim. Mas isso é impossível. Era uma noite gelada, imprópria para nadar. Ricardo não teria se atirado na água sem roupa. E além disso, como eu já disse, ele nadava muito bem.

— Comentou suas dúvidas com a polícia?

— Sim. Não as levaram em conta. Eles também acham que a evidência a favor do suicídio é esmagadora.

Daniel o observou de olhos entrecerrados.

— Resumindo — disse —, o senhor me apresenta um caso que claramente não pode ser um acidente, que na opinião da polícia não pode ser um assassinato, e que segundo o senhor não pode ser um suicídio..., e quer que eu o resolva?

— Isso mesmo.

— O senhor me expõe uma teoria preconcebida, baseada em obscuros reflexos emocionais, e quer que eu a demonstre?

— Sim.

— O senhor quer que eu demonstre algo que atenta contra todas as leis da lógica?

— Sim — disse Silverio.

— Está bem — respondeu Daniel com um suspiro. — Eu aceito.

* * *

Pouco depois de se deitar, quando o sono crivava suas pálpebras fechadas de bruscas imagens de dragões, flores e estátuas, Daniel imaginou ser um gigantesco ouvido aberto a todas as vozes de um drama indecifrável e obscuro. Com esse desassossego adormeceu.

V

Villa Regina era rodeada, de um lado pelo mar, do outro pelas dunas que, ano após ano, Silverio fora afastando com cercados e arvoredos. Nesse ponto, a estrada da costa descrevia uma curva bem pronunciada e passava nos fundos da casa. Silverio mandou construir uma estrada particular, de quase um quilômetro de extensão, que levava diretamente à casa e tornava a desembocar na via principal. No espaço circundado por essas duas estradas, como numa ilha, estendiam-se os terrenos de Villa Regina, as quadras de tênis, o jardim e a horta, e uma piscina que raramente era usada.

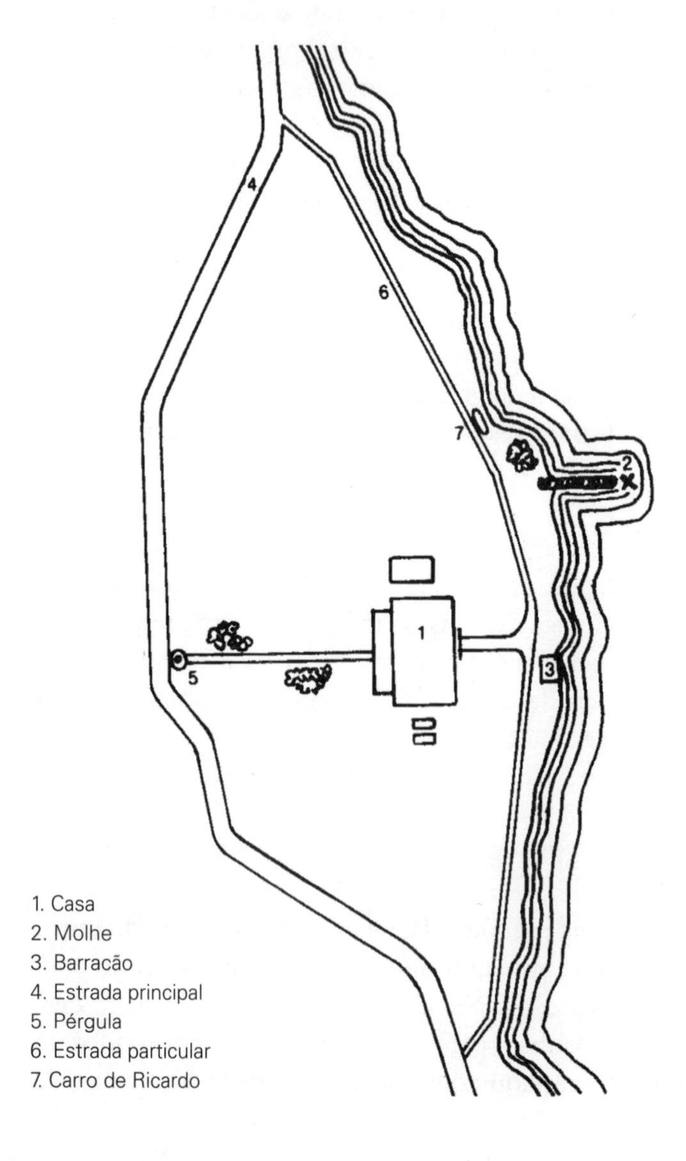

A casa propriamente dita tinha dois andares, e ficava de frente para o mar. Dos fundos nascia uma longa alameda de eucaliptos que desembocava numa pérgula, já defronte à estrada principal.

Por essa alameda caminhavam Daniel e Osvaldo.

— Ainda não contei para ninguém. Você é o primeiro.

Osvaldo acabava de lhe dar a notícia de seu iminente casamento com Herminia. Daniel não tinha certeza de ter conseguido transmitir a seu rosto a fingida expressão de surpresa que as circunstâncias pediam.

— Só vamos contar em cima da hora, quando já não seja mais possível que alguém... — interrompeu-se bruscamente. — Para dizer a verdade, temos medo.

— Medo?

— É...

Osvaldo deu uma risada nervosa. Estava preocupado. Até o crepitar das folhas parecia sobressaltá-lo. As folhas de eucalipto, sobre a terra úmida, eram como facas arroxeadas, de curvas sutis. O perfume dos eucaliptos enchia o ar. Osvaldo olhava nervosamente para ambos os lados da alameda, onde cresciam, entre os altos troncos das acácias, emaranhados arbustos.

— Silverio não é o único que desconfia. Eu também não consigo acreditar que Ricardo tenha se matado. Ele tinha tudo: era jovem, rico, inteligente. Ia se casar com a mulher que amava. Você conhece Herminia. Se o assassinato não fosse materialmente impossível... Mas, por outro lado, seu suicídio é quase uma impossibilidade psicológica.

— Você sabe se ele sofria de alguma doença? — perguntou Daniel inopinadamente. — Poderia ser uma explicação.

Osvaldo estacou. Sua tez bronzeada parecia ter empalidecido.

— Uma doença? — repetiu. — Não, acho que não. Mas estranho você me perguntar isso.

— Por quê?

Um vago sorriso brotou nos lábios do rapaz. Sacudiu a cabeça, como afastando uma ideia inverossímil e desagradável.

— Não — murmurou —, não é possível... Deixe para lá. Se continuarmos nesse rumo, todos na casa vamos acabar no hospício.

— Você ia dizer alguma coisa — insistiu Daniel.

Osvaldo olhou para ele, hesitante. Por fim, encolheu os ombros com uma gargalhada estranhamente aguda.

— Bom — murmurou —, vou lhe dizer do que se trata, mas é uma ideia absurda, e, além disso, não se esqueça que foi você mesmo que a sugeriu. Acho que você acabou nos contagiando. Desde que chegou aqui, o ambiente está carregado de suspeitas. Até as paredes parecem cochichar de noite...

"Nunca notei nenhum sintoma de doença em Ricardo, mas agora que você falou nisso, lembrei que, duas ou três semanas antes de sua morte, ele me pareceu um pouco preocupado. Talvez não seja essa a palavra, não era uma inquietação profunda. Mas é que ele, em geral um rapaz alegre, de enorme vitalidade, dessa vez se mostrou um tanto inquieto, ansioso, como se estivesse esperando o resultado de alguma coisa que sem dúvida devia dar certo, como sempre dava para ele, mas que por um remoto acaso também podia dar errado. Ele me disse, numa conversa casual, que dois dias antes tinha ido ao médico, e que ia voltar no dia seguinte. Mas disse que não era nada grave, só um exame de rotina, e como depois não voltou a tocar no assunto, acabei esquecendo o incidente... até agora há pouco."

Olhou para Daniel com receio, como pedindo que não o deixasse continuar. Mas Daniel fingiu uma exagerada inocência.

— Você acha que pode ter sido isso? — murmurou o jovem em voz muito baixa.

— Isso o quê?

Osvaldo tornou a rir forçado.

— Não, não pode ser — repetiu. — Mas acabo de pensar que um médico..., um médico inteligente... Bom, dane-se! — exclamou, descartando bruscamente seus escrúpulos. — Ninguém vai me proibir de falar. Um médico pode ter muita influência sobre a vida de um paciente, pode condicionar um estado de espírito. Na vida moderna, o médico desempenha o papel de sumo sacerdote. Um simples diagnóstico é uma arma terrível. Um diagnóstico desenganador, por exemplo...

— Pode induzir ao suicídio? — completou Daniel.

— Isso mesmo — replicou o jovem excitando-se à medida que falava. — Seria o verdadeiro crime perfeito. Um crime cometido sem a intervenção material do assassino. Um crime à distância. E no caso de Ricardo, teria sido relativamente simples. Ele pretendia se casar com Herminia. E certas doenças...

— Quem era o médico dele?

— Não quero induzir uma ideia equivocada — disse Osvaldo atropeladamente. — O que acabo de dizer não passa de uma teoria sem fundamento real. Não há nenhum outro indício que a sustente, nem a menor possibilidade de demonstrá-la.

— Quem era? — insistiu Daniel.

— O tio de Herminia — respondeu Osvaldo com um gesto de cansaço. — O doutor Larrimbe.

Caminharam um bom tempo em silêncio. As ideias mais contraditórias se agitavam no espírito de Daniel. Pela primeira vez acabavam de formular na sua presença uma teoria que abarcava todos os fatos conhecidos e lhes dava uma interpretação radicalmente diferente de todas até então aceitas. Uma teoria que envolvia um suicídio provocado. No fundo, um assassinato.

— O doutor esteve em Villa Regina naquela noite?

— Não. Duvido que ele venha a precisar de um álibi, mas em todo caso ele tem um perfeito. Passou a noite inteira à cabeceira de um moribundo, a vários quilômetros daqui. Só ficou sabendo do que aconteceu no dia seguinte...

Virou-se bruscamente para Daniel com um gesto de súplica desesperada. Suas mãos tremiam. Finas gotas de suor umedeciam sua testa.

— Entende agora por que tenho medo? Ricardo ia se casar com Herminia, e morreu. Agora eu... ou ela. Há uma força diabólica à nossa espreita, movendo-se nas sombras para atacar de improviso, sem deixar rastros...

Calou-se subitamente. Pela trilha, Herminia avançava na direção deles, com os braços cheios das flores que acabara de colher no jardim. Herminia, que com sua simples presença (pensou Daniel com vago desassossego), parecia dissipar todas as dúvidas e todos os rancores. A brisa da manhã agitava seus cabelos loiros, com reflexos acobreados, e seu rosto de feições delicadas refletia uma perfeita serenidade.

VI

Os pés de Lázaro, sentado na cadeira de vime, mal tocavam o chão. Lázaro, com a ponta do sapato, traçava na terra pequenos círculos toscos.

— É pena — disse — que a morte do Ricardo não possa ter sido um assassinato. Porque dificilmente haveria outro caso com uma série tão variada de motivos. Com exceção da Herminia e do meu pai, todos aqui tinham um motivo para matá-lo.

— Você também? — perguntou Daniel preguiçosamente.

— Eu mais do que ninguém — replicou Lázaro sem afetação. — Eu o odiava. Meu pai cultivou esse ódio desde que eu era pequeno. A típica inconsciência paterna. Nem preciso dizer que perto do Ricardo eu vivi sempre como uma sombra. Até depois de morto, sua presença é mais forte do que a minha. Eu o teria matado, sem a menor dúvida, se tivesse achado um jeito de fazer isso impunemente. Mas ele era forte, e eu... — Lázaro olhou para seus pés que quase não roçavam o chão. — Teria sido uma história absolutamente vulgar, mas é difícil escapar da coerção das paixões vulgares. Felizmente, ele mesmo resolveu o problema para todos.

— Quem são os outros?

— Ainda não descobriu?

Daniel balançou a cabeça, e Lázaro o olhou perscrutadoramente.

— Está bom, eu lhe digo. O primeiro é Osvaldo.

— Osvaldo?

Lázaro começou a rir com uma risada surda que foi crescendo, crescendo, até parar de súbito, cortada pela raiz.

— Isso mesmo, o atlético Osvaldo, o secretário perfeito, o hábil caçador de fortunas. Como você já sabe, logo, logo ele vai se casar com Herminia. Uma conquista fulminante, não é? Eu não entendo muito dessas coisas, mas ouvi dizer que o despeito feminino é o melhor aliado do homem empreendedor. O certo é que agora ele vai ser seu próprio patrão, vai ter carro e casa própria e não se sentirá obrigado a refutar a abertura Orangotango. Poderá jogar sempre a Ruy López com seu futuro secretário. Isso não aconteceria se Ricardo estivesse vivo. Queria só ver a cara do doutor quando receber essa notícia!

— Ele não vai aprovar o casamento?

— Duvido — respondeu Lázaro com expressão ardilosa. — Porque isso sepulta suas chances de ficar com a herança da Herminia.

Daniel se levantou sobressaltado.

— O doutor é herdeiro da sobrinha?

Lázaro olhou para ele com expressão divertida.

— Sim, se ela morrer antes de casar. Ele é o único parente vivo que lhe resta. Tem procuração para administrar os bens da Herminia até o começo do ano que vem, quando ela completa a maioridade. Herminia não conheceu os pais, que morreram juntos num acidente. Ouvi dizer que ela herdou muitos milhões.

Com a ponta do sapato, Lázaro traçou um grande círculo que envolveu todos os demais.

— Por isso eu lhe dizia que é uma pena que o caso seja tão evidentemente um suicídio. E, no entanto — acrescentou, observando Daniel de soslaio —, existe pelo menos uma possibilidade de que seja um assassinato. É uma possibilidade um tanto remota, mas é de se estranhar que ninguém tenha pensado nela. Além disso, essa hipótese tem um atrativo muito particular: me exclui automaticamente de qualquer suspeita.

— Qual é a sua teoria? — perguntou Daniel.

— Acho que vale a pena analisarmos os fatos novamente. Naquela tarde, Ricardo tinha ido até a cidade. Alguns vizinhos o viram voltar de carro, pouco antes das nove, quando já estava escuro. O próprio carro foi encontrado mais tarde na beira da estrada de acesso, a cerca de cem metros do molhe. Era um Ford de segunda mão que meu pai tinha lhe dado pouco antes. A roupa dele foi encontrada lá dentro, no banco da frente.

"Os movimentos do Ricardo parecem bem claros: ele tirou a roupa no carro, parece que com certa pressa, desceu e se dirigiu correndo para o molhe. Ele só foi visto quando já estava na ponta, de pé sobre o parapeito. Aí ele deu um grito, como para chamar a atenção, e ainda ficou observando a água por alguns instantes. Braulio estava no barracão dos barcos e o viu. Também foi visto por meu pai, de uma janela do andar de cima, e pelo Sebastián, que estava na varanda, esperando meu pai descer para lhe dar as instruções do dia seguinte. Um ou dois segundos depois, Ricardo se atirou na água.

"O que não parece tão claro é o móvel desses atos. A polícia, muito sensatamente, concluiu que Ricardo tinha se suicidado. Quem o conhecia e sabia do que aconteceu com a mãe dele, minha madrasta, teve que admitir a possibilidade de que Ricardo tivesse agido assim num repentino acesso de loucura.

"Mas esses mesmos fatos podem ser interpretados de outra forma. Ricardo pode ter agido de modo perfeitamente racional. Um fato qualquer, desligado das circunstâncias que o precedem e motivam, não significa nada. É como uma cor isolada, que só adquire valor em relação às outras. Um ato que à primeira vista parece absurdo torna-se normal quando posto no devido contexto.

"Ricardo pode ter sido *atraído* para uma armadilha, preparada de antemão. Todos sabiam que ele tinha ido à cidade e voltaria por aquela estrada a certa hora. O assassino (porque minha hipótese implica sem dúvida um assassino) pode ter esperado ele voltar em algum ponto da costa próximo do molhe. Essa estrada é particular, utilizada somente pelos carros dos moradores ou das visitas. Isso impedia qualquer intromissão inoportuna. Quando o criminoso avistou ao longe os faróis do carro de Ricardo, entrou silenciosamente na água e esperou o momento em que passou mais perto. Então fingiu que se afogava e gritou por socorro. Ricardo, naturalmente, parou o carro. Quem sabe tenha reconhecido a voz do suposto acidentado. Tirou a roupa às pressas para poder nadar com maior liberdade de movimentos. Sabia que a agilidade que ganharia no mar compensaria o tempo perdido na operação.

"Desceu do carro e percebeu que a 'vítima' estava sendo arrastada mar adentro. Então correu para o molhe, que avança alguns metros no mar. Ao chegar na ponta gritou, para chamar a atenção dos outros. A vítima tinha desaparecido momentaneamente da superfície. Por isso Ricardo ficou observando a água por alguns instantes. Quando tornou a vê-la, se jogou.

"Mas a 'vítima' esperava por ele. Era um exímio nadador, um homem com músculos de aço. Quando meu meio-irmão esteve ao seu alcance, ele o agarrou pelo pescoço e em poucos segundos, graças à escuridão e à surpresa, o afogou. Depois deve ter agido com a maior rapidez. Sebastián e meu pai corriam para o molhe, Braulio tentava dar a partida no motor da lancha. Mas chegaram tarde demais. O mar, que naquela noite estava muito agitado, arrastava o corpo do Ricardo, que no dia seguinte apareceu na costa, alguns quilômetros ao norte. O assassino fugiu, nadando silenciosamente, e voltou para casa com a certeza de que o crime ficaria impune. De fato, todos tinham visto Ricardo se jogar na água deliberadamente, de livre e espontânea vontade, sem a menor coação exterior.

"Como vê, foi assim que o assassinato do Ricardo foi planejado e executado."

Daniel fitava Lázaro com inquietação, quase com admiração. Osvaldo imaginara um assassino ausente do lugar do crime, mas a teoria de Lázaro pressupunha a presença real do assassino. E assim como a de Osvaldo parecia abranger todos os fatos conhecidos, ou quase todos.

— Mas como se explica que só Ricardo tenha ouvido o pedido de socorro do seu assassino? Não se esqueça de que houve mais três testemunhas dos fatos.

— Esse é o ponto fraco da minha hipótese — admitiu Lázaro. — Mas não é uma objeção irredutível. O Ford do Ricardo foi encontrado a certa distância do molhe. Isso indica que foi lá que ele ouviu o pedido de socorro. Essa distância pode explicar que os outros não tenham ouvido nada.

Na verdade, tudo saiu melhor que o esperado para o assassino. Talvez ele não tenha previsto que os movimentos do Ricardo deixariam no espírito dos demais uma convicção tão profunda de que ele se suicidou. Claro que tudo isso é pura teoria.

— E onde você estava quando tudo isso aconteceu?

Lázaro o olhou com malícia.

— No lugar mais distante dos fatos — respondeu. — Estava voltando pela alameda de eucaliptos. Fiquei a tarde inteira lendo, na pérgula, em frente à estrada principal, e continuei lá mesmo depois que anoiteceu. Quando comecei a sentir frio, voltei. No meio do caminho, ouvi gritos e corri para a casa. Claro que — acrescentou em tom de brincadeira — não posso provar nada disso. Ninguém me viu. Não tenho álibi.

— E por que acha que sua teoria o exclui de qualquer suspeita?

A expressão brincalhona de Lázaro se acentuou.

— Porque eu não sei nadar — respondeu com uma gargalhada.

— E Osvaldo?

— Osvaldo tinha ido ver uns terrenos que meu pai pensava comprar. Osvaldo é seu homem de confiança. Naquele momento estava voltando.

— Ele também vinha da cidade?

— Não, vinha do lado oposto. Quando cheguei ao molhe, eu o vi voltando no carro do meu pai. Um carro branco...

Interrompeu-se, com os olhos desmesuradamente abertos. Abriu a boca como se fosse dizer alguma coisa, mas desistiu. Daniel olhou na mesma direção em que Lázaro estava olhando.

Por uma das trilhas do jardim, três homens se aproximavam rapidamente. Um deles era Silverio, o outro, Osvaldo, o terceiro, um estranho.

Silverio o apresentou como um corretor de terras com quem devia tratar de um negócio, mas nem Daniel nem Lázaro entenderam o nome. Era um sujeito de estatura mediana, vestido de cinza.

Ouviu-se o toque do gongo, e entraram todos juntos na casa.

VII

Naquela noite, a segunda profecia do doutor Larrimbe se cumpriu.

O jantar foi tempestuoso. Todas as nuvens aos poucos acumuladas despejaram sua carga de ódio e violência, sem que a presença de um estranho o impedisse.

O corretor de terras começou a falar com entusiasmo dos lotes que pretendia vender para Silverio. Mais de trinta lotes à beira-mar, com localização privilegiada, água corrente e luz elétrica, a cinquenta metros do asfalto, um lugar com muito sol, luz e ar... Não poupou nenhum dos clichês de praxe.

Mas depois da sobremesa, Silverio voltou sutilmente a seu tema habitual: Villa Regina, as grandes estufas que pensava construir naquele ano e não construiu por causa da morte de Ricardo. A casa que planejara erguer para Ricardo e Herminia, e que ficou nos alicerces. A nova fábrica que pensava montar e que também não saíra do papel.

— Agora que Ricardo não está...

Lázaro tinha as mãos cruzadas sobre o ventre. Seus olhos eram estreitas frinchas que empoçavam uma água escura e perigosa. A presença de um estranho parecia excitá-lo, enchê-lo de malignidade. Lázaro tinha nos pômulos esverdeados duas minúsculas rosetas de febre.

— Agora que ele não está — murmurou surdamente —, há quem seja tão seu filho quanto ele...!

Uma suspeita indescritível cruzou os olhos de Silverio.

— Sim — disse com voz rouca —, há outro. Outro que se alegrou com sua morte e será beneficiado. Outro que talvez carregue na consciência o peso de um crime!

Lázaro se levantou com a agilidade de um tigre. Parecia ter crescido, e um furor incontido incendiava seus olhos. Com terror, Daniel viu que um rebordo de espuma branqueava seus lábios.

— O senhor! — rosnou. — O senhor tem coragem de dizer uma coisa dessas! O senhor que é o assassino! Assassino de almas! A hiena que devora os próprios filhos! O senhor, com seu egoísmo insano, com sua cegueira, provocou a loucura do Ricardo e meu próprio ódio!

O velho também se levantou. Estava muito pálido e seus olhos tinham uma fixidez de sonâmbulo. Avançava para Lázaro com mãos estendidas que não tremiam mais, mãos que prodigiosamente voltavam à sua juventude e tornavam a ser as de um construtor, mas animadas por um frenesi homicida, uma embriaguez de destruição.

Osvaldo se interpôs de um salto. Segurou o velho que parecia não vê-lo, que parecia ver através dele, como se fosse transparente, o pescoço de Lázaro para onde suas mãos se estendiam.

Lázaro deu meia-volta e saiu para o jardim, perdendo-se na noite.

O corretor de terras parecia ter perdido toda sua eloquência. Cofiava nervosamente o bigode e sem dúvida nem se lembrava mais dos seus trinta lotes com água e luz elétrica.

Muito tempo depois, Daniel Hernández confessou que aquela tinha sido a noite mais misteriosa de sua vida. Por três vezes esteve a ponto de encontrar a solução, e as três vezes pegou no sono. Uma hora acordou porque em sonhos teve a impressão de que alguém soluçava na escuridão do jardim.

Depois acordou porque pensou ouvir uma porta se abrindo em algum lugar da casa.

E a terceira vez, definitivamente, foi acordado pelo estrondo de um tiro.

* * *

Lázaro estava morto. Encolhido sobre um canteiro do jardim, quase ajoelhado junto a um banco, parecia mais escuro e mirrado que nunca. Os homens que mais tarde o levaram disseram que seu corpo não pesava quase nada. De certo modo parecia ter voltado à infância, de certo modo havia recuperado perdidas memórias. Uma profunda serenidade, só desmentida pelo ricto sanguinolento da boca, se espalhava por seu rosto inteligente.

A bala tinha aberto um profundo buraco em seu peito, rompendo a carne com a facilidade com que um bico penetra na terra úmida.

Perto dali foram encontradas a Winchester 44 de Silverio, e um par de luvas flexíveis, também dele.

Um tropel de gente se movia no noturno jardim. Silverio fitava o cadáver do filho com rosto impassível. O doutor Larrimbe chegou dez minutos depois, e junto com Osvaldo tomou as providências necessárias para que não se tocasse em nada até a polícia chegar. Braulio, Sebastián e os outros criados também acudiram. O corretor de terras tinha descido sem acabar de se vestir e olhava nervosamente para um lado e para o outro.

O doutor reuniu a criadagem na grande cozinha e ordenou a Braulio que não deixasse ninguém sair. Depois congregou os demais no *hall* e em poucas palavras explicou a situação.

— Alguém cometeu um crime — disse friamente —, e

ninguém sai daqui enquanto não descobrirmos quem é o culpado.

Então se ouviu a voz de Daniel.

— Alguém cometeu dois crimes, doutor, e eu sei perfeitamente quem é o culpado.

VIII

Herminia chegou por último, pálida e assustada, e procurou uma cadeira ao lado do tio. O homem de cinza, que vendia lotes com água e luz elétrica, ficou num lugar mais afastado, perto da porta, como se quisesse se desvencilhar do procedimento ou garantir sua retirada.

— Alguém cometeu dois crimes — repetiu Daniel —, e ambos trazem uma marca igualmente abominável. Não costumo formular juízos morais. Conheci assassinos que tinham certa grandeza íntima, homens a quem era possível apertar a mão sem vergonha. Mas este não. Nosso assassino é mesquinho e desprezível. Mesquinhos e desprezíveis foram seus propósitos e seus métodos, apesar de certa astúcia instintiva, e mesquinho e desprezível será seu fim.

A voz de Daniel estava carregada de uma estranha paixão. Atrás dos grossos óculos suas pupilas azuis tinham um brilho extremamente frio.

— Há exatamente um ano, numa noite como esta, morreu Ricardo Funes. Há menos de uma hora seu irmão Lázaro teve um destino parecido. Podemos considerar os dois assassinatos separadamente, ou podemos considerar o segundo como uma consequência do primeiro. Mas seja qual for o modo de encarar o problema, a solução é única e excludente. Para maior rigor, vamos analisá-los independentemente, e depois estabeleceremos a inevitável relação entre eles.

"Não é necessário lembrar as circunstâncias da morte

de Ricardo. Elas estão gravadas na memória de todos. Para a finalidade de nossa demonstração, basta fixar os seguintes pontos. Ricardo se atirou ao mar numa noite de tempestade, nu, na presença de três testemunhas, e sem que aparentemente ninguém o obrigasse. Seu carro com suas roupas apareceu a pouca distância do molhe.

"Ao longo de toda a investigação policial, e da que acabo de realizar, ninguém considerou seriamente a hipótese de um acidente. De fato, há motivos suficientes para descartá-la. Só cabe mencioná-la porque uma das pessoas aqui presentes me sugeriu a possibilidade de retomá-la, situá-la em circunstâncias adequadas e apresentá-la como mentira piedosa a Silverio Funes, supostamente transtornado pela morte de seu filho.

O doutor Larrimbe olhou para Daniel com um sorriso vacilante, mas não disse nada.

— A teoria mais aceita foi a do suicídio. O senhor, doutor, fundamentou-a devidamente na primeira conversa que tivemos. A mãe de Ricardo enlouqueceu. Ricardo podia ter herdado uma tendência à loucura, e essa tendência produziu os resultados conhecidos. Isso também explicava certo exibicionismo que teria caracterizado seu suposto suicídio.

"Mas havia uma pessoa que não podia aceitar a ideia de suicídio. Contrariando toda lógica, contrariando o testemunho de seus próprios olhos, não podia acreditar que Ricardo tivesse tirado a própria vida deliberadamente. Essa pessoa era o pai de Ricardo. Silverio acolheu uma impossibilidade material, baseado numa impossibilidade psicológica. Sua alegação era que Ricardo não tinha motivos para se suicidar. Essa incredulidade não era inteiramente digna de confiança, estava permeada de um suspeito conteúdo emocional. Silverio tinha absoluta necessidade de acreditar que seu filho não se suicidara, caso contrário ele se sentiria de certo modo responsável por sua morte.

"Se ele contasse apenas com aquela vaga suposição, eu não teria investigado o caso. Mas Silverio ofereceu mais um dado, um dado muito mais importante que todas as suas razões de ordem sentimental, um dado que constitui um verdadeiro indício, um argumento difícil de rebater: Ricardo era um excelente nadador. Admitindo que ele quisesse se suicidar, seria lícito supor que tivesse escolhido justo esse meio?

"Silverio achava que Ricardo tinha sido assassinado.

"Eu lhe expus as dificuldades que essa hipótese acarretava. Podiam ser resumidas no seguinte enunciado: *o assassino seria um homem invisível*, um homem que ninguém viu no cenário do crime, que em nenhum momento se aproximou de sua vítima.

"Mas ele insistiu. Insinuou vagas soluções, como hipnose, drogas, totalmente inaceitáveis.

"Para estudar o caso do ponto de vista proposto por Silverio, era preciso inverter o procedimento empregado até então. O inquérito policial descartou as hipóteses de acidente e assassinato. Só restava o suicídio. Eu, baseando-me no raciocínio que norteou o inquérito, descartei o acidente, e por outro lado, apoiando-me no raciocínio de Silverio, afastei momentaneamente a hipótese de suicídio. Só restava o assassinato.

"Mas, como poderia ter sido cometido? Esse era o ponto decisivo, o nó górdio. Eu não podia desatá-lo com os elementos a meu dispor. Resolvi deixar o problema de lado até a última etapa e avançar na investigação como se já estivesse resolvido, como se o assassinato tivesse sido cometido nas circunstâncias mais banais e já conhecidas. Tratei de esclarecer as outras incógnitas que todo problema desse tipo apresenta: motivo e oportunidade.

"Devo a Lázaro a crônica minuciosa dos motivos que todos os envolvidos teriam para assassinar Ricardo. Ele era o primeiro. Seu pai o rejeitara. Inconscientemente, tinha fomentado nele o ódio pelo irmão. Confessou que, se pudesse fazê-lo impunemente, ele o teria matado.

"O segundo era Osvaldo. Ricardo ia se casar com Herminia, que é herdeira de uma fortuna considerável. Agora é Osvaldo quem vai se casar com ela. A morte de Ricardo era condição necessária para esse casamento. Evidentemente, o plano de Osvaldo seria de longo prazo, mas devemos levá-lo em conta.

"O terceiro é o doutor Larrimbe. O doutor ficará com a herança de sua sobrinha se ela morrer antes de contrair matrimônio, porque nesse caso o herdeiro será o marido.

"Silverio e Herminia aparentemente não teriam motivos para assassinar Ricardo. Não os descartaremos por completo, mas os marcaremos com um ponto de interrogação, caso surja algum fato novo.

"Passemos à oportunidade. Lázaro não tinha álibi. Segundo ele, estava voltando para casa quando os fatos aconteceram, mas ninguém o viu. Lázaro, portanto, teve oportunidade para assassinar Ricardo. O fato de ele também ter sido assassinado não indica que devamos excluí-lo de nossa análise, porque ainda não provamos de maneira irrefutável que se trate de um mesmo assassino, e agora estamos analisando só o primeiro crime.

"Osvaldo também não tem um álibi satisfatório. Chegou ao local dos fatos meia hora depois de ocorridos. É verdade que vinha da direção oposta, mas isso não nos autoriza a excluí-lo.

"Herminia me disse em algum momento que estava sozinha em casa, mas não há testemunhos que o confirmem.

"Silverio não pode demonstrar que não estava no local dos fatos, ou em suas imediações. Segundo ele, viu Ricardo se atirar no mar de uma janela do andar superior desta casa, mas essa declaração também não pôde ser confirmada.

"O doutor Larrimbe é o único que pode nos oferecer

um álibi sólido. Ele passou a noite inteira à cabeceira de um moribundo. Já verifiquei a informação. Aparentemente, deveríamos descartá-lo da nossa lista de suspeitos. Mas logo veremos que há pelo menos uma hipótese que invalida seu álibi.

"Esta análise praticamente nos devolve à estaca zero. Não pudemos excluir definitivamente nenhum dos nossos suspeitos. A rigor, caberia perguntar que valor tem a análise de motivos e oportunidades quando não se sabe como o crime foi cometido.

"Logo veremos que essa análise tem seu valor, sim, mas por ora só nos resta voltar ao ponto de partida. Tudo converge para essa única pergunta. Como o crime, o primeiro crime, foi cometido? Enquanto essa pergunta não for respondida, qualquer conjectura sobre o assassinato cairá automaticamente por terra.

"*Como um homem que três testemunhas viram se atirar no mar pode ter sido assassinado?*

"É curioso observar que ao longo de nossa investigação foram sugeridas várias soluções para essa 'impossibilidade absoluta', como o doutor a chamou. As mais arriscadas, as mais inverossímeis, correram por conta de Silverio. Ele insinuou que seu filho poderia ter agido assim num transe hipnótico ou sob efeito de alguma droga misteriosa.

"Era lógico esperar da aguda inteligência de Lázaro uma hipótese mais racional. De fato, Lázaro pensou que a vítima poderia ter sido *induzida* a se atirar ao mar por um falso pedido de socorro, e logo ter sido afogada pela mesma pessoa que tentava salvar.

"Na verdade, os fatos poderiam ter acontecido assim, mas cabem duas objeções. Primeiro, é estranho que ninguém, exceto Ricardo, tivesse ouvido esse pedido de socorro. Segundo, o assassino não podia saber de antemão que Ricardo correria na direção do molhe, nu, e se atiraria no mar à vista de todos. Se Ricardo fosse em seu socorro mergulhando na própria praia, sem chamar a atenção dos outros, e ele o assassinasse, ninguém pensaria em suicídio. Esta teoria introduz um elemento fortuito, que me parece estranho à sinistra precisão com que o crime foi concebido. E mesmo que fosse correta, chegaríamos ao mesmo resultado: trata-se necessariamente de um mesmo assassino.

"Cabe a Osvaldo o mérito de apresentar a terceira solução da 'impossibilidade absoluta'. Sua teoria é a mais sutil de todas, e realmente não há evidência material capaz de refutá-la, porque seus elementos não são materiais. Seus elementos são palavras que poderiam ter sido ditas no segredo de um consultório, palavras terríveis que equivaleriam a algo pior que uma sentença de morte.

"Osvaldo supôs um crime cometido à distância, sem a intervenção material do assassino e que não requereria sua presença no local dos fatos. Um assassinato que permitiria alegar um álibi incontestável. Um crime perfeito, definitivamente, porque, na ausência de qualquer prova, nem mesmo a confissão do culpado bastaria para condená-lo.

"Ele imaginou que um médico poderia ter dado a Ricardo um falso diagnóstico, um diagnóstico atroz cujo simples enunciado o desenganasse de alcançar a felicidade almejada e fosse suficiente para induzi-lo ao suicídio.

"Osvaldo supôs que esse médico fosse o senhor, doutor Larrimbe."

O doutor fez um gesto como se fosse falar, mas Daniel se adiantou.

— Antes disso, o senhor mesmo teve a infeliz ideia de me demonstrar até que ponto um médico pode condicionar a vida anímica de um paciente, e exemplificou com extrema eloquência seus próprios poderes de persuasão. Se bem me lembro, falou de um doente imaginário que o senhor curou mediante pura sugestão. Neste caso seria o inverso: um homem saudável que poderia ter adoecido, que poderia ter caído em desespero sob idêntica influência.

"Admiro, doutor, sua capacidade de se tornar suspeito no decorrer desta investigação. Tinha um forte motivo para assassinar Ricardo, tentou por todos os meios me convencer de que sua morte foi um suicídio, se esforçou mais ainda para que eu dissuadisse Silverio de suas suspeitas, foi objeto de especulações tão engenhosas como a que acabo de relatar, e como se não bastasse, foi o senhor mesmo, na condição de médico-legista, que fez a autópsia da vítima. Nessas circunstâncias, se o senhor fosse o culpado, nada o impediria de ocultar algum dado fundamental para a elucidação da verdade."

O doutor não estava gostando nada do rumo que as coisas começavam a tomar. Seus olhos faiscavam nervosamente atrás dos óculos. Herminia se afastara ligeiramente dele e o olhava com inquietação, que de um momento para o outro podia transformar-se em horror.

— Eu preferiria — murmurou o médico, com voz um tanto rouca — que o senhor me excluísse dessa lista de hipóteses.

Daniel não pôde evitar um sorriso.

— Acho que essa terceira solução também é falsa. Não tenho como demonstrar que seja falsa, mas seria muito mais difícil demonstrar que é verdadeira. De fato, Ricardo consultou o senhor pouco antes de morrer, e alguma coisa o preocupava. Mas suas explicações a esse respeito me parecem satisfatórias. Minha demonstração se baseia em indícios mais concretos. Não o descarto, por ora, mas as coisas se deram de outro modo.

"Chegamos assim à quarta solução da 'impossibilidade absoluta'. Desculpe, doutor, mas acho que sua expressão não foi muito feliz. Chegamos assim à solução que acredito ser a verdadeira. Ela me foi sugerida por uma cena fugaz que presenciei por acaso, uma cena sem importância e inteiramente desvinculada do resto da história. Logo voltarei a ela.

"Para que minha teoria possa ser avaliada em todo seu alcance, devo ressaltar alguns dos muitos fatos até aqui expostos.

"O suposto suicida se atirou no mar por volta das nove da noite. A essa hora, já tinha escurecido por completo. As testemunhas só o viram quando já estava na ponta do molhe e gritou para chamar a atenção. Nesse instante estava em pé sobre o parapeito, e era vagamente visível graças ao poste de luz. Foi reconhecido porque era muito alto. Em cima da mureta, sua cabeça ficava mais ou menos na mesma altura da lâmpada no topo do poste, que mede três metros. O parapeito tem cerca de um metro e vinte. O homem media por volta de um metro e oitenta, que era a estatura de Ricardo...

"Esses elementos bastam para formular uma solução. A solução está à vista de todos."

Daniel fez uma pausa, observando o semicírculo de rostos pálidos cujos olhares convergiam sobre ele. Podia-se ouvir o silêncio. O doutor Larrimbe limpava os óculos com mãos trêmulas. Silverio, que desabara numa poltrona, parecia alheio a tudo que ocorria. Tinha o olhar voltado para dentro, como se contemplasse uma assustadora lenda de ódio e sangue. Herminia tremia imperceptivelmente. Osvaldo esperava com ansiedade o teatral desenlace que pressentia iminente. Mais longe, esquecido por todos, o homem de cinza que vendia lotes com ar e luz elétrica lançava rápidas olhadelas para a porta.

De repente Daniel Hernández se levantou e disse em voz mais baixa do que todos esperavam:

— Osvaldo Lezama, você assassinou Ricardo Funes. Você assassinou Lázaro. Você tentou incriminar o pai dele e acusou falsamente o doutor. Você planejava assassinar Herminia assim que se casasse com ela, porque esse era o único objetivo de todas as suas manobras: ficar com sua fortuna. Você cometeu dois crimes abomináveis, mas o terceiro já é demais.

Osvaldo estava lívido. Herminia tinha se virado para ele e o fitava com terror. Silverio parecia ter voltado à vida. Seus olhos estavam cravados no rosto de seu secretário, numa imobilidade absoluta, como se apenas esperasse sua resposta afirmativa à acusação para pôr-se em movimento.

— Isso é absurdo — disse Osvaldo. — Você não pode provar nada.

— Meus recursos são modestos — murmurou Daniel. — Mas acho que posso provar tudo.

— Você não pode provar que eu cometi um crime sem estar na cena do crime — exclamou Osvaldo em tom sarcástico. — Imagino que sua quarta teoria não tenha como premissa um homem invisível.

— Não — disse Daniel. — Pelo contrário, minha teoria tem como premissa um homem muito visível. Deliberadamente visível. Um homem que se "suicida" na presença de três testemunhas, de quem chamou previamente a atenção com um grito.

"Você estava na cena do crime, mas a cena do crime não é a que todos pensamos. Dito de outro modo, o crime teve dois cenários, e você estava nos dois.

"As três testemunhas viram um homem se atirando no mar do alto da mureta. *Mas todos o viram de costas*, como é fácil comprovar lembrando a posição relativa do molhe, do barracão e da casa. Esse homem era um pouco mais alto que a média, como o próprio Ricardo.

"*Mas esse homem não era o suicida Ricardo. Esse homem era o assassino. Esse homem era você, Osvaldo.*

"Todos pensaram que era Ricardo, porque era o único morador ausente. E principalmente porque depois apareceu afogado em algum ponto da costa. Mas na verdade sua identificação positiva era impossível naquela hora da noite e daquela distância. Braulio o viu do barracão, que fica a cem metros, ou mais, do molhe. Silverio e Sebastián o viram da casa, que fica mais longe ainda. Todos o viram apenas como uma alta silhueta recortada na noite, um homem de costas, um homem sem rosto.

"Silverio tinha razão em duvidar do testemunho de seus olhos. Tinha razão em alegar uma impossibilidade psicológica.

"Eu descobri a ideia central do crime ao me lembrar de uma cena que havia presenciado poucas horas antes. Eu vi o doutor Larrimbe em pé na mureta do molhe. O doutor é um homem alto, sua cabeça ficava no nível do topo do poste. O assassino de Ricardo, o homem que se fez passar por ele, também era um homem de estatura elevada.

"Intuído o procedimento, chegamos ao assassino por simples eliminação. Lázaro era muito baixo, e além disso não sabia nadar. Silverio também não sabe nadar, carece de motivo aparente e sua estatura não é superior à média. O doutor Larrimbe é alto e bom nadador, mas tem um álibi que neste caso conserva sua total validade. Herminia... Bem, Herminia nunca poderia se fazer passar por Ricardo. Só resta Osvaldo.

"Já vimos o motivo de Osvaldo. Agora examinaremos em detalhe a oportunidade que ele teve de cometer o assassinato, e a forma como a aproveitou.

"Ricardo tinha ido à cidade no carro dele. Osvaldo sabia ou presumia que o rapaz não voltaria antes de anoitecer. Ele, por seu turno, saiu no carro de Silverio, mas na direção oposta. Quando começou a anoitecer, quando calculou que Ricardo estava para chegar, regressou. Mas não passou na frente da casa, não usou a estrada particular, e sim a principal. Por isso na casa ninguém o viu passar. Depois entrou pelo extremo oposto da estrada particular e parou o carro a quinhentos ou seiscentos metros da casa. Sabia que Ricardo voltaria por lá, e o que é mais importante, que só Ricardo entraria por essa estrada, que é utilizada apenas pelos dois carros da casa. Dava como certo que Ricardo iria parar e perguntar o que tinha acontecido. E de fato foi assim. Osvaldo disse que seu carro tinha enguiçado e que estava tentando descobrir o problema. Ricardo, sem suspeitar, se ofereceu para ajudar. Quando se debruçou sobre o motor, Osvaldo o golpeou pelas costas, com força suficiente para desmaiá-lo, mas não para matá-lo. Pode ter usado uma chave inglesa, pode ter usado outro instrumento qualquer. Essa era uma das contusões observadas no cadáver, que o doutor atribuiu ao choque com as pedras da costa.

"Depois o jogou no mar. Desconfio que um homem metódico como Osvaldo não deixaria nenhum detalhe ao acaso. Desconfio que carregou o corpo de Ricardo mar adentro e não o soltou enquanto não teve certeza de que estava bem morto. Com isso se precaveu de uma possível reação provocada pelo contato com a água fria e, ao afastá-lo da costa, garantiu que a correnteza levaria o cadáver para longe, de modo que demorassem a encontrá-lo.

"Mas um cadáver sempre desperta as mais negras suspeitas. Osvaldo resolveu cortá-las pela raiz. Tinha cometido um assassinato. Agora devia disfarçá-lo de suicídio. Despira Ricardo antes de arrastá-lo mar adentro, porque precisava deixar sua roupa *em outro lugar*, dentro do carro do rapaz. Naturalmente, ele também se despiu: deixou sua roupa no Buick de Silverio, no qual devia voltar para casa. Nu, levou o Ford de Ricardo até perto do local que todos consideramos a cena do crime, ou do suicídio.

"Deixou a roupa de Ricardo no carro dele, desceu silenciosamente e, ao abrigo da noite, se dirigiu para a ponta do molhe. Uma vez lá, bastou-lhe um grito para chamar a atenção dos outros. Sabia que ninguém reconheceria sua voz, deformada pelo eco. Teve o cuidado de ficar por um ou dois segundos em pé junto ao poste de luz, o que realçaria sua estatura.

"Osvaldo se atirou no mar nu porque o corpo de Ricardo seria encontrado nu, mas também porque assim ele teria mais liberdade de ação. Tratou de garantir testemunhas do seu 'suicídio', mas ficaria em apuros se essas testemunhas o 'salvassem'. Osvaldo é um exímio mergulhador, capaz de burlar os esforços de quem o procurasse. Tinha a seu favor, ainda, a escuridão e a surpresa.

"Tendo deixado a roupa de Ricardo no carro do rapaz, para que todo mundo a reconhecesse, consumada com sucesso a farsa do 'suicídio', Osvaldo nadou de volta à praia. Escondido entre arbustos que ali crescem, dirigiu-se rapidamente para o lugar onde havia deixado o carro de Silverio, a pouco mais de quinhentos metros do molhe.

"Vestiu-se apressadamente, deu a partida no Buick, pegou a estrada principal, contornou toda Villa Regina e poucos minutos depois voltou a entrar na estrada particular, pelo lado oposto, e logo se ofereceu para ajudar no 'salvamento' de Ricardo. Sem dúvida abrigava a certeza de ter cometido um dos crimes mais engenhosos de que se tem notícia. Um crime que ninguém descobriria se Silverio não tivesse duvidado do testemunho de seus olhos..."

Daniel interrompeu sua fala e deu um grito de alarme. Osvaldo estava de pé e recuava lentamente na direção da porta. Enfiou uma mão no bolso do paletó, e seu rosto estava transfigurado.

— Certo — disse em voz alta —, mas ainda não me pegaram. Ninguém se mexa. Matei dois homens e não vacilarei em matar um terceiro.

Silverio também se levantou e se aproximava passo a passo do assassino de Ricardo e de Lázaro. Uma fúria infinitamente surda e tenaz endurecia seu rosto.

— Não se aproxime! — repetiu Osvaldo.

O velho avançou mais um passo.

Na mão de Osvaldo brilhou um revólver. Seu rosto secreto, até então só vislumbrado em momentos fugazes, como através de um grosso vidro, mostrou-se por inteiro, cheio de resolução e maldade.

Silverio não parou. Desdenhoso, inexorável, terrível em sua sede de vingança, aproximava-se desviando das cadeiras e dos móveis.

Os dedos de Osvaldo crisparam-se no gatilho.

Ouviu-se um tiro. Uma nuvem de fumaça envolveu os rostos. Herminia deu um grito.

A fumaça começou a se dissipar lentamente. Sobre o dragão vermelho do tapete, dilatando-o com seu sangue, nos últimos estertores da agonia jazia Osvaldo, com uma bala na cabeça.

O homem de cinza, que vendia lotes ensolarados e com luz elétrica, empunhava uma pesada pistola automática.

O homem de cinza era o delegado Jiménez.

IX

A faixa branca da estrada se estendia interminavelmente sob os faróis do automóvel. O delegado e Daniel viajavam em silêncio fazia uma hora. Para trás ficara Villa Regina, com seu estranho pesadelo de loucura e morte, com a bela e desconsolada Herminia, com Silverio, que Daniel só pudera apaziguar à custa de duas outras mortes.

O delegado ia absorto e pensativo. Em outras circunstâncias talvez estivesse se vangloriando da eloquência que demonstrara em favor dos seus fabulosos terrenos, mas a morte de um ser humano, por mais inevitável que fosse, não era para ele uma carga leve.

— Esse telegrama — murmurou por fim. — Se eu tivesse recebido ontem...

— Ontem eu não sabia nada — respondeu Daniel. —

Achava que todos tinham conspirado para estragar as minhas férias. Só depois de falar com Silverio pensei que podia haver alguma razão nas suas suspeitas. E na primeira oportunidade que tive, telegrafei para o senhor. A culpa não é sua — acrescentou, pondo a mão sobre o braço de Jiménez. — Na verdade, o senhor chegou justo a tempo. Chegou a tempo de impedir a morte de Silverio, e talvez a de mais alguém.

"A minha", pensava Daniel consigo mesmo, mas não disse.

— O que não consigo entender — disse o delegado — é por que ele também matou Lázaro. Lázaro não representava um obstáculo para seus planos.

— Até ontem à noite, não. Mas no exato instante em que o senhor chegou com Silverio e Osvaldo, Lázaro estava dizendo as palavras que foram sua sentença de morte. Lázaro me contava que na noite do crime, Osvaldo voltou no carro de Silverio, um carro branco... Quando chegou nesse ponto se calou, com os olhos exageradamente abertos, como se de repente tivesse se lembrado de alguma coisa que explicava tudo. Osvaldo deve ter ouvido essas palavras.

"O senhor deve se lembrar que na minha reconstrução dos fatos eu disse que Osvaldo se dirigiu à cena do crime pela estrada principal, que passa por trás da casa, e não pela estrada particular, para que ninguém o visse.

"Mas Lázaro ficou até depois de anoitecer em frente à estrada principal, na pérgula onde acaba a alameda de eucaliptos. Ele viu o carro de Osvaldo passar, com os faróis apagados, mas na hora não o reconheceu, porque o carro de Osvaldo não tinha por que passar por ali.

"Só naquela noite, depois de formular sua brilhante hipótese, e quando eu começava a incubar a minha, ele se lembrou daquele detalhe: um carro branco, claramente reconhecível na escuridão, que passou na sua frente momentos antes do crime. O Buick de Silverio, o carro com que Osvaldo tinha saído. Naquele instante Lázaro entendeu tudo. Mas vocês acabavam de chegar, soava o gongo que chamava para o jantar, e ele preferiu deixar sua revelação para mais tarde.

"Lázaro era uma inteligência lúcida, mas distanciada do prático, um teórico. Durante o jantar, cometeu dois terríveis erros. Deixou-se levar pela raiva, ao ouvir as injustas palavras de seu pai, e depois foi para o jardim. Lá o assassino foi procurar por ele mais tarde.

"Lázaro tinha intuído, até antes disso, que Osvaldo podia ser o assassino. Essa vaga crença, que ainda não se concretizara conscientemente, era talvez o que o levava a hostilizar constantemente o secretário de seu pai, o assassino de seu irmão. O certo é que no dia anterior Lázaro tinha pronunciado palavras proféticas. Ele disse: 'Talvez essa seja a última partida que eu ganho do Osvaldo'. E de fato, no campo da prática, Osvaldo era melhor jogador que ele."

Daniel tornou a guardar silêncio. Um vento fresco entrou pela janela. Os pássaros começavam a cantar. Sobre o mar, no esbatido horizonte, desenhavam-se as primeiras pinceladas vermelhas do sangrento amanhecer.

A sombra de um pássaro

I

Não foram vãs — ainda que talvez um tanto óbvias — as alusões ao bumerangue e à lei de ação e reação que o delegado Jiménez arriscou quando foi resolvido aquele que alguns jornais chamaram, singularmente, de "O caso do pássaro". Essas alusões, vale dizer, além de porem em relevo a indiscutível cultura do delegado, responderam a uma necessidade psicológica do momento. Quanto a Daniel Hernández, ele então se limitou a sorrir e a comentar com timidez que a solução do problema emanara diretamente do mistério da criação poética. E embora ninguém tenha entendido, todos concordaram com ele, porque, afinal — pensaram —, quando uma pessoa é capaz de destruir as mais fortes evidências, apontar o dedo para outro lado e anunciar: "Essa é a verdade", tem algum direito de dizer coisas esquisitas e fora de moda. Principalmente quando essa é, de fato, a verdade.

No que diz respeito a Mariana (Mariana Lerner de Altabe nos autos), acreditamos que o mundo perdoou seus deslizes porque era linda, e também porque, no fim das contas, ela era a vítima, e o mundo está sempre disposto a perdoar as vítimas. De sanções posteriores, não temos notícias. Repetimos apenas que ela era muito bonita.

Não parecia bonita, infelizmente, quando Daniel e o delegado a viram. Jazia estirada no chão da sala de troféus de sua casa, ao pé de uma das vitrines repletas de taças e medalhas, ganhas por seu marido "no decorrer de uma vida inteira consagrada ao esporte", como agudamente disseram os cronistas policiais. Sua deslumbrante cabeleira loira, que alegrara tantas tardes de sol e frenesi, tantas recepções, tantos olhares enternecidos a seu redor, agora parecia opaca sobre a madeira envernizada de seu último leito neste mundo — oh ironia! —; seus olhos azuis estavam imensamente abertos, e seu rosto contorcido numa careta de dor ou de ódio.

Dois agentes seguravam a custo Gregorio Altabe — gigantesco, terrível —, que pelejava para se aproximar do cadáver da esposa. Por fim o levaram para outra sala, junto com o resto da família, onde por alguns momentos se ouviram seus soluços descontrolados.

— Começamos mal — disse o delegado.

Agachou-se junto à morta e a observou com os olhos entrecerrados. Avançou cautelosamente o indicador e tocou o pescoço exânime. Afastou o dedo, observou-o de perto, e em seguida se voltou para Daniel com um gesto de incredulidade.

— Tinta — murmurou.

Daniel o fitou, sem pestanejar, através dos óculos.

— Tem certeza, delegado? Então, isso no vestido também é.

O delegado agitou-se violentamente. No vestido branco, perto do ombro, havia, de fato, uma cruz feita com tinta verde, que na penumbra da sala interna se confundia com uma estampa do tecido. Alguém afinal acendeu a luz, e então se perceberam claramente sobre as marcas azuladas do estrangulamento as manchas verdes que pareciam decalcá-las.

— Não estou gostando disso — murmurou o delegado.

Seus homens manifestaram um súbito impulso de sumir

dali, mas não tiveram sucesso. Quando Jiménez não gostava de alguma coisa, traduzia seu desagrado num inflexível crepitar de ordens. Desta vez não foi diferente.

— Carletti, corte um pedaço desse tecido. Aí não, homem! Onde está pintado! Para o laboratório. Ramírez, traga uma lata de tinta verde. Como, onde vai achar? Aqui mesmo, na casa! Inspetor Valbuena, vá ver o que o doutor Meléndez está fazendo, que não chega nunca, ou ele acha que vou esperar o dia inteiro?

Os três homens saíram em disparada, enquanto outros dois começavam a polvilhar todas as superfícies lisas da sala com pós de diferentes cores, à procura de impressões digitais. Não fazia calor, mas o delegado Jiménez levou um dedo ao colarinho e afrouxou a gravata com um puxão. Começou a andar de um lado para o outro, com as mãos nos bolsos, e de repente se postou diante de Daniel Hernández, que não saíra do lugar.

— E então, que é que você acha? — perguntou.

Daniel demorou a responder.

— Parece um crime — disse por fim.

— Ah, não diga! — trovejou o delegado. — Parece um crime!

Deu mais algumas voltas e parou de novo diante de Daniel.

— Tem certeza? — gritou. — Tem certeza que a morta não se estrangulou sozinha, e depois resolveu... se maquiar?

— Eu ia dizer que parece um crime com alguns elementos simbólicos — completou Daniel com paciência. — Mas não sei decifrar os símbolos.

— Simbólicos? Você disse *simbólicos*? Arre!

Daniel encolheu os ombros.

O delegado — sabe-se lá por quê — estava furioso.

II

O delegado não estava só em sua precária encarnação de Zeus. Mas a cólera de Gregorio Altabe era enobrecida por ingredientes mais elevados que o reles instinto do sabujo: a dor e a paixão da vingança, cantada pelos poetas. Zanzava trêmulo, com o olhar fixo no chão e os punhos crispados às costas, diante da mesa onde o delegado fazia suas anotações. Seu rosto refletia, ao mesmo tempo, a mais absoluta fúria e uma completa perplexidade. Daniel o olhava quase com temor, como se contempla uma força elementar, capaz de pulverizar um simples ser humano e forrar o recinto com seus despojos.

— O senhor tem que encontrar o assassino — disse, peremptório. — *Me entregar o maldito*. Ainda hoje. Mesmo que seja alguém da minha casa, alguém do meu próprio sangue...

Deteve-se de repente. O delegado e Daniel sentiam o estranho desassossego que infundem os homens muito vigorosos quando são devastados por uma tormenta emocional e se exprimem com os inadequados recursos da linguagem.

— Compreendo seus sentimentos — disse o delegado, sem jeito —, mas o que o senhor me sugere, se entendi bem, é impossível. Primeiro: temos que descobrir o assassino, e depois a justiça...

— A justiça! — bufou Altabe com desdém. — O senhor acha que vinte anos de cadeia resolvem tudo. Mas com isso não me *pagam*. — Flexionou sinistramente os dedos vigorosos. — Eu quero fazer com que ele sinta o mesmo que a Mariana sentiu. A dor, o ultraje, a morte...

Desabou numa poltrona, sufocado por sua própria ira. Pela primeira vez Daniel percebeu naquele homem, que em pé parecia um colosso, algumas das marcas que o tempo grava até nas naturezas mais robustas. Sua cabeça era quase calva, numa das têmporas latejava imperceptivelmente uma veia azul, muito saltada.

— Está certo — murmurou surdamente. — Imagino que tudo isso seja inútil. Não quero atrapalhar as investigações. Teremos tempo... depois.

O delegado Jiménez consultou seus papéis. Tinham retirado o corpo da sala e o médico da polícia lhe passara um laudo preliminar. Morte por estrangulamento produzida entre nove e onze horas da manhã. A autópsia talvez permitisse reduzir esse intervalo.

Na sala não havia outros sinais de violência. As vitrines continham uma impressionante coleção de troféus, medalhas e diplomas. Das paredes pendia uma heterogênea quantidade de objetos ligados às atividades esportivas de Altabe: flâmulas e galhardetes, uma luva de beisebol, tacos de bilhar, de polo, de hóquei, um de pelota basca, com a inscrição: "Campeonato Nacional — 1936 — 1º lugar", uma raquete com uma legenda semelhante e fotos autografadas de esportistas famosos.

O delegado de pronto descartara o roubo como motivo: não faltava nada de valor. E se o crime era obra de uma pessoa estranha à casa, teria entrado pela porta da rua, porque na terra fresca do quintal não havia pegadas.

Os homens da datiloscopia trabalharam com rapidez. À primeira vista, as digitais encontradas no local eram dos moradores da casa: Mariana, uma irmã dela, Altabe e um filho do primeiro casamento de Altabe. Outros dois grupos de impressões digitais provavelmente pertenciam aos empregados, que nesse dia — domingo — estavam de folga.

— Qualquer pista que o senhor nos fornecer poderá ser útil — disse o delegado. — A primeira coisa que precisamos saber, claro, é se sua esposa tinha inimigos.

Altabe soltou uma risada curta e sombria.

— Algum ela devia ter, já que a mataram. Mas eu não

conheci. Não, não consigo imaginar que ela tivesse inimigos. Foi casada antes, mas o marido morreu. Minha primeira mulher também já morreu. — Fez uma longa pausa antes de continuar, já mais calmo: — É uma tolice um homem na minha idade dizer uma coisa dessas, mas quando conheci Mariana, há três anos, minha vida mudou.

— Sua esposa deixa bens?

— Não sei. Nunca cuidei dos seus assuntos financeiros.

— Ah, entendo! — O delegado pigarreou, como que se preparando para tocar numa questão delicada. — Tenho que lhe fazer uma pergunta desagradável, mas necessária. É possível, ainda que remotamente, que o móvel do crime tenha sido uma vingança de natureza, digamos... passional?

Gregorio Altabe corou lentamente. Fez menção de se levantar, uma fagulha homicida brilhou em seus olhos. Depois, também brusco, desatou a rir.

— Que absurdo! — disse simplesmente.

— Perfeito — comentou o delegado, apaziguador. — Isso elimina um dos motivos que sempre se deve ter em conta. Pode nos dizer onde o senhor estava entre nove e onze horas da manhã?

Altabe acendeu um cigarro com mão trêmula e o olhou perscrutadoramente.

— O senhor não esquece seu ofício. Faz bem; é isso que eu quero. Posso lhe dizer, sim. Às cinco para as nove, saí de casa e fui a pé até a oficina mecânica onde estava meu carro. Ontem, sábado, tinham acabado de fazer alguns consertos, mas não tive tempo de ir buscá-lo. Fiquei conversando com o mecânico até as quinze para as dez. Depois saí para dar uma volta. Queria ver se o carro estava bom. Fui até Hurlingham. E quando voltei...

Seu rosto se congestionou de novo. O delegado o interrompeu precipitadamente:

— Encontrou algum conhecido no caminho?

— Não.

— Bom, não tem importância — mentiu o delegado. — Averiguações de rotina. Uma última pergunta: o senhor tem em casa uma lata de tinta verde?

Altabe o olhou perplexo. Ainda não tinha visto o cadáver.

— Tinta? O que quer dizer?

— Pouca coisa — sorriu o delegado. — É só uma ideia que eu tive. Mas se não sabe nada a respeito, acho que não o perturbaremos mais, por enquanto.

— Um momento — atalhou Daniel Hernández precipitadamente. — Se me permitir, delegado, eu também tenho uma pergunta a fazer. Senhor Altabe, o senhor ainda pratica esportes?

O interpelado o olhou da cabeça aos pés, como se o visse pela primeira vez, embora Daniel não tivesse arredado o pé da sala durante todo o interrogatório. Depois cravou os olhos no céu limpo e respondeu em voz muito baixa:

— Não como antes. Mas ainda — passou suavemente um punho na palma da outra mão —, ainda posso matar um homem com um murro.

— Não me referia a isso — disse Daniel com teimosia. — Eu me referia a outros esportes.

— Que esportes?

Seu tom se tornara inconfundivelmente agressivo.

— O beisebol, por exemplo. Ou o tênis. O...

Gregorio Altabe suspirou.

— Não — disse melancolicamente. — Já não sou tão jovem. Meu tempo passou...

III

— Nome e sobrenome.

— De solteira ou de casada?

— Os dois.

— Angélica Lerner. Angélica Lerner de Astrada.

— Documentos.

A mulher não se abalou. Estava impecavelmente vestida de preto, mas a maquiagem intacta não denunciava sinais de choro. Era alta, morena e devia ter uns trinta e cinco anos, embora talvez aparentasse menos. A segurança que demonstrava fez o delegado, insensivelmente, recair em sua irritação anterior.

— Estão no meu quarto. Se quiser, vou pegar.

— Depois a senhora os mostra. Endereço?

— Moro aqui, naturalmente.

— Naturalmente, não.

— Moro aqui.

— Ah, melhorou. Ocupação.

— Não tenho.

— Álibi.

— Das nove às dez, tomei sol no parque. Não encontrei ninguém. Das dez às onze, estive na casa de uma amiga.

Deu o endereço da amiga.

— O que sabe sobre o crime?

— Nada. Pobre Mariana! Sinto muito. Eu disse a ela...

Mordeu o lábio, deixando a frase inacabada. Mas as ideias do delegado em matéria de frases inacabadas eram bem definidas.

— A senhora disse a ela. Disse o quê?

— Nada. Desculpe. Só me deixei levar pelo nervosismo...

— Disse à sua irmã que ela ia acabar assim. Por quê?

— Não sei. Não me lembro. Devo ter me enganado.

O delegado se levantou.

— Assim não vamos chegar a lugar nenhum — disse com voz perigosamente tranquila. — Tenho o dever de interrogá-la.

Ela o encarou com gesto desafiante.

— E eu tenho obrigação de responder?

— Não.

— Então?

— Então ficará incomunicável, à disposição do juiz de instrução. Não poderei impedir que os jornais publiquem sua foto, apontando-a como suspeita. Se depois ficar provado que a senhora sabia de alguma coisa, será indiciada por ocultação de informações. O inquérito será prejudicado, e talvez não consigamos descobrir o assassino de sua irmã.

Fez uma pausa, olhando-a fixamente.

— A menos, claro, que seja a senhora.

A mulher se instalou numa poltrona, alisando a saia cuidadosamente.

— Está bem — disse. — Direi o pouco que sei. Mas fique claro que falo sob coação... Não fui eu. Também não sei quem a matou. É verdade que vivemos quase sempre separadas, mas no pouco tempo que estive aqui aprendi a... apreciá-la mais do que antes, embora às vezes censurasse sua... conduta.

— O que quer dizer com isso?

— Homens. Preciso lhe explicar? — perguntou com sarcasmo.

— Sim. Que homens?

— Ah! Qualquer um. A pobre Mariana não tinha muito critério. Veja bem, eu não a censurava por escrúpulos morais. Estou... acima disso. Mas sempre lhe recomendei cautela. Ela não me ouviu, e aí está o resultado.

— Pode identificar algum desses homens?

— Acho que não me entendeu bem. Não me referia a ninguém em particular.

O delegado trocou um olhar com Daniel.

— O marido sabia dessa... inclinação de sua mulher?

— Quem, Gregorio? — Ela encolheu os ombros. — Acho que não.

— Sua irmã foi casada antes?

— Foi, sim. O primeiro marido era um homem de negócios. Ela herdou sua fortuna. — Fez uma pausa. — Que agora passa às mãos de Gregorio, logicamente. Herdeiro forçado.

— E a senhora?

— Ignoro se há legados no testamento de Mariana.

— Tem certeza de que sua irmã deixou testamento? — interpelou Daniel.

Ela o olhou intensamente. Não parecia muito certa da necessidade de responder, mas um gesto do delegado levou-a a fazê-lo.

— Não sei — retrucou. — É provável que não. Ela não achava que ia morrer.

— Algum seguro? — insistiu Daniel.

— Sim, já ia chegar a esse ponto. Cento e cinquenta mil pesos, em meu nome.

— Ideia dela?

— Ideia minha. Sempre temi ficar na pobreza. Da parte de Mariana, foi também um impulso de generosidade, imagino. Um modo de dizer que gostava de ter-me a seu lado depois de... tantos anos.

— Fale mais sobre isso — disse o delegado.

— É imprescindível?

— É conveniente.

— Bom. Eu me casei muito jovem. Vivi no estrangeiro. Meu marido ficou por lá..., com outra mulher, se quer saber. Voltei para cá sem dinheiro. Encontrei Mariana casada pela segunda vez. Foi uma surpresa para mim... Ela me acolheu em sua casa. Isso é tudo.

— A senhora não simpatiza com o marido de sua irmã? — arriscou o delegado.

— Não tenho nada contra Gregorio — respondeu ela, medindo cuidadosamente as palavras. — Soube que era um atleta famoso, campeão de várias coisas... faz anos, claro. Suponho que tenha sido essa aura de glória esportiva o que fascinou Mariana. Pelo menos...

— Pelo menos de início? — completou o delegado.

— Não ia dizer isso.

Nesse momento a cabeça do inspetor Valbuena despontou na porta, com um gesto interrogativo.

— Mande-o entrar — ordenou o delegado. — Mas antes ligue para o laboratório, para ver se já saiu algum resultado.

— Posso ir? — perguntou a mulher.

— Pode, sim — disse o delegado. — Obrigado pela colaboração.

Se havia ironia na mesura, Angélica Lerner não deu sinal de perceber. Retirou-se, despedindo-se friamente.

— Bom, o que acha? — perguntou Jiménez. — E não me diga que parece um crime.

— É o que parece — respondeu Daniel bondosamente. — Um crime com muitos álibis parciais. E acho que essa mulher tem um interesse muito grande em que seu cunhado seja culpado pelo assassinato.

— Por quê?

— Ora, muito simples. Se Altabe tiver matado a esposa, sem dúvida, não poderá receber a herança. *Ergo*...

— Certo, entendo. Mas então, por que ela se mostrou tão difícil no primeiro momento?

— *No primeiro momento* — frisou Daniel. — É um simples mecanismo psicológico que ela conhece e o senhor também, delegado. As testemunhas muito espontâneas geram desconfiança. Ela preferiu ser pressionada, para dar a impressão de que falava a contragosto...

O policial olhou para ele com ar pensativo.

— Você acha que Altabe é o assassino?

Daniel sorriu.

— Ora — disse —, o senhor só pode estar brincando. Não faço a menor ideia.

— Tinta comum, senhor delegado — anunciou Valbuena, pondo novamente a cabeça pela porta. — Para pintar portas ou janelas. Boa qualidade. Procedência estrangeira. Nada estranho.

— Peça um laudo completo. Mande entrar esse rapaz.

Eduardo Altabe era quase tão alto quanto o pai. Seu álibi, tão inconsistente quanto os dois anteriores. Às quinze para as nove, saiu de casa. Foi a pé até o clube, onde chegou por volta das nove e meia. Jogou um pouco de boliche. Regressou às onze e meia (tomou um ônibus para voltar) e encontrou o cadáver. Foi ele quem deu parte à polícia.

Suas condolências pelo fim da vítima adquiriram certa nota de originalidade, dadas as circunstâncias:

— Pobre Mariana — disse. — Era uma boa moça.

Deve ter notado certo espanto na expressão do delegado, porque se apressou a completar:

— Tínhamos quase a mesma idade. Nunca consegui pensar nela como minha madrasta. Costumávamos sair juntos e... Bom, não sei quem foi o desgraçado que a matou, mas gostaria de lhe dar o que merece.

— Outros homens?

Era possível, disse, mas não podia garantir. Mariana era bonita e gostava de flertar até com os vizinhos, mas daí a... Não, não sabia mais nada.

Ninguém sabia mais nada. *Impasse* total. Nenhum dos três suspeitos diretos tinha um álibi perfeito. Assim, era como se os três o tivessem. O delegado contemplava mentalmente a tenebrosa perspectiva de longos interrogatórios entre as amizades masculinas da vítima, quando um homem mirrado e moreno entrou correndo, e o caso tomou um rumo espetacularmente diferente.

Era Ramírez, o investigador que tinha ido buscar a tinta. Na sofreguidão de falar, esqueceu num instante o esforço de vários anos para disfarçar seu sotaque cordovês.

— Aqui está a lata, senhor delegado!

Jiménez olhou-o, perplexo. Depois se lembrou.

— Ah, sim, deixe aí em cima.

— Mas não estava nesta casa, senhor!

— Onde estava então?

— Na casa ao lado, meu senhor delegado! E meu colega e eu já temos o culpado!

O delegado se levantou num salto.

— Quem é? — disse.

— O nome dele é Marcos González, senhor. É nosso vizinho — explicou. — Quer dizer, vizinho dessa gente.

— Tem certeza? — gritou o delegado. — Não vão me fazer uma asneira!

— Certeza absoluta. Só estávamos esperando o senhor, delegado, para algemar o tal. Vai que ele foge...

IV

Estava com medo. O medo se acumulava em seus olhos enormes e negros, entreabria sua boca, vibrava em suas mãos de dedos longos e inertes. Medo e outra coisa mais profunda e indecifrável. Estava encolhido numa cadeira, sob o olhar severo de Carletti e do inspetor Valbuena. Era quase um garoto.

O tropel de homens mal o arrancou de sua imobilidade, estremecendo-o imperceptivelmente, como uma folha.

— É verdade? — perguntou em voz baixa, quase inaudível.

Não responderam.

— Está morta — disse. — Então é verdade que ela está morta.

Parecia prestes a chorar; o delegado sentiu uma pontada na boca do estômago.

— A culpa é minha — murmurou. — Eu a matei.

O policial deu ordem a seus homens para que se afastassem. Sentou-se diante do jovem e pôs uma mão em seu ombro.

— Que bobagem você fez, rapaz...

Marcos estremeceu ao contato, como se tivesse levado uma bofetada. Olhou para seus dedos longos e fortes como se os visse pela primeira vez.

— Você errou a mão — disse o delegado. — Já sei, não queria matar a moça. Bom, mas agora você não ganha nada chorando.

O rapaz cravou os olhos no policial e uma expressão de sobressalto se desenhou em seu rosto. Parecia despertar de um sonho.

— O que quer dizer? — soltou. — Não sei o que o senhor quer dizer.

O delegado suspirou ruidosamente.

— Bom, vai começar tudo de novo! Você não acabou de dizer que a matou?

O jovem o encarou com raiva, quase com repugnância.

— *Eu? Matar a Mariana...?* — escrutou os homens que o rodeavam, como se o mundo tivesse saído dos eixos e ele tentasse achar um lampejo de sentido em algum lugar. — O que significa isso?

— O delegado acha que você matou a senhora Altabe — disse Daniel com suavidade. — Você mesmo acabou de dizer...

Marcos levou uma mão à testa e alisou os cabelos com gesto pausado.

— Ah, sim, eu disse isso. Agora entendo... — Sorriu confusamente, mas em seus olhos persistia o medo, e também aquela coisa indefinível, que podia ser cautela ou uma angústia dilacerante. — Eu quis dizer outra coisa. Quis dizer que, se eu...

O delegado caiu das nuvens. Com estrépito.

— Um momento — rugiu. — Fale claro de uma vez por todas! O senhor matou ou não matou a senhora Altabe?

(Tinha deixado de tratá-lo de você.)

— *Não. Eu não a matei.*

Jiménez deu meia-volta e avançou como um tufão até Ramírez, que parecia querer abrir um buraco no chão e sumir.

— E então, o que me diz?

— Não ligue para ele, senhor delegado. Agora está negando, senhor delegado, mas ele a matou, sim, senhor delegado. Vamos lá, moço — exclamou, tentando reconquistar um mínimo domínio sobre as evasivas circunstâncias —, mostre as mãos para o senhor delegado.

O interpelado não respondeu. Jiménez precipitou-se contra o rapaz e levantou bruscamente suas mãos. O indicador direito tinha várias manchas de tinta verde já seca. E no dorso da mão esquerda, uma fina pincelada parecia riscar sobre a pele a estilizada silhueta de um escorpião.

Um lento sorriso se desenhou no rosto do delegado.

— Está bem — disse. — Negue à vontade. Vai adiantar muito. Por mim, pode negar.

A voz petulante de Daniel abalou sua firmeza.

— Desculpe, delegado — murmurou —, mas acho que uma coisa são mãos tintas de sangue, e outra bem diferente são mãos, por assim dizer, tintas de tinta.

O policial voltou-se para ele, feito uma fera.

— O que você quer dizer com isso?

— Que talvez este jovem possa explicar como manchou as mãos de tinta.

— Ah, é? E talvez ele também possa explicar como foi que pintou o pescoço e o vestido do cadáver, não?

Marcos parecia definitivamente ausente do que acontecia a seu redor.

— Eu não quero explicar nada — disse. — Agora que ela morreu, não faz diferença...

— Mas para mim faz toda a diferença! — gritou o delegado. — Ou o senhor me explica já a sua situação, ou o despacho direto para Devoto![1]

O jovem ficou pálido. Suas mãos continuaram tremendo. Medo. De novo o medo surdo e sujo.

— Está certo — disse arrastadamente. — O que quer que eu explique?

— Tudo. *Tudo!* Por que o senhor disse que a matou?

— Eu quis dizer que a culpa foi minha. Ela queria que... nós fugíssemos. Eu não tive coragem. Meu pai morreria de desgosto.

O delegado o fitou com absoluta incredulidade.

— O senhor era amante dela? — balbuciou.

O jovem corou intensamente.

— Não tem por que falar desse jeito — disse. — Não tem por que...

— Eu falo como bem entender! — cortou o delegado, furioso. — Onde estão seus pais?

— Não estão em casa. Foram passar o fim de semana fora.

— Por que suas mãos estão manchadas de tinta?

— Andei pintando uma janela.

— Ah, uma janela. Que lindo! Só uma janela?

---

[1] A penitenciária de Villa Devoto, na capital argentina, hoje chama-Complexo Penitenciário Federal da Cidade Autônoma de Buenos Aires. (N. dos T.)

— Não entendo o que quer dizer.

— Bom, me mostre essa janela.

Marcos se levantou e abriu a porta de vidro que dava para o seu quintal. À esquerda, numa ala do mesmo edifício, viam-se duas janelas: uma no térreo, que correspondia a um quarto, e outra mais acima, que parecia pertencer a um sótão. A janela do sótão era toda de madeira e estava recém-pintada de verde. Havia uma escada alta apoiada na parede, e ao pé da mesma uma folha de jornal com um pincel, uma escova metálica e uma lata de aguarrás. Fora ali que Ramírez encontrara a lata de tinta.

À direita do quintal, um muro de uns dois metros de altura separava a propriedade do quintal vizinho. Uma parte desta (palco do crime), incluindo seu terraço, se avistava por cima do muro.

O delegado esquadrinhou o quintal — de lajotas brancas com desenhos azul-claro —, sem encontrar nada de interesse. Quando se virou, viu Daniel Hernández no alto da escada, fazendo gestos incompreensíveis, como um macaco amestrado, diante da janela do sótão.

— O que está fazendo aí? — gritou. — É uma janela pintada.

Daniel desceu tomando enorme cuidado, limpou as mãos no paletó e sorriu puerilmente.

— Eu sei — disse. — Só queria ver se era também uma janela despintada.

O delegado encolheu os ombros. Não estava para brincadeiras.

O recinto do interrogatório era uma espécie de biblioteca, com móveis sólidos e antiquados: estantes de cedro nas paredes, cheias de livros, um par de poltronas de couro, duas ou três cadeiras e uma escrivaninha baixa defronte à porta de vidro. Sobre a escrivaninha havia um mar de papéis em desordem. O delegado olhou-os com repugnância.

— Perfeito — retomou com entonação sinistra, encarando Marcos. — Vejo que ensaiou todas as respostas.

— Eu só disse a verdade.

— Vamos ver. O que fez de manhã?

— Pintei a janela e...

— Isso eu sei — interrompeu o delegado. — E depois?

— Das nove às dez, ouvi um concerto.

— Que concerto?

— Na Rádio do Estado. Obras de Mozart.

— Tome nota — disse o delegado, virando-se para o inspetor Valbuena. — Que mais?

— Das dez em diante, escrevi.

— Escreveu o quê?

Marcos corou intensamente e não respondeu.

— Escreveu o quê?! — vociferou Jiménez.

— Poesia — balbuciou o jovem.

O delegado deu uma risada ácida.

— Ah, poesia! Já devia imaginar. Pode-se ver sua poesia?

Marcos fez um rápido movimento em direção à escrivaninha, Ramírez e Carletti o imitaram, mas o delegado se adiantou e surgiu brandindo triunfalmente entre um torvelinho de braços uma folha manuscrita. Só as duas linhas iniciais do poema eram perfeitamente legíveis, escritas com uma caprichada letra de colegial. O resto era um emaranhado de rasuras, de linhas truncadas, de fragmentários esquemas métricos que ilusoriamente as completavam, de prováveis rimas em colunas verticais. Os dois versos iniciais eram decassílabos:

Sob a sombra de um pássaro que passa
olho o tempo e sua calada pressa...

O delegado bufou com desdém.

— O que ia rimar com pressa? — grunhiu. — Promessa?

Entregou a folha a Daniel. Este releu o escrito com profunda atenção. Conforme ia lendo, verificava-se nele uma estranha transformação: a ruga vertical do seu sobrecenho se aprofundava, seus olhos pareciam voltar-se, absortos, para uma região secreta de sua alma.

— Também Heráclito — murmurou por fim. — Também Quevedo... — encarou bruscamente Marcos. — O que lhe deu a ideia do poema? — perguntou com mais aspereza que o habitual nele.

— O senhor mesmo acabou de dizer — respondeu Marcos em voz baixa e amarga. — A fugaz transitoriedade. O tempo. A incurável...

— Sim, sim, eu sei — cortou Daniel apressadamente. — Mas não era disso que estava falando. Isso não. Eu me referia a... — parecia procurar desesperadamente a palavra capaz de expressar a premente interrogação que lhe contraía o rosto. — A fonte. O motivo. O estímulo direto. Pense. É terrivelmente importante.

Marcos o olhou com ar de desamparo.

— Ah, não sei — disse. — São tantas coisas... As ideias vêm sozinhas. Escrevi essas duas linhas de uma vez, e depois... não consegui fazer mais nada em toda a manhã.

— Por isso a minha pergunta — insistiu Daniel. — As ideias não vêm sozinhas. Alguma coisa as deflagra e lhes dá vida. Uma coisa que pode ser insignificante, mas que agora é decisiva. Pense. Tente se lembrar.

Marcos levou uma mão à testa. Balançou a cabeça, desalentado. E de repente ergueu os olhos para Daniel com infinita surpresa.

— Já sei — exclamou. — Mas, como foi que o senhor adiv...?

— O *que era?* — insistiu Daniel.

— Um pássaro — respondeu Marcos. — Agora me lembrei. Não imaginava...

O delegado agarrou a cabeça com as duas mãos.

— Ah, não-não-não-não! — disse percorrendo em ritmo de metralhadora toda a escala musical. — Isso não! Não me venham agora com pássaros! Isto é um *a-ssa-ssi-na-to*!

— Psiu! — instou Daniel. — Espere, delegado. Você o viu, *viu esse pássaro*?

— Não. Só vi sua sombra. Agora percebi que isso me deu a ideia para as duas linhas iniciais. Por isso as escrevi de repente. Mas não entendo...

— Não importa — interrompeu Daniel. — Você viu a sombra de um pássaro. Viu a sombra cruzar pelo quintal, não é?

— Sim. Eu tinha me sentado para escrever. A inspiração não vinha. Olhei para fora. As lajotas brancas brilhavam ao sol. A sombra atravessou o quintal — como uma flecha — e voltou instantaneamente...

— Vinha da direita?

— Sim.

— E a porta estava fechada. Você a viu através do vidro, não é?

— Sim. Mas, como...?

— Depois, depois... Uma última pergunta. Pense bem. *A que horas foi isso?*

— É fácil saber — respondeu Marcos. — O concerto terminou às dez. O rádio deu a hora. Deve ter sido às dez e cinco.

Daniel deu um enorme suspiro de alívio e, para espanto de todos, começou a andar em círculos como uma pomba atordoada, movendo os braços para a direita e para a esquerda. Depois se escarranchou numa cadeira, diante do atônito delegado.

— Que estranho! — disse.

— O que é estranho?

— O mecanismo da criação, a essência da glória, o incessante fluir do tempo. Tudo, delegado. Não hesito em lhe dizer que é tudo muito estranho.

— Ah, você acha estranho? — comentou Jiménez com refinada ironia. — Por que também não hesita em me dizer alguma coisa sobre o assassino?

— Estou dizendo — respondeu Daniel. — O senhor acha que estou brincando. Nunca falei mais a sério.

Sua voz se encheu de estranhas ressonâncias.

— Passa um pássaro — disse —, nem isso, a sombra de um pássaro, e nasce um poema. Existe algo mais leve, mais insubstancial? Mas se o poeta é grande, o poema sobrevive aos séculos, e essas asas condenadas à fugacidade deixam uma marca indelével na memória dos homens. A única marca duradoura. Esse mistério é maior do que o que o senhor investiga, delegado.

— Muito bonito — disse o delegado —, mas não é uma solução.

— Muito bonito — corrigiu Daniel —, mas não era um pássaro.

V

— Não era um pássaro, delegado, mas era uma solução. Não era um pássaro, e *essa era a solução*. A única possível.

Estavam todos novamente na sala de troféus dos Altabe. Este, seu filho, sua cunhada e Marcos González, que o delegado — por via das dúvidas — não perdia de vista. Gregorio Altabe não tirava os olhos injetados de sangue de Daniel. Seu filho Eduardo e Angélica Lerner, ao contrário, pareciam ter pela reconstituição um interesse puramente abstrato. Marcos estava profundamente abatido, apesar de não ter mais aquele ar de pânico; e o delegado, por seu turno, acabava de confirmar, depois de um telefonema, que a tinta das manchas encontradas no cadáver vinha da lata descoberta por Ramírez.

— Logo mais veremos — continuou Daniel — o que era essa sombra providencial capaz de inspirar ao mesmo tempo um poema e a elucidação de um problema de assassinato. Agora é preciso voltar às indagações iniciais...

"O primeiro e único detalhe singular deste caso eram as manchas de tinta verde no pescoço e no vestido da vítima. No mais, tratava-se de um crime banal, com todos os motivos habituais. O marido herda uma fortuna, a irmã recebe o seguro, o enteado pode facilmente ser incluído nessa vaga categoria de 'homens' que segundo algumas declarações teriam desempenhado um papel importante na vida de Mariana. Não se escandalize, Altabe. É verdade, a hipótese que acabo de mencionar é perfeitamente plausível. Os dois tinham quase a mesma idade, eram jovens, eram quase dois estranhos... Quanto a Marcos — acrescentou cautelosamente —, por ora deixaremos seu motivo de lado.

"O capítulo dos álibis é importante. O senhor se perguntará, delegado, como pode ser importante uma série de álibis tão frágeis e parciais como os apresentados pelos vários suspeitos. E à primeira vista o senhor tem razão. Segundo o laudo médico, o crime foi cometido entre nove e onze horas da manhã. Gregorio Altabe pode explicar onde esteve entre, aproximadamente, nove e quinze para as dez, mas não *depois*. Angélica Lerner e Eduardo Altabe têm álibi das nove e meia às dez, mas não *antes*. Quanto a Marcos..., bom, ele não tem álibi nenhum. Aparentemente, portanto, *todos tiveram oportunidade de matar Mariana*.

"Mas isso só é válido se dermos como certo que o crime foi cometido entre nove e onze horas. Posso indicar com muito mais precisão a hora em que assassinaram a senhora Altabe. Posso demonstrar que alguns desses álibis parciais são perfeitamente válidos, quer dizer, *não são parciais*, e outros não. Mas sobre este ponto também falaremos depois. Tudo isso pertence à tediosa aritmética da investigação.

"Voltemos então ao ponto de partida, ao único traço inquietante, terrível ou poético, como queiram, do crime. *Por que essas manchas de tinta desfigurando um cadáver?* Num primeiro momento, pensei, sem dúvida, que podia se tratar de um elemento simbólico destinado a realizar, a atualizar uma tendência não explicada, talvez anormal, do assassino; expressar uma ideia ou uma paixão que só ele conhecia; ou aludir a uma lembrança compartilhada com a vítima. São muitos os casos similares registrados pela criminologia. A tendência a *marcar* a vítima é uma das mais frequentes em criminosos que sofrem de certo tipo de perversão.

"Aos poucos, porém, percebi que o esquema era muito mais simples, que nele não palpitava nenhum desvio psicológico, mas um propósito lógico e racional. Qual era esse propósito? É fácil adivinhar: *incriminar outra pessoa*. Marcar o crime com um sinal de origem, algo que conduzisse a investigação para um rumo bem definido.

"Conseguiu o assassino atingir seu objetivo? Conseguiu, sim, plenamente. A tal ponto que um dos homens do delegado não viu inconveniente em anunciar que tinha detido o culpado, *com as mãos manchadas da mesma tinta verde*. A tal ponto que, se Marcos não tivesse visto uma sombra atravessar o quintal ensolarado de sua casa, já haveria agora mais de um advogado procurando atenuantes para seu crime...

"Quem poderia incriminar Marcos? Se julgarmos pelos motivos, *todos* os outros. Se julgarmos pela oportunidade, pareceria que *ninguém*. *Ninguém*, porque a lata de tinta estava na casa ao lado. *Ninguém*, porque a lata não saiu de lá até ser encontrada pela polícia. *Ninguém*, porque nenhum dos implicados poderia pular para a casa vizinha para pegar um pouco de tinta, sem deixar pegadas na terra fresca do jardim. *Ninguém*, porque era impossível chegar ao quintal pelas vias normais de acesso, sem ser visto por Marcos. Definitivamente, *ninguém*.

"*Nesse caso, o delegado tem razão, e Marcos é o assassino...*"

— Ah! — gritou Jiménez. — Foi o que eu disse!

— Não, delegado — respondeu Daniel. — Marcos só é o assassino se eu não conseguir demonstrar que alguém o incriminou. *Mas eu posso demonstrar que alguém o incriminou, e, portanto, Marcos não é o assassino...*

"Estamos, aparentemente, diante de uma situação absurda. Numa casa, uma lata de tinta verde. Na casa vizinha, um cadáver com manchas da mesma tinta verde. E *ninguém pôde passar de uma casa à outra*. Por qual passe de mágica uma pequena quantidade de tinta se infiltrou da casa ao lado para esta casa? Que misterioso itinerário seguiu essa tinta?

"Não há mágica nenhuma. Há um truque de aterradora simplicidade.

"Lembremos para que finalidade essa lata de tinta foi utilizada de início. Para pintar a janela do sótão, que dava para o quintal. Do quintal se divisava perfeitamente o terraço do imóvel vizinho. Isto equivale a dizer que do terraço se via o quintal do vizinho, e com mais razão ainda uma janela alta que dava para o pátio e estava defronte ao terraço.

"Essa janela era de madeira. Essa janela era sólida. Essa janela era bem grande. A solução é evidente."

Houve um longo silêncio. O delegado levou a mão à nuca e se coçou pausadamente.

— Não entendo — disse. — Quer dizer que Marcos é cúmpl...?

— Não — interrompeu Daniel. — Marcos acabava de se sentar para escrever um poema, diante de uma folha em branco e com a mente em branco. Ele não teve a menor participação nesse simples truque de ilusionismo. Ora, delegado

— acrescentou com certa irritação —, se o senhor tiver uma superfície plana e sólida, a oito metros de distância, e essa superfície estiver recém-pintada, e quiser tirar dela uma pequena quantidade de tinta, que instrumento usaria? Usaria um corpo esférico, flexível e leve, capaz de bater naquela superfície e voltar para o ponto de partida. Usaria uma *bola. Uma bola de borracha.*

— Ah! — exclamou subitamente Marcos, levantando-se. — Então era isso...

Daniel Hernández sorriu amigavelmente.

— Sim, era isso. Era essa a sombra que atravessou o quintal de sua casa. A sombra de um pássaro. Um pássaro de borracha, instantâneo e certeiro, que cruza num segundo e volta em seguida, levando sua carga de impostura...

"Eu descobri isso, delegado, quando subi naquela escada e examinei a janela. Quase no meio havia sobre a tinta ainda fresca uma marca circular, como de uma moeda de cinquenta centavos. A marca inconfundível de uma bola.

"Sugiro que 'retenha' essa janela, delegado. É uma testemunha de acusação. E que procure, com tempo, uma pequena bola preta, muito flexível, como as usadas nas quadras de pelota basca. Foi a sombra dessa bola que Marcos viu por volta das dez da manhã..."

Fez uma pausa que ninguém interrompeu.

— *Dez da manhã* — repetiu lentamente. — Essa hora não lhes diz nada?

— Espere, deixe-me pensar...

— Para mim, essa hora diz quem é o assassino — prosseguiu Daniel imperturbável.

Seu olhar deslizou pelo semicírculo de rostos tensos, e pousou, por fim, na figura gigantesca e consternada do dono da casa.

— Altabe — disse —, se o senhor falava a sério de manhã, se está mesmo disposto a castigar com a morte o estrangulador de sua mulher, posso lhe dizer quem é, e não vou mexer um dedo para impedir que o faça.

Gregorio Altabe se levantou, colossal, flexionando os braços nos flancos, arqueando o tronco para frente, como um gorila sedento de vingança.

— Estou disposto, sim — respondeu em voz baixa e surda. — Quem é?

— *É o senhor* — disse Daniel.

VI

— Ufa! — exclamou o delegado. — Se a gente não o segurasse, você estava morto.

Alisou o pômulo direito, onde uma mancha azulada testemunhava a força dos punhos do velho campeão.

— Você disse para ficarmos de olho nele — prosseguiu —, mas pensei que fosse para impedir que cometesse uma loucura quando soubesse quem era o assassino. E no fim o assassino era ele...

— Seus rapazes são muito eficientes — sorriu Daniel. — Nunca imaginei que o Ramírez lutasse *jiu-jítsu*.

— Ah, eu também luto! — esclareceu o delegado, modestamente.

Caminhavam por uma rua de Belgrano, ladeada de árvores, tranquila na penumbra do entardecer.

— O que não me entra na cabeça — prosseguiu Jiménez — é uma coisa que está meio fora do caso. Você acha mesmo que a Mariana... quer dizer, a senhora Altabe, pensava em fugir com Marcos?

— Claro.

— Mas ele é um garoto! — rebentou o delegado. — Vinte e dois anos, não terminou os estudos, não tem dinheiro...

Daniel deu risada.

— Mas ela tinha — disse. — O senhor sabe, delegado, que há mulheres assim. Mariana gostava de homens, mas repare que todos os que tiveram alguma relação comprovada com ela se destacavam em alguma coisa. Um próspero homem de negócios, uma celebridade do esporte, um poeta em flor... Claro que ela teve o talento de começar pelo homem de negócios.

— Não seja cínico — reprovou o policial. — Quando foi que você suspeitou do Altabe?

— Ah, tive uma leve suspeita desde o primeiro momento. A língua inglesa tem uma palavra muito expressiva para isso: *overact*, representar em excesso, exagerar um papel. Altabe sem dúvida exagerou o papel do viúvo inconformado e sedento de vingança. Isso por si só não significava nada, claro; podia ser um traço da sua personalidade. Mas me chamou a atenção. Depois notei um detalhe muito curioso, que no primeiro momento me passou impercebido...

— Despercebido — corrigiu o delegado.

— Isso mesmo, despercebido. Mas logo esse detalhe se mostrou decisivo. O senhor se lembra da sala de troféus?

— Claro, havia lá uma coleção de taças e medalhas.

— Não, não é disso que estou falando. Estou falando do equipamento para praticar certos esportes. Uma das paredes estava coberta deles, que Altabe decerto usou nas competições nacionais e internacionais de que participou. Luvas de beisebol, uma raquete de tênis, tacos de pelota basca, de hóquei, de bilhar e de polo... Isso não lhe diz nada?

— Não! — gritou o delegado. — Vai começar de novo?

— Ora, vamos, é muito simples: todos os esportes que Altabe praticou — beisebol, pelota basca, tênis, hóquei, e até bilhar e polo — *exigem destreza na impulsão de uma bola*. E a pessoa que arremessou essa bola para que rebatesse numa janela situada a cerca de oito metros, acertando-a quase no centro, possuía esse domínio em altíssimo grau.

— Certo, entendo — admitiu o delegado. — E acho que esse raciocínio basta para descartar a cunhada de Altabe. Mas, e o filho dele? Também é um tipo forte e atlético...

— É verdade. Na teoria, ele também podia ter feito isso, mas na prática, não. O senhor deve se lembrar que Marcos viu a sombra da bola *depois das dez*, e o álibi de Eduardo é comprovável das nove e meia em diante.

"Por isso falei de álibis parciais na aparência, mas perfeitamente válidos na realidade. *Não era necessário um álibi das nove às onze*, como pensamos num primeiro momento, *mas sim das dez às onze*, e o único que não tinha um válido para esse período era Gregorio Altabe. Porque o crime foi cometido *depois* das dez, depois do truque da bola."

— Por que depois e não antes? Não vejo diferença.

— Ah, é muito simples — explicou Daniel. — Altabe tinha planejado o assassinato da mulher com antecedência. Mas não estava nem um pouco disposto a pagar por ele, por isso precisava incriminar um terceiro. Sabia, sem dúvida, que algo estranho estava acontecendo entre Mariana e Marcos. Eliminando Mariana, incriminando Marcos, matava três pássaros de um tiro: satisfazia seu natural desejo de vingança, ficava com a fortuna dela e, de quebra, mandava o rival para a prisão. Um belo plano... Só estava esperando uma oportunidade. E foi o próprio Marcos que a deu quando pintou a janela do sótão, bem defronte ao terraço de Altabe. Esperou o rapaz terminar, lançou a bola com inegável pontaria e força contra a folha de madeira coberta de tinta fresca, apanhou-a no ar em sua trajetória de volta e só nesse momento é que ele resolveu completar seu plano. Só nesse momento, porque até então ele não podia ter certeza de que não surgiria algum inconveniente imprevisto. Se alguém o visse, por exemplo, ou se a bola, amortecida, caísse no terreno vizinho, ou se não acertasse o alvo, não haveria nenhum problema. Adiaria o crime para outra ocasião. Se, pelo contrário, primeiro matasse a mulher e depois embarcasse nessa aventura perigosa, podia ficar em maus lençóis: com um cadáver nas mãos, sem álibi e sem a possibilidade de montar sua agradável *mise-en-scène*. Não, Altabe não era tão bobo. Por isso digo que o crime foi cometido depois das dez, e não antes.

"O inconveniente imprevisto acabou acontecendo. A sombra do pássaro... Incidentalmente, Marcos não ouviu a bola bater contra a janela, porque a porta de vidro estava fechada. Ele apenas vislumbrou uma sombra instantânea e fugitiva...

"Claro que a quantidade de tinta que é possível extrair de uma superfície plana com o recurso usado por Altabe não é muito grande. Acho que já comentei que a marca na janela era pouco maior que uma moeda de cinquenta centavos. Mas isso era mais do que suficiente para seus fins. Ou seja, para manchar o pescoço e as roupas da vítima, esfregando a bola. Como deve estar lembrado, o senhor mesmo teve certa dificuldade para notar os sinais de tinta na garganta do cadáver, e só reparou na cruz feita no vestido branco quando a mostrei. Num primeiro momento, eu também pensei que fosse uma estampa do tecido.

"A bola que Altabe usou não era muito grande, mas uma dessas bolinhas extremamente elásticas que ricocheteiam com enorme força quando batem contra uma superfície dura e lisa.

"Qualquer outra pessoa menos experiente teria arremessado a bola com a mão. Acho que Altabe a lançou usando um taco de pelota basca.

"Talvez o mesmo com que ele ganhou o Campeonato Nacional de 1936..."

Três portugueses embaixo de um guarda-chuva (sem contar o morto)

I

O primeiro português era alto e magro.
O segundo português era baixo e gordo.
O terceiro português era médio.
O quarto português estava morto.

II

— Quem foi? — perguntou o delegado Jiménez.
— Eu não — disse o primeiro português.
— Eu também não — disse o segundo português.
— Eu muito menos — disse o terceiro português.
O quarto português estava morto.

III

Daniel Hernández colocou os quatro chapéus sobre a mesa. Assim:

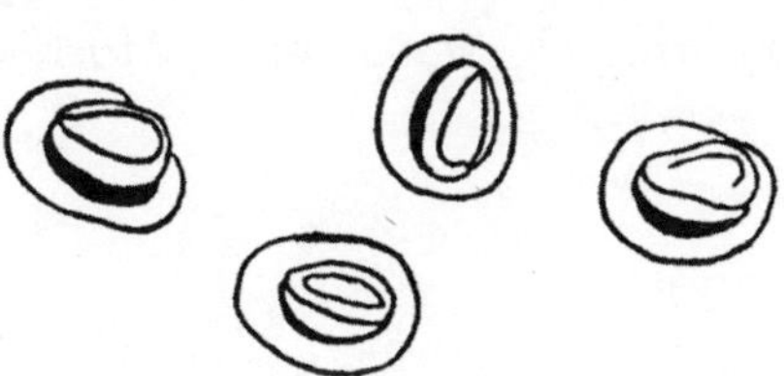

O chapéu do primeiro português estava molhado na frente.

O chapéu do segundo português estava seco no meio.

O chapéu do terceiro português estava molhado na frente.

O chapéu do quarto português estava todo molhado.

IV

— O que estavam fazendo nessa esquina? — perguntou o delegado Jiménez.

— Esperávamos um táxi — disse o primeiro português.

— Chovia por demais — disse o segundo português.

— E como chovia! — disse o terceiro português.

O quarto português dormia a morte dentro de seu grosso casaco.

V

— Quem viu o que aconteceu? — perguntou Daniel Hernández.

— Eu estava a olhar para o norte — disse o primeiro português.

— Eu estava a olhar para o leste — disse o segundo português.

— Eu estava a olhar para o sul — disse o terceiro português.

O quarto português estava morto. Morreu olhando para o oeste.

VI

— Quem segurava o guarda-chuva? — perguntou o delegado Jiménez.

— Eu é que não — disse o primeiro português.

— Eu sou baixo e gordo — disse o segundo português.

— O guarda-chuva era pequeno — disse o terceiro português.

O quarto português não disse nada. Tinha uma bala na nuca.

VII

— Quem ouviu o tiro? — perguntou Daniel Hernández.

— Eu sou míope — disse o primeiro português.

— A noite era escura — disse o segundo português.

— Trovejava e trovejava — disse o terceiro português.

O quarto português estava bêbado de morte.

VIII

— Quando viram o morto? — perguntou o delegado Jiménez.

— Quando acabou de chover — disse o primeiro português.

— Quando acabou de trovejar — disse o segundo português.

— Quando acabou de morrer — disse o terceiro português.

Quando acabou de morrer.

IX

— O que fizeram então? — perguntou Daniel Hernández.

— Eu tirei o chapéu — disse o primeiro português.

— Eu me descobri — disse o segundo português.

— Minhas homenagens ao morto — disse o terceiro português.

Os quatro chapéus sobre a mesa.

X

— Então, o que fizeram? — perguntou o delegado Jiménez.

— Alguém maldisse a sorte — disse o primeiro português.

— Alguém fechou o guarda-chuva — disse o segundo português.

— Alguém nos trouxe correndo — disse o terceiro português.

O morto estava morto.

XI

— O senhor o matou — disse Daniel Hernández.

— Eu, senhor? — perguntou o primeiro português.

— Não, senhor — disse Daniel Hernández.

— Eu, senhor? — perguntou o segundo português.

— Sim, senhor — disse Daniel Hernández.

XII

— Um matou, outro morreu, os outros dois não viram nada — disse Daniel Hernández. — Um estava olhando para o norte, outro para o leste, outro para o sul, o morto para o oeste. Tinham combinado vigiar cada um uma travessa diferente, para ter mais chances de avistar um táxi numa noite chuvosa.

"O guarda-chuva era pequeno e os senhores eram quatro. Enquanto esperavam, a chuva molhou a frente de seus chapéus.

"O que olhava para o norte e o que olhava para o sul não precisavam se virar para matar o que olhava para o oeste. Bastava-lhes erguer o braço esquerdo ou direito para o lado. O que olhava para o leste, ao contrário, tinha que virar-se por completo, porque estava de costas para a vítima. Mas ao dar meia-volta molhou a parte de trás do chapéu. Seu chapéu está *seco no meio*; quer dizer, molhado na frente e atrás. Os outros dois chapéus ficaram molhados apenas na frente, porque quando seus donos se viraram para olhar o cadáver, tinha parado de chover. E o chapéu do morto molhou-se inteiro quando rolou pela rua encharcada.

"O assassino utilizou uma arma de muito baixo calibre, uma pistoleta dessas com que os garotos brincam ou que algumas mulheres levam na bolsa. A detonação se confundiu com os trovões (nessa noite houve uma tempestade elétrica especialmente intensa). Mas o segundo português teve que localizar no escuro o único ponto realmente vulnerável para uma arma tão pequena: a nuca de sua vítima, entre o grosso casaco e o enganoso chapéu. Nesses poucos segundos, o forte aguaceiro encharcou a parte posterior do seu chapéu. O seu é o único que apresenta essa particularidade. Portanto, é ele o culpado."

O primeiro português foi-se embora para casa.
O segundo foi impedido de ir.
O terceiro levou consigo o guarda-chuva.
O quarto português estava morto.
Morto.

APÊNDICE

Dois mil e quinhentos anos de literatura policial

Rodolfo Walsh

Costuma-se considerar, por um acordo quase unânime, que a literatura policial nasce com os cinco contos de enigma que Edgar Allan Poe escreveu entre 1840 e 1845. É possível, no entanto, demonstrar que todos os elementos essenciais do gênero se encontram dispersos na literatura de épocas anteriores e que, em alguns casos isolados, esse tipo de narração se cristalizou de forma perfeita antes de Poe. "A arte de atormentar a si mesmo", diz Dorothy Sayers, "é antiga e tem uma longa e honorável tradição literária".

As primeiras narrativas policiais bem características são bíblicas. Aparecem no *Livro de Daniel* (capítulos 13 e 14). Numa delas, Daniel prova a inocência de Susana, acusada de adultério pelos anciãos, interrogando-os por separado e fazendo-os cair em contradição. Na outra, demonstra que os sacerdotes do templo de Bel roubam à noite as oferendas deixadas aos pés do ídolo. Para tanto, cobre o chão do templo de cinzas, e na manhã seguinte aparecem as pegadas dos culpados. Na verdade, Daniel é o primeiro "detetive" da história, com muitos pontos em comum com os modernos heróis do romance policial. Assim como eles, é capaz de sair airosamente de situações que seriam fatais para o comum dos homens: a fornalha ardente, a cova dos leões. Assim como eles, é capaz de decifrar escrituras enigmáticas, "interpretar os sonhos, resolver os enigmas e desfazer os nós". Nos episódios que mencionamos ficam estabelecidos, por obra dele, três elementos muito importantes do romance policial: a acareação das testemunhas, a clássica armadilha para descobrir o delinquente e a interpretação de indícios materiais.

Estes não são os únicos antecedentes que a antiguidade nos deixou. A fingida loucura de Ulisses, desmascarada por Palamedes; Aquiles disfarçado entre as mulheres de Esquiro e o expediente que o revelou; a história do rei Rampsinito, a que Heródoto se refere, retomada modernamente por Theodore Dreiser; e, por fim, algumas fábulas de Esopo constituem a contribuição dos gregos. Entre os romanos, Virgílio antecipou-se a Conan Doyle no livro VIII da *Eneida*. O vilão é Caco, meio homem, meio bicho, que habita uma caverna em cujo chão fumega o sangue das recentes matanças e de cujas portas insólitas pendem pálidos rostos de homens, manchados de sangue. O herói é Hércules, de quem o inveterado ladrão rouba quatro vacas e quatro touros, puxando-os pelo rabo para que suas pegadas pareçam sair da caverna. Vinte séculos depois o tema reaparece num dos contos em que Sherlock Holmes intervém: *The White Priory Murders*. De Cícero merecem ser citadas algumas passagens do tratado *De Divinatione* e, principalmente, seu discurso *Pro Sexto Roscio*, antecedente perfeito e inimitável do romance que poderíamos chamar "judicial", porque sua ação se desenrola nos tribunais e gira em torno dos esforços de um advogado criminalista para salvar um inocente acusado de um crime. A fórmula *cui bono?* [a quem beneficia?], tema permanente dessa peça oratória, é um dos eixos em torno dos quais se movem as ficções detetivescas contemporâneas.

Esse gênero ainda embrionário não pôde escapar ao eclipse das letras e das artes que se seguiu à queda do Império Romano. Iremos reencontrá-lo, mais ou menos disfarçado, em episódios da *Gesta Romanorum*, dos *fabliaux* e do *Ro-*

man de Renart, de *El Conde Lucanor*, das *Canterbury Tales*, do *Decameron*, de *As mil e uma noites* e, finalmente, de *Zadig*.

Historiadores da literatura policial — franceses, como Fosca; ingleses, como D. Sayers — suspiram aliviados quando, depois de fazer a travessia anterior, pulando algumas etapas intermediárias, atracam nessa pequena ilhota da ficção policial que é *Zadig*. De fato, aí parece encontrar-se, já bem avançada a época moderna, o primeiro elo da corrente que conduz sem tropeços a Godwin, Hawthorne, Poe, Dickens, Collins, aos contemporâneos.

No entanto, há duas narrativas anteriores a *Zadig* que podem figurar com honra na história da literatura policial. A primeira procede do *Popol Vuh*, escrito por volta de 1550, em quíchua e caracteres latinos por autor anônimo, sobre a base de antigas tradições ou de um texto anterior desaparecido. Foi transcrita e traduzida no início do século XVIII por Frei Francisco Jiménez, e a história que nos ocupa consta no capítulo VII da primeira parte, segundo a divisão feita por Brasseur. Merece ser lembrada: o gigante Zipacná está tomando banho de rio, quando vê passar quatrocentos guerreiros levando um grande tronco. Oferece-se para ajudar e carrega o tronco nas costas. Invejosos de sua força, as quatro centenas de guerreiros decidem matá-lo. Pedem-lhe que cave um poço e que os avise quando estiver suficientemente fundo. Desconfiado, Zipacná faz uma escavação lateral e se abriga nela antes de dar o sinal combinado. Assim que o faz, os quatrocentos jogam o tronco no fundo do poço e ouvem um grito. "Está morto", dizem. "Amanhã as formigas trarão seus restos à superfície." Zipacná, seguro em seu refúgio, ouve o comentário dos guerreiros. Corta as unhas, corta os cabelos, e as formigas os levam para a superfície. Os quatrocentos festejam sua morte, embriagam-se e adormecem. O gigante sai de seu esconderijo e os aniquila... Esse Mattia Pascal rudimentar e vingativo não revela menos astúcia que alguns de seus sucessores contemporâneos.

A segunda narrativa a que nos referimos provém de *D. Quixote*, mais exatamente do capítulo XLV da segunda parte. É a memorável aventura do velho da bengala. Perante Sancho Pança, governador da ínsula, comparecem dois velhos. Um deles diz ter emprestado ao outro dez escudos de ouro. O outro, o portador da bengala, nega tê-los recebido, mas em todo caso está disposto a jurar que os devolveu. O governador resolve que assim seja, "e o velho da bengala entregou a bengala ao outro velho, para que a segurasse enquanto jurava, como se muito o estorvasse". Feito o juramento, o credor se conforma com a perda, atribuindo-a a um lapso dele próprio, e o devedor se retira com sua bengala. Sancho Pança pensa por alguns instantes e em seguida manda chamar o devedor, pede-lhe a bengala e a entrega ao outro, dizendo:

"— Ide com Deus, que já vais pago.

"— Como assim, senhor? — respondeu o velho. — Acaso este caniço vale dez escudos de ouro?

"— Vale sim — disse o governador —, ou, se não, eu sou o maior zote deste mundo [...]

"E mandou que ali, diante de todos, se quebrasse e abrisse a cana. Assim se fez, e no coração dela acharam dez escudos de ouro [...] Perguntaram-lhe donde coligira que naquele caniço estavam aqueles dez escudos, e Sancho respondeu que, tendo visto o velho que jurava dar ao seu contrário aquela bengala enquanto fazia o juramento, e jurar que lhos dera real e verdadeiramente, e, em acabando de jurar, pedir a bengala de volta, lhe veio à imaginação que dentro dela estava a paga que lhe pediam."

Convém reter algumas passagens dessa história, especialmente aquela que diz: "*Visto o qual por Sancho* [...], *inclinou a cabeça sobre o peito, e pondo o indicador da mão direita nas sobrancelhas e no nariz, ficou como pensativo um breve espaço, depois ergueu a cabeça e mandou chamar o velho da bengala*". Este é um instante quase mágico na história do romance policial, porque o lavrador de La Mancha está prenunciando com três séculos de antecedência o maior de todos os "detetives", não só em suas deduções, mas também quase em seus próprios gestos. Vejamos, com efeito, uma das muitas descrições que Conan Doyle faz dos momentos de reflexão de Sherlock Holmes: "*Sherlock Holmes permaneceu em silêncio por alguns minutos, com as pontas dos dedos unidas e os olhos cravados no teto*".

Outra coincidência: como se sabe, muitas vezes Holmes não formula a solução de um enigma diretamente, mas por meio de uma proposição elíptica e obscura que só ganha sentido quando ele próprio a esclarece. Esse tipo de declaração paradoxal recebeu o nome de *sherlockismo*. E o que são essas palavras de Sancho ao entregar a bengala ao credor: "Ide com Deus, que já vais pago", senão um *sherlockismo* — o mais brilhante de todos os *sherlockismos*?

Quanto ao detonador da história da bengala — seu argumento — não é difícil perceber que é essencialmente idêntico ao de um conto até hoje considerado uma das pedras fundamentais da narrativa policial moderna: "A carta roubada". Assim como na obra de Poe, a história da bengala gira em torno de um objeto roubado. Assim como na obra de Poe, *esse objeto está escondido no lugar mais evidente*.

Princípio que poderia valer como guia para aqueles que tentaram eleger Voltaire como o precursor imediato do romance policial.

Posfácio

Sérgio Molina e Rubia Prates Goldoni

A vida e os escritos de Rodolfo Walsh estiveram desde muito cedo fortemente ligados à literatura policial. Em 1944, no início da década áurea do gênero na Argentina, ele foi admitido como revisor numa grande editora, a Hachette, que disputava a liderança nesse terreno. Walsh era então um adolescente de apenas dezessete anos, recém-chegado do interior, mas por ser bilíngue foi logo promovido a tradutor. De 1946 a 1953, verteria para o castelhano cerca de vinte livros, quase todos romances de enigma, de autores então popularíssimos, como Ellery Queen e William Irish.

De tradutor a escritor foi um passo. Em 1950 publicou seu conto de estreia, "Las tres noches de Isaías Bloom", com o qual obteve a menção honrosa no Primeiro Concurso de Contos Policiais. O certame, convocado pela revista *Vea y Lea* e pela editora Emecé — a principal concorrente da Hachette —, tinha no júri Adolfo Bioy Casares e Jorge Luis Borges. Esses dois grandes cultores do gênero, principalmente Borges, são referências inescapáveis na leitura do primeiro Walsh. A influência do autor de *Ficções* salta aos olhos não apenas no estilo e na trama daquele conto inaugural, mas em praticamente todos os textos que Walsh escreveu no período. Ele mesmo proclama abertamente essa reverência, na introdução de sua pioneira miniantologia de contos policiais argentinos:

> "Há dez anos, em 1942, publicou-se o primeiro livro de contos policiais em castelhano; seus autores eram Jorge Luis Borges e Adolfo Bioy Casares. Intitulava-se *Seis problemas para don Isidro Parodi* e tinha o duplo mérito de reunir uma série de argumentos plausíveis e incorporar ao vasto repertório do gênero um personagem singular: um 'detetive' preso, cujo confinamento involuntário — e ao que parece injusto — punha em relevo a crescente tendência dos autores policiais de se imporem um afortunado rigor e uma severa limitação dos meios ao alcance do investigador. Forçosamente despreocupado de indícios materiais e demais acessórios dos inquéritos usuais, Parodi representa o triunfo da pura inteligência."[1]

Nessas linhas, escritas paralelamente às novelas que integrariam *Variações em vermelho*, o antologista faz questão de dar a primazia local do gênero à dupla Casares-Borges (que assinara o livro como H. Bustos Domecq), ignorando os muitos policiais argentinos anteriores a *Seis problemas...* Além disso, Walsh endossa a importância que os dois autores dão ao rigor lógico e à limitação de meios, típicos do policial à inglesa, mas sem deixar de louvar a inserção de novidades no "vasto repertório" da tradição. Ao elogiar a singularidade do "detetive" don Parodi, barbeiro preso que resolve os enigmas à distância, valoriza o procedimento cifrado no próprio nome do protagonista: a paródia. O "triunfo da pura inteligência" que ele exalta, portanto, vem com sutis traços de galhofa. Mas Walsh vai além:

---

[1] *Diez cuentos policiales argentinos*, Buenos Aires, Hachette, 1953.

> “No mesmo ano de 1942, Borges escrevera um conto policial — ‘A morte e a bússola’ — que constitui o ideal do gênero: um problema puramente geométrico, com uma concessão à falibilidade humana: o detetive é a vítima minuciosamente prevista.”

Ao eleger como modelo esse conto, que sempre considerará uma obra-prima, Walsh novamente valoriza a paródia das pautas clássicas da narrativa policial. Nele, a “falibilidade humana”, o ponto fraco do protagonista que o empurra por uma trilha lógica até a armadilha mortal, é sua imensa inteligência dedutiva — justamente o maior trunfo de todos os *Detective Investigators*. O jogo sutilmente erosivo da forma tradicional será retomado de diversas maneiras por praticamente todos os escritores argentinos que desde então se exercitaram no gênero. Incluindo o próprio Walsh: *Variaciones en rojo*, seu livro de estreia, segue esse jogo levemente deformador. Mas faz isso de outro lugar, uma posição nova que faz toda a diferença.

O título do volume alude claramente ao modelo clássico do policial inglês, evocando *Um estudo em vermelho*, o livro em que Conan Doyle apresenta o detetive Sherlock Holmes. Mas antes mesmo de começar a primeira novela, logo no início da advertência preliminar, Walsh anuncia que seu detetive e protagonista, Daniel Hernández — seu alter ego, que virá a ser quase um heterônimo —, é um revisor de provas. O gênio que desvendará os enigmas a seguir, portanto, não é um *Chevalier*, como o Auguste Dupin, de Edgar Allan Poe, nem um excêntrico criminologista autodidata, como Holmes, mas um trabalhador das letras, que exerce uma das funções mais humildes e menosprezadas da indústria do livro. Não por acaso a mesma com que Walsh se iniciara nesse mundo, cujas vicissitudes ele mostra conhecer a fundo, quando escreve que

> "sem dúvida todas as faculdades de que D. H. se valeu na investigação de casos criminais eram faculdades desenvolvidas ao máximo no exercício diário de sua profissão: a observação, a minuciosidade, a fantasia [...], e sobretudo essa estranha capacidade de colocar-se simultaneamente em diversos planos que o revisor tarimbado exerce quando vai atentando, em sua leitura, para a limpeza tipográfica, o sentido, a boa sintaxe e a fidelidade da versão."

Como se não bastasse a posição subalterna e marginal do protagonista em relação à alta literatura, logo em seguida dá-se o nome da editora para a qual ele trabalha, Corsario — uma tremenda prova de franqueza da empresa quanto à sua "missão". Além de provocar sorrisos, a blague denota uma consciência nada romântica do autor sobre o lugar de onde fala, marcando uma distância muito significativa em relação ao ponto de vista borgiano. Na precisa observação de Víctor Pesce, que retoma argumentos de Ángel Rama:[2]

> "enquanto Borges detecta — olhando de cima — e 'resgata materiais de origem baixa para incorporá-los a uma cultura oficial' (entre eles, a narrativa policial), Rodolfo J. Walsh começa a produzir instalado no fazer interno da indústria cultural."[3]

---

[2] "Rodolfo Walsh: la narrativa en el conflicto de las culturas", em *Literatura y clase social*, México, Folios, 1983.

[3] "El problemático ejercicio del relato", em Jorge Lafforgue (org.), *Textos de y sobre Rodolfo Walsh*, Buenos Aires/Madri, Alianza, 2000.

A essa diferença, que também incide sobre o possível alcance e a forma da paródia, soma-se uma discrepância quanto à gênese da literatura policial. Ainda na introdução a *Variações...*, o autor afirma que seu herói é "continuador e homônimo daquele outro Daniel que escrituras antigas [...] registram como o primeiro detetive da história ou da literatura". Com isso, opõe-se à ideia de Borges sobre o tema, claramente manifesta numa polêmica que entabulara com o crítico francês Roger Caillois. Em 1942, ao resenhar o livro *Le Roman Policier*, Borges refutara a hipótese central do livro de Caillois, para quem a origem do gênero poderia ser localizada em textos anteriores aos contos "Os crimes da rue Morgue", "A carta roubada" e "O mistério de Marie Roget". É categórico ao afirmar ser impossível recuar as origens para aquém dessa tríade originária clássica: "a pré-história do gênero policial está nos hábitos mentais e nos irrecuperáveis *Erlebnisse* de Edgar Allan Poe, seu inventor".[4] A polêmica se estenderia por vários números da revista *Sur*, sem que Borges cedesse um milímetro em sua férrea convicção. Essa discussão aparentemente bizantina e a posição de Walsh a respeito, que potencializa a hipótese de Caillois, ganha um significado especial quando pensamos que nela, segundo a crítica argentina Isabel Stratta,

> "Borges está defendendo algo mais: seu princípio de que a literatura não é — ou não deve pretender ser — uma continuação do mundo, e sim um artifício que se opõe a ele e o contraria. [...] Borges a certa altura declarará que o pioneiro detetive Auguste Dupin não é cópia da realidade e sim resultado de um calculado jogo de arbitrariedades: Poe fez dele

---

[4] "Roger Caillois: *Le Roman Policier*", Buenos Aires, *Sur*, nº 91, abr. 1942.

> 'um aristocrata, um francês e um homem de hábitos estranhos' — e não um americano nem um previsível policial —, porque o importante para ele não era recriar um *tipo social*, e sim apresentar um caminho mental de resolução dos enigmas. A dívida que a literatura tem com Poe será, em termos borgianos, a de ter inventado 'um gênero fantástico da inteligência'."[5]

Se o breve comentário de Walsh na apresentação do seu herói poderia ainda deixar dúvidas quanto à sua intenção de posicionar-se sobre o tema, ele logo as dissipa. Em 1954, voltará à carga nas páginas do jornal *La Nación* — que o próprio Borges frequentava. Seu breve ensaio "Dois mil e quinhentos anos de literatura policial", incluído nesta edição, é todo ele uma peça de refutação do dogma ferrenhamente defendido por Borges. O argumento de Stratta é, nesse sentido, iluminador. Ao insistir na ampliação dos horizontes originários, Walsh rejeita um dos preceitos básicos do autor modelar: considerar a ficção policial *apenas* um "gênero fantástico da inteligência".

Anos mais tarde, no início dos 1960, quando já havia publicado as primeiras versões *Operação massacre* (1957) e mergulhava na escritura de seus "contos literários" — as onze narrativas reunidas no volume *Essa mulher e outros contos*[6] —, Walsh abjuraria sua primeira produção, afirmando que "a literatura policial é um exercício divertido e ao mesmo tempo estéril da inteligência", numa explícita negação do mestre primordial.

---

[5] "Borges, un heredero parcial", publicado em *Fragmentos: Revista de Língua e Literatura Estrangeiras*, Florianópolis, UFSC, nº 17, jul.-dez. 1999.

[6] São Paulo, Editora 34, 2010.

As novelas reunidas neste livro, lidas hoje, mostram portanto a ambiguidade e a riqueza de um momento-chave, quando o autor prefigurava suas escolhas pessoais ainda dentro de normas rígidas, tanto da tradição como do mercado. Se a elucidação dos enigmas perdeu boa parte da sua graça, reduzindo-se a um jogo intelectual formular, por outro lado cresceu o interesse de tudo o mais. Vale voltar ao final da advertência preliminar, quando o autor afirma "ser condição ineludível da narrativa policial que, quanto mais 'ortodoxa' ela for em sua formulação e solução, mais na sombra permanecerá aquilo que, para simplificar, chamaremos aqui de 'interesse humano'". A afirmação ganha tintas de ironia se pensarmos que os engenhosos mistérios e sua decifração parecem apenas pretextos para pôr em cena aquilo que, para simplificar, chamaremos aqui de "interesse humano".

Daniel Hernández, que talvez não por acaso tem as mesmas iniciais de Dashiell Hammett, é o eixo inconteste desse interesse. Junto com seu homólogo trágico, León de Santis — o tradutor suicida do conto "Nota de rodapé" —, traz para a literatura a experiência e os embates de quem faz da literatura seu meio de sustento. E se em muitos momentos a agudíssima inteligência desse operário das letras parece inverossímil, é bom lembrar que Rodolfo Walsh — revisor, tradutor e autor de "gêneros menores" — foi capaz de, a partir de um comentário ouvido num café, desvendar os crimes do Estado denunciados em *Operação massacre*. Ou de, remexendo na lixeira de uma agência de notícias cubana, decifrar mensagens do exército norte-americano e descobrir os preparativos da invasão da Baía dos Porcos a tempo de evitá-la.

Não deixa de ser significativo que o protagonista destas novelas tenha vivido para além delas. Numa segunda série de narrativas policiais, publicadas em revistas e só postumamente reunidas em livro, ele voltará destituído de sua função de detetive, mas elevado à categoria de narrador e "autor" que assina os textos. Seu parceiro não será mais o delegado que aqui lhe serve de escada, e sim um tal Laurenzi, aposentado e um tanto desencantado da vida.

Mas essas já são outras histórias. As deste livro deixam no ar um mistério: que fim levou Jiménez?

* * *

As três primeiras novelas deste volume foram originalmente publicadas em *Variaciones en rojo* (Buenos Aires, Hachette, 1953; Ediciones de la Flor, 1985). Os demais textos aqui incluídos integraram a antologia *Cuento para tahúres y otros relatos policiales* (Buenos Aires, Puntosur, 1987), tendo saído primeiramente nos seguintes periódicos: "La sombra de un pájaro", revista *Leoplán*, ano XX, nº 488, 20/10/1954; "Tres portugueses bajo un paraguas (sin contar el muerto)", *Leoplán*, ano XXI, nº 498, 16/3/1955; "Dos mil quinientos años de literatura policial", jornal *La Nación*, 14/2/1954.

Sobre o autor

Rodolfo Jorge Walsh nasceu em 25 de janeiro de 1927 em Pueblo Nuevo de la Colonia de Choele-Choel (atual Lamarqué), na província patagônica de Río Negro. Era o terceiro dos cinco filhos de Dora Gil e Miguel Esteban Walsh, ambos de ascendência irlandesa. Seu pai foi administrador de fazenda até 1932, quando arrendou uma pequena propriedade no sul da província de Buenos Aires, perto da localidade de Benito Suárez, onde Rodolfo aprendeu suas primeiras letras numa escola de freiras italianas. Em 1936, no auge da crise econômica da Década Infame (1930-1943), a família perdeu tudo e se dispersou. Rodolfo viveu dos dez aos treze anos em dois internatos católicos irlandeses para órfãos e pobres — experiência que décadas depois inspiraria seus "contos de irlandeses" ("Os ofícios terrestres", "Irlandeses atrás de um gato" e "Um escuro dia de justiça", incluídos em *Essa mulher e outros contos*, Editora 34, 2010).

Em 1941, interrompeu os estudos no último ano do secundário e instalou-se com um dos irmãos numa pensão em Buenos Aires. Passou então a trabalhar para o próprio sustento, desempenhando atividades como lavador de pratos e limpador de janelas. Com cerca de dezessete anos, foi contratado pela editora Hachette, primeiro como revisor e, a partir de 1946, como tradutor do inglês. A colaboração para essa editora durou mais de dez anos, período no qual verteu sobretudo romances policiais, de autores como Ellery Queen, Raymond Chandler, Victor Canning, Evelyn Piper (Merriam Modell) e William Irish (Cornell Woolrich). Posteriormente, ambos os ofícios inspirariam suas ficções: a série de contos policiais inaugurada com "A aventura das provas de prelo" (1953), protagonizada pelo revisor-detetive Daniel Hernández, e "Nota de rodapé" (1967), conto centrado na figura de um tradutor suicida.

O ano de 1945 marca a primeira aproximação de Walsh a uma organização política, a recém-fundada Alianza Libertadora Nacionalista, grupo da direita católica com o qual romperá em 1947. Mais tarde, Walsh se referirá ironicamente à ALN como "a melhor criação do nazismo na Argentina" e justificará essa filiação afirmando que "aos dezoito anos eu não estava em condições de interpretar o que vivia. Para mim era um tempo de arrumar briga na rua". Em 1950, Walsh se casa com a professora María Elina Tejerina, que conhecera na Biblioteca Nacional, sendo ela ainda uma normalista. O casal logo se muda para a cidade de La Plata, onde Elina assume a direção de uma escola para cegos. No mesmo ano, nascerá sua primeira filha, María Victoria (Vicky); em 1952, Patricia, a caçula.

Com a mudança de cidade, encerra-se o contrato de Walsh com a Hachette, mas ele ainda trabalhará para a editora como tradutor e organizador de antologias e coleções. Dessa colaboração resultariam dois livros importantes na história editorial argentina: *Diez cuentos policiales argentinos* (1953), primeira coletânea do gênero no país, e a *Antología del cuento extraño* (1956), dedicada ao gênero fantástico.

Ainda em 1950, Walsh faz sua estreia literária com o conto "Las tres noches de Isaías Bloom", premiado com menção honrosa no concurso da revista *Vea y Lea*, que tinha entre os jurados os escritores Adolfo Bioy Casares e Jorge Luis Borges. Nesse ano ingressa no curso de Professorado em Filosofia e Letras na Universidade Nacional de La Plata. Embora não complete a graduação, durante sua incursão universitária integra-se ao grupo literário Fénix, que congregava estudantes de diversas áreas, em sua maioria militantes socialistas e radicais, e professores expulsos pelo governo de Perón. O grupo promovia palestras de intelectuais notoriamente opositores ao regime, incluindo J. L. Borges, e entre 1953 e 1954 editou uma revista marginal homônima, em cujas páginas Walsh publicaria dois contos de feição fantástica e evidente filiação borgiana. Paralelamente, Walsh começa a colaborar com certa regularidade em duas revistas de "entretenimento cultural": a mesma *Vea y Lea* que o premiara e *Leoplán*, ambas de altas tiragens e grande penetração nas camadas médias. São contos, quase todos policiais com aproximações ao fantástico, e alguns breves ensaios literários. Em 1953 saem dois livros seus: a já citada antologia *Diez cuentos policiales argentinos*, que ele organiza e na qual inclui um conto próprio ("Cuento para tahúres"), e *Variaciones en rojo*, que traz as três primeiras novelas reunidas na presente edição.

O ano de 1956 marca uma reviravolta na vida do escritor: ao tomar conhecimento da existência de sobreviventes da chacina que forças do exército haviam perpetrado no ano anterior, ele mergulha numa grande investigação jornalística que desvendará a face mais macabra da ditadura do general Aramburu. A reportagem sai de forma seriada ao longo de 1957, primeiro no semanário *Revolución Nacional* e em seguida na revista *Mayoría*. Editada em livro poucos meses depois, com o título *Operação massacre*, sua repercussão foi crescendo a cada reedição, até tornar-se um clássico mundial do romance de não ficção. Por sugestão do editor de *Mayoría*, Walsh logo se entregou a uma nova pesquisa, desta vez sobre o assassinato do advogado Marcos Satanowsky, lançando luz sobre as atividades clandestinas da Secretaria de Informação do Estado (SIDE) e sua conexão com os grandes jornais.

Em 1959, viaja a Cuba, onde participa da consolidação da agência Prensa Latina, como chefe de operações especiais. Tendo permanecido por cerca de dois anos em Havana, Walsh será lembrado por seus companheiros da agência, entre eles Gabriel García Márquez, não apenas por seu personalíssimo estilo jornalístico-literário, mas por ter decifrado uma mensagem que permitiu descobrir os preparativos da invasão da Baía dos Porcos.

De volta a Buenos Aires, depois de dois anos de precariedade em que ganhou seu sustento negociando antiguidades, Walsh é contratado pela editora Jorge Álvarez e retoma com grande ímpeto sua atividade literária, à qual se soma agora a escrita dramatúrgica. Entre 1964 e 1967, publica suas principais criações: as peças *La batalla* (1964) e *La granada* (1965), e os livros de contos *Los oficios terrestres* (1965) e *Un kilo de oro* (1967). Ao mesmo tempo, publica em revistas uma série de textos híbridos entre o relato ficcional e a reportagem jornalística. Diante do grande sucesso dos seus livros de contos, Jorge Álvarez encomenda-lhe um romance. O livro, porém, nunca será escrito, embora os diários e entrevistas do escritor registrem sua permanente vontade e preocupação de retomá-lo.

Walsh vive nesse período uma entrega crescente à militância política, primeiro junto à central sindical CGTA, em seguida nas Fuerzas Armadas Peronistas e, a partir de 1973, no movimento Montoneros, organização da esquerda revolucionária peronista na qual chegou a ocupar uma posição de liderança. Em 1968, ainda publica um último romance-reportagem, *¿Quién mató a Rosendo?*, uma investigação sobre um confronto mortal entre facções sindicais, ocorrida em 1966, e as manipulações policiais e judiciárias para acobertar os responsáveis pela matança.

A partir de 1969, a atividade de Walsh como jornalista e escritor se cola totalmente à militância política, deixando pouco espaço para o cultivo de sua face mais "literária". Em 1974, com a passagem dos Montoneros à clandestinidade e a opção pela guerrilha foquista, começa a se afastar da sua direção. Após o golpe militar de 1976, diante da forte censura, cria e coordena duas importantes redes alternativas de informação: a Agencia de Noticias Clandestina (ANCLA) e a Red Informativa, que alimentava com textos de denúncia de sua própria autoria. No final desse ano, sua filha mais velha, Vicky, também militante montonera, morre num confronto com o exército. Em março de 1977, no dia em que a ditadura completava seu primeiro aniversário, Walsh escreveu uma contundente carta denunciando a escabrosa extensão dos seus crimes. Em 25 de março, pouco depois de postar a carta sem o conhecimento das forças repressoras, caiu numa emboscada preparada por um comando da Escuela de Mecánica de la Armada (ESMA) e morreu metralhado. Seu corpo nunca apareceu, engrossando a lista de desaparecidos do regime.

Hoje Rodolfo Walsh é reconhecido como exemplo do intelectual inconformista, entregue à luta política e sujeito às vicissitudes que ela implica. Mas também, e cada vez mais, como um grande escritor, cujas obras continuam a inspirar a literatura argentina e mundial.

Sobre os tradutores

Sérgio Molina nasceu em Buenos Aires em 1964, e mudou-se para o Brasil aos dez anos de idade. Começou a traduzir do espanhol em 1986 e verteu para o português mais de meia centena livros, de autores como Alejo Carpentier, Jorge Luis Borges, Roberto Arlt, César Aira, Rodrigo Fresán e Mario Vargas Llosa. Sua tradução da primeira parte de *D. Quixote* foi premiada na 46ª edição do Prêmio Jabuti, em 2004.

Rubia Prates Goldoni é doutora em letras pela USP e tradutora, com mais de trinta títulos publicados. Foi professora assistente de Literatura Espanhola e de Prática de Tradução na UNESP. Entre os autores que traduziu estão Ricardo Piglia, Mario Benedetti, Jules Verne e Carmen Laforet. Em 2009, recebeu o Prêmio FNLIJ Monteiro Lobato de Melhor Tradução Jovem, por *Kafka e a boneca viajante*, de Jordi Sierra i Fabra. No mesmo ano, sua versão para o português de *Bodas de sangue*, de Federico García Lorca, foi encenada por Amir Haddad no teatro Tom Jobim, do Rio de Janeiro.

Além deste *Variações em vermelho e outros contos de Daniel Hernández*, a dupla traduziu para a Editora 34 *Essa mulher e outros contos*, também de Rodolfo Walsh, e *Quando as panteras não eram negras*, de Fabio Morábito.

Este livro foi composto em Sabon,
pela Bracher & Malta, com CTP e
impressão da Graphium Gráfica
em papel Pólen Soft 80 g/m² da Cia.
Suzano de Papel e Celulose para a
Editora 34, em dezembro de 2011.